# ルドルフとノラねこブッチー

ルドルフとイッパイアッテナV

斉藤 洋・作
杉浦範茂・絵

講談社

# ルドルフとノラねこブッチー

ルドルフとイッパイアッテナ V

斉藤 洋
作

杉浦範茂
絵

# もくじ

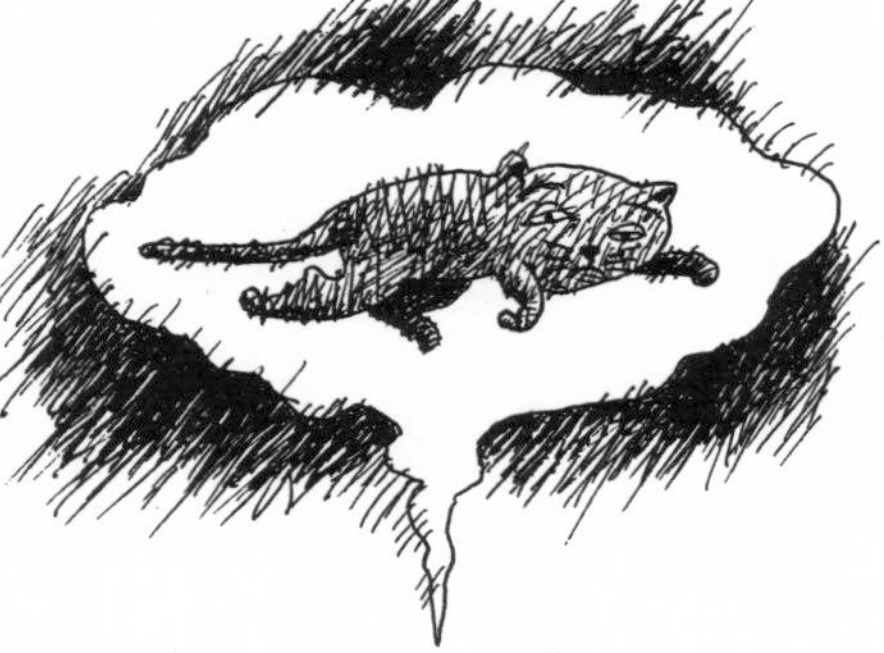

# プロローグ

ぼくはルドルフだ。

だれでもそうだろうけど、生まれたときのことはおぼえていない。

ぼくは、たぶん、岐阜《ぎふ》のどこかで生まれた。それで、リエちゃんという名まえの女の子がいるうちに、もらわれてきた。そのとき、ぼくはまだすごく小さくて、もらわれてきたときのことは、おぼえていない。だから、気がついたら、岐阜市内《ぎふしない》のリエちゃんのうちで飼《か》われていたってことになる。

そのままなにもなければ、ぼくはいまでも、リエちゃん

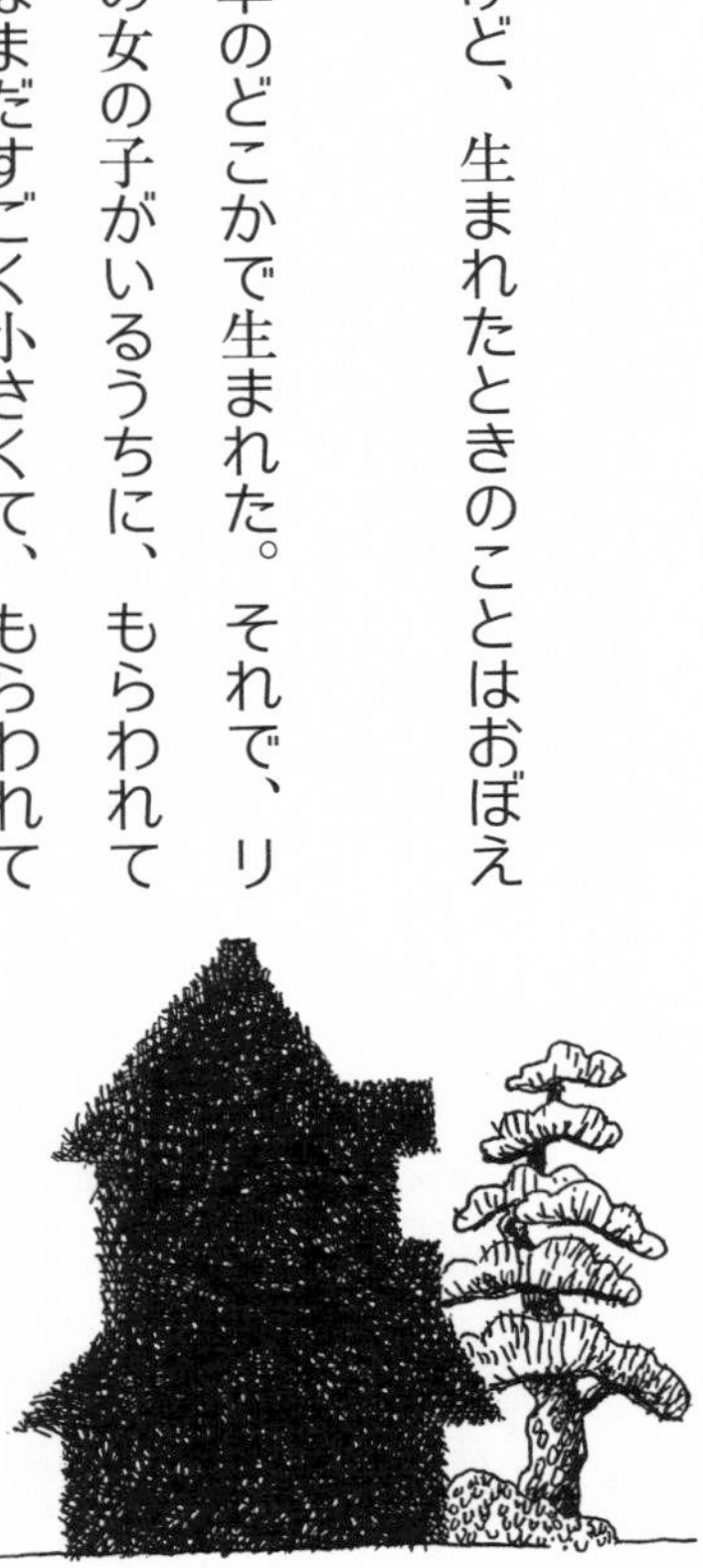

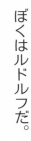

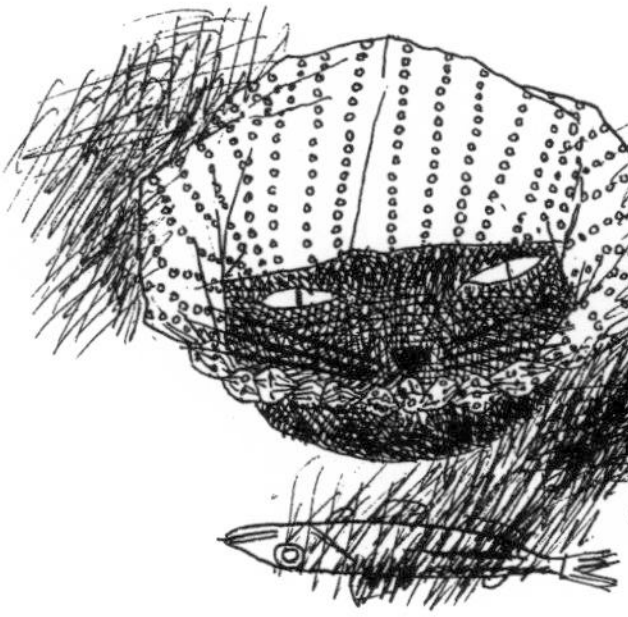

のうちの飼《か》いねこだったと思《おも》う。

人間《にんげん》もだろうけど、ちょっとしたことで、生活《せいかつ》ががらりとかわってしまうことがある。

ぼくの場合《ばあい》は、商店街《しょうてんがい》の魚屋《さかなや》で、ししゃもをぬすんだことで運命《うんめい》がかわった。

けれども、そのとき、ししゃもをくわえたまま、魚屋《さかなや》の追跡《ついせき》をふりきっていれば、やっぱりぼくはまだ、リエちゃんのうちの飼《か》いねこだったろう。

魚屋《さかなや》に追《お》われたぼくは、走《はし》りだしたトラックの荷台《にだい》にとびのったのだけど、そのとき、魚屋《さかなや》がうしろから投《な》げつけてきたモップがぼくの頭《あたま》にあたり、ぼくは失神《しっしん》。目がさめたときは東名高速《とうめいこうそく》で、そのままぼくは東京《とうきょう》の江戸川《えどがわ》区《く》にはこぼれてきてしまったのだ。

こういうのを魚屋《さかなや》をふりきったといえるだろうか。

# 三丁目

魚屋《さかなや》から見れば、どろぼうねこに逃《に》げられてしまったってことになるけど、こっちにしてみれば、逃《に》げるにしたって、遠《とお》くまで逃《に》げすぎだ。

いまぼくは、岐阜《ぎふ》とか、東京《とうきょう》の江戸川区《えどがわく》とか、地名《ちめい》を出したけど、そのことはもちろん、そのときからわかっていたわけじゃない。ぼくが知《し》っていたのは、リエちゃんのうちが三丁目《ちょうめ》にあるってことだけだった。

ぼくが東京《とうきょう》で最初《さいしょ》に知《し》り合《あ》ったねこ、イッパイアッテナに、どこからきたんだときかれたとき、ぼくは、三丁《ちょう》目《め》だと答《こた》えた。

そうしたらぼくはイッパイアッテナに、

「どこの三丁目《ちょうめ》なんだよ。三丁目《ちょうめ》だけじゃわかんねえだろ。三丁目《ちょうめ》なんて日本全国《にほんぜんこく》に数《かぞ》えきれねえほどあらあ。」

なんていわれちゃったんだけど、たしかにそのとおりだ。

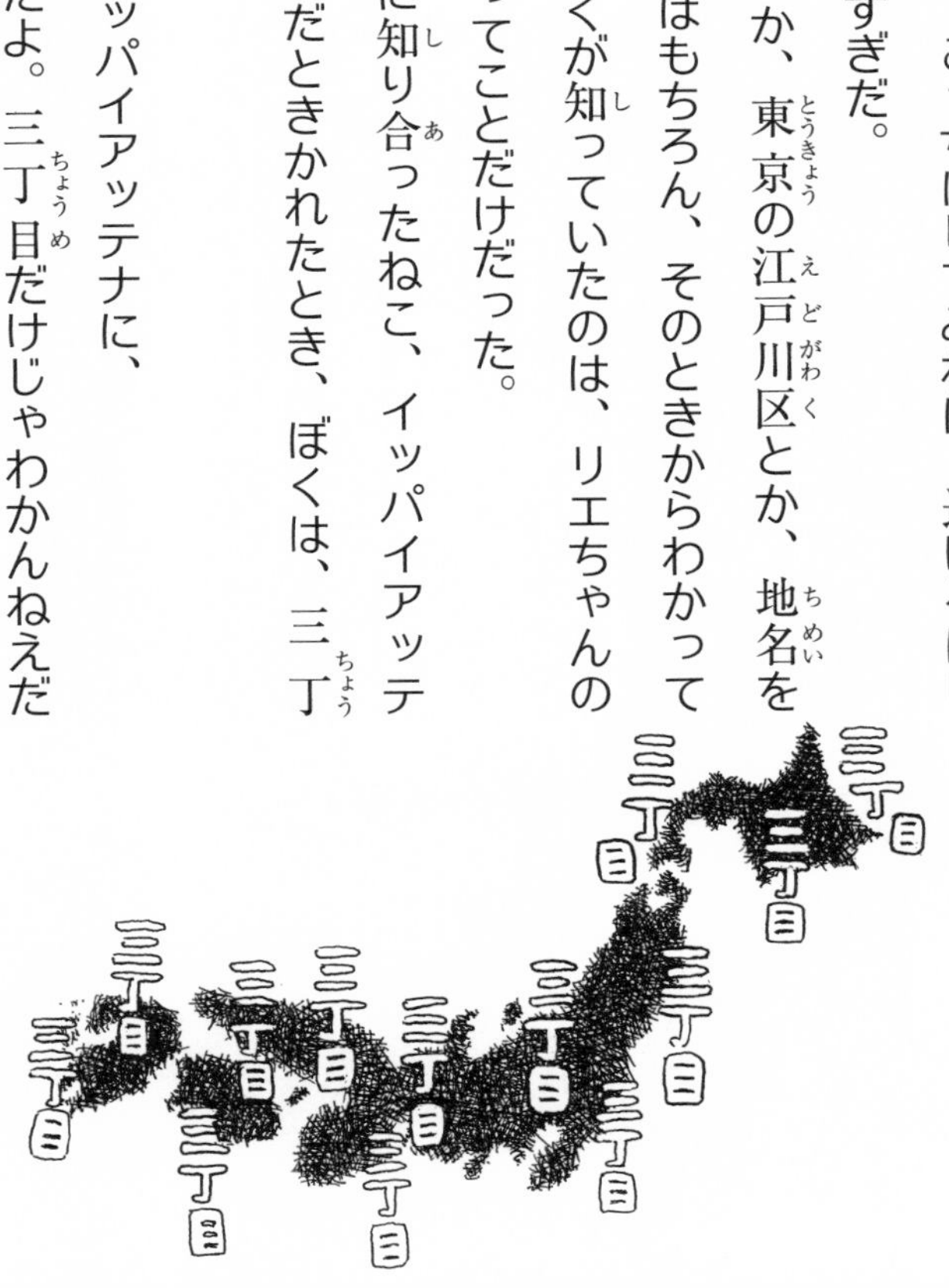

そのとおりなんだけど、そのときのぼくには、イッパイアッテナがなにをいっているのか、わからなかった。

イッパイアッテナはボスねこで、それはいまでもそうなんだけど、ただのボスねこじゃない。字の読《よ》み書《か》きもできるし、ひとくちでいうと、教養《きょうよう》のあるねこなのだ。

イッパイアッテナにいわせると、教養《きょうよう》があるってことは、ねこでも人間《にんげん》でも、すごくだいじで、いまは、ぼくもそう思《おも》っている。

そうそう、イッパイアッテナっていう名まえだけど、ぼくが名まえをきいたとき、名まえがたくさんあるという意《い》味《み》で、イッパイアッテナが、

「おれの名まえは、いっぱいあってな。」

と答《こた》えたんだ。それでぼくは、〈イッパイアッテナ〉というのが名まえだと思《おも》ってしまったってわけ。

イッパイアッテナは、ほんとうはタイガーっていう名まえだけど、ぼくは、イッパイアッテナっていう名まえが好《す》きだし、イッパイアッテナもいやがっていないみたいだから、ぼくはずっとイッパイアッテナってよんでいる。

ぼくと知《し》り合《あ》ったとき、イッパイアッテナはノラねこで、神社《じんじゃ》の縁《えん》の下《した》に住《す》んでいた。だけど、もとは日野《ひの》さんっていう人の飼《か》いねこで、日野《ひの》さんがアメリカにいってしまったので、ノラねこになってしまったのだ。でも、いまは日野《ひの》さんが帰《かえ》ってきて、イッパイアッテナは飼《か》いねこにもどっている。

日野《ひの》さんがいないあいだ、ぼくはイッパイアッテナといっしょに、ノラねこをやっていて、いろいろなことをイッパイアッテナにならった。それで、ぼくは字の読《よ》み書《か》きもできるし、ねことしては、いろいろなことを知《し》ってい

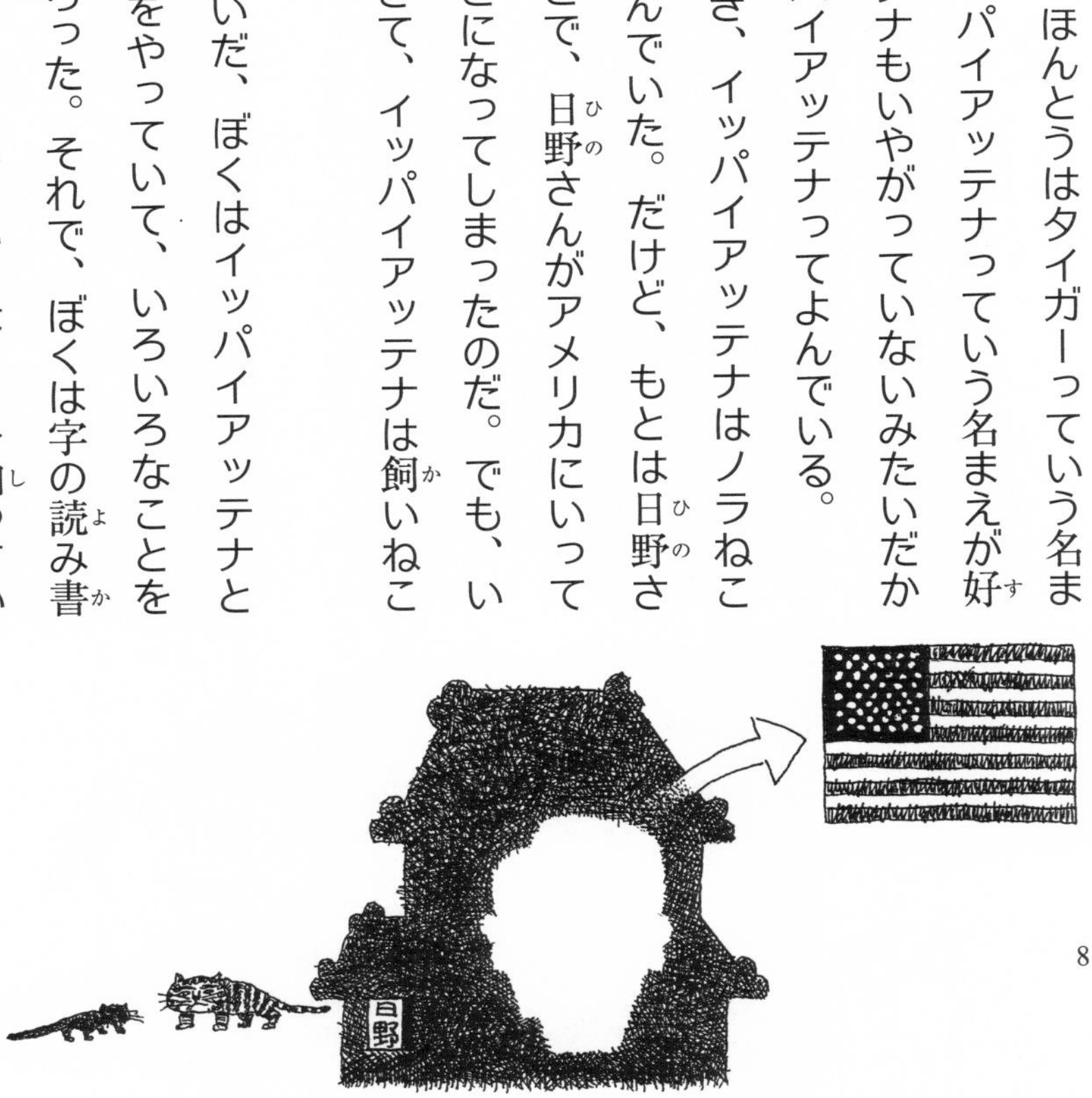

るつもりだ。だけど、もちろん、イッパイアッテナにはかなわない。

　このごろぼくは、夜《よる》、日野《ひの》さんのうちに泊《と》まることが多《おお》いけど、神社《じんじゃ》の縁《えん》の下《した》でねることもある。けれども、食《しょく》事《じ》はたいてい、日野《ひの》さんのうちで食《た》べているから、どちらかというと、飼《か》いねこかなあ。

　東京《とうきょう》にきて知《し》り合《あ》ったねこはイッパイアッテナだけじゃない。ブッチーとか、テリーとか、ミーシャとか、それから、このごろだと、スノーホワイトとか……。

　ねこだけじゃない。ぼくはブルドッグのデビルとも仲《なか》がいい。だけど、デビルとは、はじめから仲《なか》がよかったわけじゃなくて……。

　こういうことは、ぼくがいままでに書《か》いた四冊《さつ》の本、『ルドルフとイッパイアッテナ』『ルドルフ　ともだち　ひと

りだち』『ルドルフといくねこくるねこ』、それから、『ルドルフとスノーホワイト』を読《よ》んでもらうとわかる。

この本はぼくの五冊目《さつめ》の本ということになる。

ぼくは、この本を、いままでの四冊《さつ》を読《よ》んでいない人が読《よ》んでも、なるべくおもしろく読《よ》めるように書《か》くつもりだけど、なにしろ、いままでいろんなことがいっぱいあってなで、あとからでもいいから、ほかの四冊《さつ》も読《よ》んでほしい。

あ、そうそう。だいじなことをわすれていた。

ぼくは黒《くろ》ねこだ。

色《いろ》についていうと、イッパイアッテナは、灰色《はいいろ》がかった茶色《ちゃいろ》に黒《くろ》っぽいしまのトラねこだ。からだはとてつもなく大きい。遠《とお》くから見たら、ねこには見えないんじゃないだろうか。

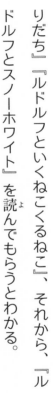

もうひとつ、だいじなことがあった。それはブッチーのことだ。

ブッチーは、もとは飼《か》いねこだったんだけど、飼《か》い主《ぬし》が引《ひ》っ越《こ》しちゃって、それでいまはノラねこをやっている。

ブッチーはその名のとおり、白と黒《くろ》のぶちねこだ。

この本を最後《さいご》まで読《よ》んでもらい、

「ああ、おもしろかった。」

といってもらえたら、ぼくはすごくうれしい。

## 1

## シャトリブラ攻撃《こうげき》とローマ字の学習《がくしゅう》終了《しゅうりょう》宣言《せんげん》とミディアムレアの牛肉《ぎゅうにく》のあとの幸福《こうふく》な眠《ねむ》り

イッパイアッテナがいうには、外国《がいこく》だと、クリスマスがすんでも、街《まち》のクリスマスかざりはかたづけられず、しばらく新年《しんねん》のかざりにも使《つか》われちゃったりするそうだけど、ほんとうだろうか。

クリスマスツリーの下で、

「あけましておめでとう。」

といっても、まるで年が明《あ》けたような気がしないんじゃないかと、ぼくは思《おも》う。

イッパイアッテナの飼《か》い主《ぬし》の日野《ひの》さんのうちの応接間《おうせつま》には、人間《にんげん》の背《せ》の高《たか》さより高《たか》いクリスマスツリーがあって、オーナメントがたくさんぶらさがり、ひるも夜《よる》もイルミネーションがつけっぱなしだ。

おてつだいのおばあさんは、イルミネーションをついたり消《き》えたり、点滅《てんめつ》させるのが好《す》きで、朝《あさ》、日野《ひの》さんのうちにくると、点灯《てんとう》したままになっているイルミネーションのスイッチを点滅《てんめつ》にきりかえる。けれども、おばあさんが帰《かえ》ってしまうと、イルミネーションはいつのまにか、点滅《てんめつ》から点灯《てんとう》にきりかわり、つきっぱなしになるのだ。

自動《じどう》きりかえ装置《そうち》がついているのではない。手動式《しゅどうしき》っていうか、前足式《まえあししき》っていうか、とにかく、イッパイアッテナが、

「まったく、目がちかちかして、たまんねえぜ。」

とかいって、前足《まえあし》でスイッチをきりかえるのだ。

すると、つぎの朝《あさ》、おばあさんがやってきて、

「へんだねえ……。」

とかいいながら、スイッチを点滅《てんめつ》にもどす。

そばにぼくがいると、おばあさんはぼくのほうを見て、

「おまえがやったのかい？　スイッチをいたずらすると、ビビビッて感電《かんでん》して、あぶないんだからね。」

なんていう。

おばあさんはぼくがやっていると思《おも》っているらしい。

夜《よる》は点灯《てんとう》、ひるは点滅《てんめつ》のイルミネーションも、十二月二十六日の朝《あさ》には、クリスマスツリーごと、おばあさんにかたづけられてしまい、その日の午後《ごご》には、職人《しょくにん》さんが何人《なんにん》かきて、日野《ひの》さんのうちの門《もん》の左右に門松《かどまつ》が立てられる。

これで、いっきにお正月気分《きぶん》がもりあがる！

そんな十二月二十六日のおひるすぎに、日野《ひの》さんのうちに、スノーホワイトが遊《あそ》びにきた。しばらく横浜《よこはま》にいっていたのだけれど、このあいだ帰《かえ》ってきたのだ。

スノーホワイトっていうのは、イッパイアッテナのなわばりの西《にし》どなりのなわばりの、そのまた西《にし》のなわばりのボスねこの妹《いもうと》で、ときどき、日野《ひの》さんのうちにやってきて、たいていは一泊《ぱく》していく。

スノーホワイトは毛《け》の長《なが》い、大きな白ねこで、ペルシャねこか、すくなくとも、ペルシャねこの血《ち》が入っている。

英語《えいご》で、白雪姫《しらゆきひめ》のことをスノーホワイトっていう。

グリム童話《どうわ》の白雪姫《しらゆきひめ》は悪役《あくやく》の魔法使《まほうつか》いのみけんをつめでひっかいたり、首《くび》すじにかみついたり、かみついたまま、頭《あたま》をのけぞらせて、遠《とお》くに飛《と》ばしたり、落《お》ちてきたとこを体当《たいあ》たりしたり、あげくのはてには、また首《くび》すじにかみついて、港《みなと》の桟橋《さんばし》から宙《ちゅう》づりにしたりはしない。

けれども、ねこのスノーホワイトは、ためらいもなく、そういうことをするのだ。横浜《よこはま》の山下公園《やましたこうえん》をなわばりにしているボスねこあいてに、そのとおりのことをしたのをぼくは目撃《もくげき》した！

もし、イッパイアッテナとスノーホワイトが本気になってけんかしたら、どうなるのだろう……。

ふたりがにらみあっているところを想像《そうぞう》しただけで、おそろしい。だから、想像《そうぞう》はしないことにしている。

そのスノーホワイトがなにをしに、日野《ひの》さんのうちにくるかというと、おてつだいのおばあさんに、シャンプーしてもらって、そのあと、〈セレブ・キャットのためのラグジュアリー・ヘア・トリートメント〉というやつで、毛《け》をトリートメントしてもらうためだ。

日野《ひの》さんはよく外国《がいこく》にいく。そういうとき、おばあさんは夜《よる》、ぼくたちのようすを見に

くる。だけど、ようすを見るだけでは気がすまないらしく、イッパイアッテナやぼくに、シャンプー・トリートメント・ブラッシング攻撃《こうげき》をする。ところが、このごろは、日野《ひの》さんが日本にいるときでも、これをやるようになった。

そのきっかけを作《つく》ったのが、スノーホワイトだ。

まるで気が知《し》れないけれど、スノーホワイトはこのシャトリブラ攻撃《こうげき》が大好《だいす》きなのだ。

べつに説明《せつめい》しなくてもわかるかもしれないが、シャトリブラ攻撃《こうげき》というのは、シャンプー・トリートメント・ブラッシング攻撃《こうげき》をみじかくしたいいかただ。

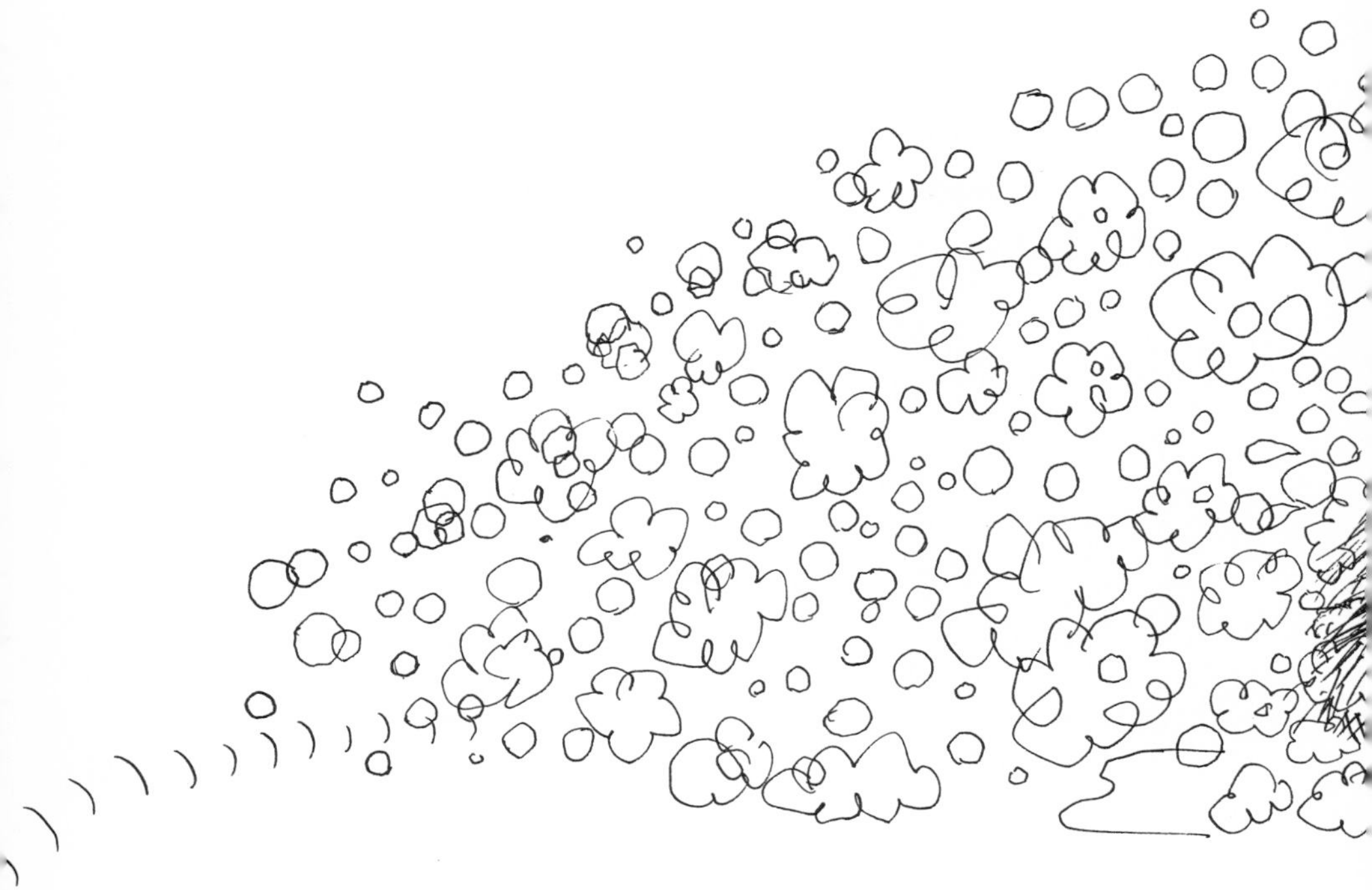

一度《いちど》、おばあさんにこれをやってもらい、大満足《だいまんぞく》したスノーホワイトは、あるとき、おばあさんの足に背中《せなか》をこすりつけ、これこそねこなで声《ごえ》の神髄《しんずい》という鳴《な》きかたで、

「ニャーアアーン。」

と鳴《な》いた。

するとおばあさんは、

「おや、あんた。またシャンプーしてほしいんだね。じゃあ、すぐにやってあげようね。」

といって、スノーホワイトをだきかかえて、お風呂場《ふろば》につれていき、シャトリブラ攻撃《こうげき》をしたのだ。

もっとも、スノーホワイトにいわせると、シャトリブラ攻撃《こうげき》はシャトリブラ・サービスというふうに名まえがかわる。

おてつだいのおばあさんは、なにかとねこの気持《きも》ちがよくわかり、とてもいいのだけど、スノーホワイトにシャトリブラ・サービスをすると、ついでに、イッパイアッテナとぼくにもシャトリブラ攻撃《こうげき》をする。

これについて、イッパイアッテナは、

「まあ、このうちにいる以上《いじょう》、税金《ぜいきん》みたいなものだから、がまんしろ。」

という。

ブッチーなんか、いまはノラねこでも、まえは飼《か》いねこだったのだから、シャンプーはともかく、ブラッシングくらい平気《へいき》そうなものだけど、おばあさんのシャトリブラ攻撃《こうげき》がはじまると、自分《じぶん》の番《ばん》がくるまえに逃《に》げだし、つぎの日まで、日野《ひの》さんのうちによりつかない。

それで、その日、スノーホワイトがきて、おばあさんにシャトリブラ・サービスをねだり、つぎにぼくがシャトリブラ攻撃《こうげき》の被害者《ひがいしゃ》になり、最後《さいご》にイッパイアッテナが税金《ぜいきん》をはらい、いつのまにかブッチーがいなくなった。それから、夕がたになって、おばあさんが自分《じぶん》のうちに帰《かえ》り、日野《ひの》さんが会社《かいしゃ》からもどってきたとき、日野《ひの》さんのうちの台所《だいどころ》で、ぼくはイッパイアッテナからローマ字っていうか、アルファベットのテストを受《う》けていた。

「じゃあ、ルド。最後《さいご》はx《エックス》だ。書《か》いてみろ。これはふつう、ローマ字では使《つか》わないが、これができたら、ローマ字もアルファベットも卒業《そつぎょう》だな。」

とイッパイアッテナにいわれ、ぼくは、つめをたてないようにして、台所《だいどころ》の床《ゆか》に、x《エックス》を書《か》いた。

ぼくはちょっとまえから、イッパイアッテナからローマ字をならっていた。それで、神社《じんじゃ》の敷地《しきち》にある児童公園《じどうこうえん》の砂場《すなば》で、しっかり自習《じしゅう》もして、アルファベットのA《エー》からZ《ゼット》まで、大文字も小文字もしっかり読《よ》み書《か》きできて、ひらがななんかをローマ字になおせるようにもなっていた。

ぼくの名まえのルドルフは、ドイツの王様《おうさま》の名まえだから、もともとはドイツ語《ご》なのだ。

Rudolf《ルドルフ》……なんて、自分《じぶん》の名まえをドイツ語《ご》で書《か》けるねこなんて、イッパイアッ

テナをべつにすれば、世界中《せかいじゅう》に何匹《なんびき》いるだろうか！
自慢《じまん》すると、イッパイアッテナに、
「そういうことを自慢《じまん》するのは、教養《きょうよう》のない証拠《しょうこ》だ。」
といわれてしまうし、自分《じぶん》でもそう思《おも》う。だから、自慢《じまん》はしないけど、字が書《か》けることは
ぼくの誇《ほこ》りだ。
というわけで、その夜《よる》、ぼくはイッパイアッテナから、ローマ字の学習終了宣言《がくしゅうしゅうりょうせんげん》を
もらった。
そして、そのあと、ぼくとイッパイアッテナとスノーホワイトは、日野《ひの》さんがおみやげ
に持《も》ってきたすき焼《や》き用《よう》の牛肉《ぎゅうにく》をミディアムレア、つまり半分《はんぶん》生で食《た》べた。
日野《ひの》さんは、ぼくたちにおみやげを持《も》ってくるときはいつも、
となりの小川《おがわ》さんのうちのブルドッグのデビルにも、
同《おな》じものを持《も》っていくから、
きっとデビルもすき焼《や》き用《よう》の牛肉《ぎゅうにく》を食《た》べたにちがいない。
晩《ばん》ごはんのあと、あたたかい応接間《おうせつま》のソファの上で、

ぼくはイッパイアッテナによりかかり、
ブッチーもちょっとシャトリブラ攻撃《こうげき》をがまんすれば、
牛肉《ぎゅうにく》を食《た》べられたのになあ……、
なんて少《すこ》し残念《ざんねん》に思《おも》いながら、
幸福《こうふく》な眠《ねむ》りについたのだった。

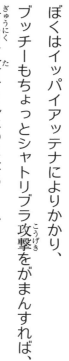

## 2

## ブッチーのとくい技《わざ》と虫じゃなくて字のちがい

つぎの日、スノーホワイトは日野《ひの》さんのうちでおひるごはんを食《た》べてから、帰《かえ》っていった。

日野《ひの》さんのうちの台所《だいどころ》には、いぬ用《よう》のペットフード入れがあって、いつもそこに、ビスケット状《じょう》のキャットフードがてんこもりに入っている。スノーホワイトはそれを食《た》べていったのだ。

イッパイアッテナのなわばりの西《にし》どなりは、ブラウンというねこのなわばりで、イッパイアッテナはスノーホワイトをなわばりの境《さかい》まで送《おく》っていった。

イッパイアッテナがこっそりぼくにいうには、

「まあ、だれだって命《いのち》はおしいから、スノーホワイトにけんかを売《う》ろうってねこはいないだろうが、とちゅうまで送《おく》るのが教養《きょうよう》あるねこの義務《ぎむ》だからな。」

ということなのだ。

そういうとき、イッパイアッテナが、

「ルド。おまえもこい。」

といわないかぎり、ぼくはついていかないことにしている。それもひとつの教養《きょうよう》のあらわれなのだ。

日野《ひの》さんのうちの門《もん》の外《そと》まで、ふたりを送《おく》ってから、ぼくは神社《じんじゃ》にいってみた。

このごろ、ブッチーは日野《ひの》さんのうちよりも、神社《じんじゃ》の縁《えん》の下《した》に泊《と》まることのほうが多《おお》い。

鳥居《とりい》をくぐって、神社《じんじゃ》の縁《えん》の下《した》の格子《こうし》から中をのぞくと、ブッチーがいかにもねこっぽくすわって、うつむいている。なにかを見ているようだ。

「ブッチー。」

ぼくが声《こえ》をかけると、ブッチーは腰《こし》をあげ、すぐに格子《こうし》をくぐって出てきた。

「どうだった、きのうのシャトリブラ攻撃《こうげき》は？」

ブッチーにきかれ、ぼくは答《こた》えた。

「いつもと同《おな》じだよ。だけど、きのうは日野《ひの》さんがすき焼《や》きの肉《にく》をおみやげに持《も》ってきて、みんなで食《た》べた。ブッチーもいればよかったのに。」

　ブッチーのために、ひときれのこしておいてもよかったのだけれど、このごろ、そういうことをすると、どういうわけかブッチーは、

「あんまり気を使《つか》われると、かえって日野《ひの》さんのうちにいきにくくなるから、おれがいないときは、おれのことはほうっておいてくれ。」

なんて、本気でいうのだ。

　ブッチーが、

「いくらすき焼《や》きの肉《にく》でも、あのシャトリブラ攻撃《こうげき》じゃあ、割《わり》に合《あ》わない。それに、おれは肉《にく》より魚《さかな》のほうが好《す》きだしな。」

といったとき、ぼくはブッチーの左耳の横《よこ》の毛《け》が少《すこ》しぬけていることに気づいた。

「どうしたの？　耳の横《よこ》の毛《け》がぬけてるよ。」

　ぼくがそういうと、ブッチーは、

「季節《きせつ》のかわり目だからな。毛《け》くらい、ぬける。」

といった。

でも、もうすぐお正月だ。季節《きせつ》のかわり目という季節《きせつ》じゃない。

ぼくがブッチーの毛《け》がぬけているところに顔《かお》を近《ちか》づけて、よく見ようとすると、ブッチーは頭《あたま》をのけぞらせて、いった。

「よせよ。キスでもする気か?」

ブッチーのじょうだんにはかまわず、ぼくはいった。

「ブッチー。だれかとけんかしたの?」

ブッチーは小さなため息《いき》をついてから答《こた》えた。

「まあ、けんかってほどじゃないけどな。なめたまねしやがるやつがいたからよ。ちょっと、礼儀《れいぎ》を教《おし》えてやっただけだ。」

「だれ、あいては?」

「このごろときどき見かけるやつだ。白いんだけど、背中《せなか》だけ灰色《はいいろ》でさ。そこがカメのこうらみたいでよ。まるまる太《ふと》ってるから、どこかの飼《か》いねこだろ。」

「おす?」

「もちろん。めすとけんかして、どうするんだ。そういうことをするのは、教養《きょうよう》のない

ねこだ。ちがうか？」

「まあ、そうだけど。だけど、どうして？」

「きのう、日野《ひの》さんのうちから、おれがここにもどってくると、そいつがさいせん箱《ばこ》のまえの階段《かいだん》にすわってやがったんだ。おまえのお気に入りの場所《ばしょ》だ。じつは、おれもそこが好《す》きで、天気がいい日なんか、そこにすわって、鳥居《とりい》のほうを見てると、うとうとしてきて、気持《きも》ちいいんだよなあ。」

「うん。そうだよね。」

ぼくがうなずくと、ブッチーはいった。

「べつに、神社《じんじゃ》はおまえとかおれのものってわけじゃないから、だれが階段《かいだん》にすわっていようが、そいつの勝手《かって》だ。だけど、そいつ、おれと目が合《あ》うと、階段《かいだん》でつめをとぎはじめたんだ。だから、おれは、『すわるのは勝手《かって》だが、そういうことはやめてもらえねえか。』っていった。」

ぼくはだんだん心臓《しんぞう》がドキドキしてきた。

「そ、それで？」

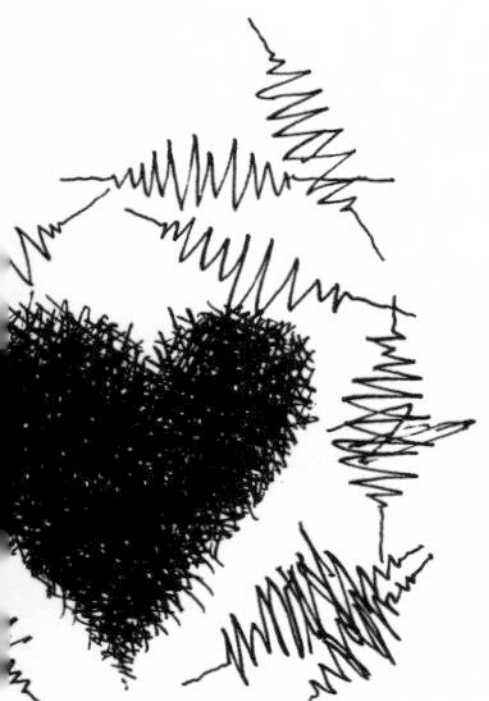

ぼくがさきをうながすと、ブッチーは答《こた》えた。

「そうしたら、そいつ、『やめてやってもいいが、そのかわり、おまえのつらでつめをとがせろ。』っていって、いきなり手を出してきやがった。それで、おれがよけそこなったってわけさ。これくらいの傷《きず》はたいしたことはないけどな。そんなことをされたら、ほうっておけないだろ。」

「うん。ほうっておけないかも。それで、どうしたの？」

「そいつのうしろにまわって、おれのとくいのスリーパーホールドで気絶《きぜつ》させてやった。」

スリーパーホールドっていうのは、人間《にんげん》のプロレス技《わざ》で、あいての背中《せなか》にまわって、腕《うで》で首《くび》をしめるようなやつだ。ブッチーはそれがとくいで、ハトをつかまえるのにも、スリーパーホールドを使《つか》う。

ぼくはゴクリとつばをのみこんでから、きいた。

「気絶《きぜつ》？　それで、そのあと、どうなったの？」

「しばらくして、目をさました。もちろん、気絶《きぜつ》してるあいてに、なにかするなんてことは、やってない。その野郎《やろう》、目をさますと、起《お》きあがって、そばにいるおれの顔《かお》を一度《いちど》だけ見たけど、あとは目をそらして、鳥居《とりい》のほうに引《ひ》きあげていった。だから、おれはうしろからいってやった。『運《うん》がよかったな。ここはタイガーのなわばりだ。タイガーがいたら、おまえ、いまごろ、歩《ある》いて帰《かえ》れねえぜ。』ってな。」

「へえ、そんなことがあったのかあ。」

そういって、ぼくがため息《いき》をつくと、ブッチーがいった。

「だいたい、タイガーも悪《わる》いんだ。このごろ、すっかり飼《か》いねこになって、なわばりの見まわりをなまけてるから、あんなカメみたいな、マナーの悪《わる》いやつがのさばってくるんだ。ほんと、こまりもんだぜ。」

ぼくはブッチーの傷《きず》をもう一回《かい》見て、いった。

「ミーシャのうちにいって、獣医《じゅうい》さんにみてもらったほうがいいよ。」

ミーシャというのは、なんていうか、ブッチーのガールフレンドっていうか、恋人《こいびと》っていうか、ブッチーとミーシャのあいだには、子どももいて……って、そういうことなんだけど、そんなことより、ミーシャは獣医《じゅうい》さんの飼《か》いねこだ。ミーシャのところにいけば、獣医《じゅうい》さんもいるから、傷《きず》だってみてもらえる。

でも、ブッチーはミーシャのところにいく気はないようだった。

ブッチーは、

「おまえ、これくらいの傷《きず》で、ミーシャに心配《しんぱい》かけるなんて、そんなこと、できるかよ。」

といってから、話《はなし》をかえた。

「そこの縁《えん》の下《した》にあるやつだけど、あれ、おまえの本だろ。なんていうんだっけ、あの本。」

神社《じんじゃ》の縁《えん》の下《した》には一冊《さつ》しか本がない。ぼくがひろって、口でくわえてきた本だ。

「『ポケット版《ばん》ことわざ辞典《じてん》』だけど、それがどうかした？」

といいながら、ぼくは、さっき縁《えん》の下《した》でブッチーが見ていたのはきっとその本だと思《おも》った。

案《あん》の定《じょう》、ブッチーがいった。

「おまえがくるまで、おれ、あの本のページめくったりして、見てたんだよ。」

そこまでは予想《よそう》したとおりだった。でも、そのあとブッチーがいったことは、ぼくにはすごく意外《いがい》だった。

「あれ、絵《え》が入っていて、なんだか、おもしろそうだよな。あれって、どれくらい字を知《し》っていたら、読《よ》めるようになるんだ？　おれも、字、ならおうかな……。」

ぼくはすぐにはことばが出なかった。

ブッチーはいままで、字に興味《きょうみ》をしめしたことが一度《いちど》もない。まえにぼくが『ポケット版《ばん》ことわざ辞典《じてん》』をひろったことを話《はな》したとき、ブッチーは、

「そんなものひろって、どうするんだ。おまえ、からだのどこかに、ポケットなんてあるの？」

とぼくをからかうようなことをいった。それで、その本を見たいかどうか、ぼくがきくと、ブッチーは、

「ぜんぜん！」

といいきったのだ。それなのに、いったいどういう風《かぜ》のふきまわしだ。

ぼくは目をまんまるにして、ブッチーの顔《かお》を見たのだろう。

ブッチーはぼくの顔《かお》を見て、いった。

「なんだよ、そんな顔《かお》をすることないだろ。目をまんまるにしやがって。おまえ、おれのこと、ばかにしてるのか。」

「ばかになんか、してないよ。」

とひとまずそういってから、ぼくは答《こた》えた。

「あの本、漢字《かんじ》には、ぜんぶひらがながふってあるんだ。つまり、漢字《かんじ》のとなりにひらがなが書《か》いてあるから、ひらがなをおぼえると、あの本は読《よ》めるようになるけど……。」

「それで、ひらがなって、いくつあるんだ。」

「数《かぞ》えかたにもよるんだけど、五十音っていうから、だいたい五十くらいかな。だけど、たとえば、〈かきくけこ〉と〈がぎぐげご〉をべつのものとすると、もっと数《かず》はふえるけどね。」

「そりゃあ、かとがはちがうだろ。虫だって、かとがじゃ、ちがうだろうが。」

「そうだね。たしかに、かとがはべつの虫だ。かはさして血《ち》をすうけど、がはそんなことしない。でもさ、もし大きなガが顔《かお》にべたっとへばりついてきて、血《ち》をちゅうちゅうすってきたら、こわいよね。ブッチーも、そう思《おも》わない？」

「そう思《おも》うけど、いまは虫の話《はなし》じゃないだろ。」

「あ、そうだった。虫の話《はなし》じゃなくて、字の話《はなし》だった。字ってさ、最初《さいしょ》がむずかしいんだよ。だけど、ブッチーは頭《あたま》がいいから、

すぐにおぼえられるよ。だいたい書《か》いておぼえるんだけど……。」
ぼくがそういうと、ブッチーが、
「いや、書《か》くのは、書《か》けなくてもいいんだ。だけど、五十かあ……。
五十は、ちょっと多《おお》いなあ。」
といったので、すかさずぼくはいった。
「だったら、ローマ字はどう？
ローマ字なら、ぜんぶで二十六文字しかないよ。」
すると、ブッチーはすぐに、
「それ、どんなのだ？」
と興味《きょうみ》をしめした。
そこで、ぼくは、
「論《ろん》より証拠《しょうこ》。砂場《すなば》にいこう。」
といい、神社《じんじゃ》の敷地《しきち》にある児童公園《じどうこうえん》の砂場《すなば》にブッチーをさそった。
ついでにいっておくと、〈論《ろん》より証拠《しょうこ》〉は『ポケット版《ばん》ことわざ辞典《じてん》』にのっているこ

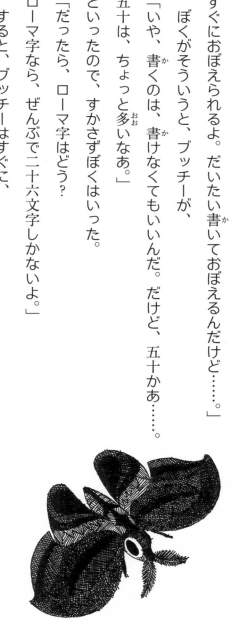

とわざだ。あれこれいってるより、証拠《しょうこ》を見せたほうが早いってこと。

ふたりで砂場《すなば》にいくと、ぼくは砂《すな》の上に前足《まえあし》で、〈NEKO《エヌイーケーオー》〉と書《か》き、

「これで、〈ねこ〉って読《よ》むんだ。ひらがなだと二文字ですむんだけど、ローマ字は二十六文字しかないぶん、書《か》くと、文字の数《かず》がよけいに必要《ひつよう》になるんだよ。」

と説明《せつめい》した。

ブッチーはしばらく、砂《すな》の上の文字を見ていた。そして、ゆっくりと顔《かお》をあげると、

「だけど、ローマ字じゃあ、あの本は読《よ》めないよな。」

といった。

「まあ、そうだけど。でも、道路標識《どうろひょうしき》の地名《ちめい》なんかだと、漢字《かんじ》のほかに、ローマ字で書《か》かれてることが多《おお》いから、外国人《がいこくじん》には便利《べんり》みたいだよ。」

ぼくがそういうと、ブッチーは、

「標識《ひょうしき》の地名《ちめい》？」

とつぶやいてから、もう一度《いちど》、砂《すな》の上の〈NEKO《エヌイーケーオー》〉という字に目を落《お》とし、

「ちょっと考《かんが》えてみる。」

といい、それから、話《はなし》をかえた。

「そういえば、最近《さいきん》、テリーを見ないけど、どうしたんだ？」

テリーというのは、市川《いちかわ》をなわばりにしているブラッドというねこの弟《おとうと》で、このごろずっと、日野《ひの》さんのうちにいる。

「テリーなら、クリスマスイブに市川《いちかわ》に帰《かえ》ったよ。『クリスマスとお正月くらい帰《かえ》ってないと。』とかいってさ。」

「ふうん。里帰《さとがえ》りってやつだな。」

ブッチーはそういうと、

「腹《はら》へっちゃったから、日野《ひの》さんちにいこうか。」

といって、鳥居《とりい》のほうにむかって歩《ある》きだした。

## 3

# ニャアのびみょうなちがいとツバメ一羽《わ》じゃ、夏《なつ》とはいえぬ

日野《ひの》さんのうちにもどると、イッパイアッテナが台所《だいどころ》で、おてつだいのおばあさんからキャットフードのまぐろのかんづめをもらっていた。

台所《だいどころ》のえさ入れは、ねこが三匹《びき》くらい、一度《いちど》に顔《かお》をつっこんでもよゆうがある。

そのえさ入れから顔《かお》をあげて、イッパイアッテナはブッチーの左耳あたりをちらりと見たが、ちょっと毛《け》がぬけていることについてはなにもいわず、

「おう。さきにやってるぜ。」

といった。

ぼくはおばあさんに、

「いただきます。」

といってから、えさ入れに顔《かお》をつっこんだ。

ブッチーは、おばあさんに顔《かお》の左側《ひだりがわ》を

見せないようにしながら、

「いつも、すみませんね。」

なんていっている。

「いただきます。」

にしても、

「いつも、すみませんね。」

にしても、人間《にんげん》の耳には、

「ニャア。」

にしか聞《き》こえないのだろうけど、どういうわけか、おばあさんはその、

「ニャア。」

のびみょうなちがいがわかるようで、ぼくには、

「たくさん、おあがり。」

といい、ブッチーには、

「えんりょしなくていいんだよ。」

なんていう。

まぐろのかんづめのおひるごはんを食《た》べてしまうと、ブッチーがイッパイアッテナを、

「ちょっと神社《じんじゃ》にいかないか。」

とさそった。

たぶん、ブッチーは字のことをイッパイアッテナに相談《そうだん》したいのだろう。

ぼくはそう思《おも》った。

ぼくからだけではなく、ブッチーはイッパイアッテナからも、たとえば、字をならうのはどれくらいたいへんかなんていうようなことをききたいのだろう。

「ルドのときは、どうだった？」

なんて、ぼくがいるところではききにくいにちがいない。

ぼくは、だれにいうともなく、

「ちょっとデビルのところにいってくる。」

といって、庭《にわ》に出た。

日野《ひの》さんのうちの庭《にわ》と、

デビルの飼《か》い主《ぬし》の小川《おがわ》さんのうちの庭《にわ》は垣根《かきね》でしきられているけど、垣根《かきね》はすきまだらけのうえに、そんなに高《たか》くないから、ぼくたちねこも、デビルも自由《じゆう》に行《い》き来《き》できる。デビルは犬小屋《いぬごや》のまえでねていた。ねていたといっても、眠《ねむ》っていたのではなく、横《よこ》になっているだけだ。

冬《ふゆ》にしても温《あたた》かい日で、よく晴《は》れて、風《かぜ》もなかったから、ひなたぼっこには最適《さいてき》の日だ。

ぼくがそばにいくと、デビルは起《お》きあがって、すわった。

「きのうの牛肉《ぎゅうにく》だけど、あれはかなりの上物《じょうもの》だな。うまかった。日野《ひの》さんによろしくいっといてくれ。」

デビルはそんなことをいったけど、ぼくがデビルの伝言《でんごん》を日野《ひの》さんにつたえても、どうせ、

「ニャア。」

にしか聞《き》こえない。けれども、たのまれた以上《いじょう》、たとえそうでも、日野《ひの》さんにそういわなければならない。

「わかった。」

と答《こた》えて、ぼくはデビルのとなりにすわった。

とくに話《はな》すこともないから、ぼくたちはそうやってひなたぼっこをしていたのだけれど、そういうのって、心《こころ》がゆったりして、とても気持《きも》ちがいい。

しばらくして、デビルが垣根《かきね》ごしに日野《ひの》さんのうちに目をやった。

日野《ひの》さんのうちの庭《にわ》にはだれもいなかった。

「じつはルド……。」

とデビルはいって、ぼくの顔《かお》を見た。そして、そのあとこういった。

「これはまだ、タイガーにも、ブッチーにもいってないんだけどな。」

デビルはこわいくらいまじめな顔《かお》だった。

ぼくは直感《ちょっかん》した。

これは重大《じゅうだい》な話《はなし》だ。

ぼくはデビルの横《よこ》から、正面《しょうめん》にからだをうつした。

そして、しっかりまえに両前足《りょうまえあし》をついて、すわった。

DEVIL

デビルは口をひらいた。

「引《ひ》っ越《こ》し……。」

その瞬間《しゅんかん》、ぼくは腰《こし》から力がぬけるのがわかった。

小川《おがわ》さんのうちが引《ひ》っ越《こ》しちゃうのだろうか？

「……がきまってな。それが、けっこう遠《とお》いところなんだ。」

と、そうくるんじゃないだろうかと、ぼくは腰《こし》から力がぬけながら、緊張《きんちょう》した。

でも、デビルはそうはいわず、そのあとこうことばをつづけた。

「……していったブッチーの飼《か》い主《ぬし》だけどな。ほら、金物屋《かなものや》の主人《しゅじん》だ。おまえも、顔《かお》くらい知《し》ってるだろ。うちの奥《おく》さんが庭《にわ》いじりが好《す》きだから、おれは何度《なんど》も奥《おく》さんにつれられて、あの金物屋《かなものや》にいったことがある。あそこは、金物《かなもの》だけじゃなくて、肥料《ひりょう》とかも売《う》ってたし。」

ふだんだったら、ぼくは、

「うちの奥《おく》さんって、デビル、いつおよめさんをもらったの？」

なんて、ばかなことをいってしまうかもしれないのだけど、そんなことをいう雰囲気《ふんいき》じゃなかったし、めすのいぬは肥料《ひりょう》を買《か》いにいったりしない。

ぼくはだまって、そのあとを聞《き》いた。

デビルがいった。

「このあいだ、その人を見たんだよ。」

ブッチーのもとの飼《か》い主《ぬし》は、金物屋《かなものや》が倒産《とうさん》しちゃって、茨城《いばらき》の親戚《しんせき》のところに引《ひ》っ越《こ》したのだ。そのとき、ブッチーの飼《か》い主《ぬし》はブッチーをつれていこうとしたんだけど、ブッチーはいかなかった。そのことは、みんなが知《し》っている。

「それ、どこで？　いつ？」

ぼくがそういうと、デビルは答《こた》えた。

「金物屋《かなものや》があったところだ。いまは中華料理屋《ちゅうかりょうりや》になってるけど、店《みせ》の駐車場《ちゅうしゃじょう》に車をとめて、中に入っていった。クリスマスの二、三日まえだったかな。夕がただ。おれがねこだったら、ブッチーのもとの飼《か》い主《ぬし》が店《みせ》から出てくるのを待《ま》ってたけど、なにしろ、奥《おく》さんとの散歩《さんぽ》のとちゅうだから、そうもいかない。だけど、あれはブッチーのもとの飼《か》い主《ぬし》にまちがいない。」

「車って、どんな車だった？　トラックとか？」

「いや、ちがう。ふつうの乗用車《じょうようしゃ》だった。白いやつだ。」

ぼくはあやうく、

「ナンバーは？　どこのナンバーだった？」

ときそうになった。

ナンバーが茨城県《いばらきけん》のナンバーだったら、デビルが見たのがブッチーのもとの飼《か》い主《ぬし》だっていうことの証拠《しょうこ》になる。

だけど、デビルは字が読《よ》めないのだ。

ぼくはそのことばをのみこんで、ちがうことをきいた。

「それで、どんなかっこうだった？　なんていうか、貧乏《びんぼう》そうとか……。」

「べつに金持《かねも》ちにも見えなかったけど、貧乏《びんぼう》そうでもなかった。スーツを着《き》て、ネクタイもしていた。車だって、どっちかっていうと、新《あたら》しかった。

車からおりるとき、手に黒《くろ》っぽいコートを持《も》っていた。」

ぼくは金物屋《かなものや》のおじさんがスーツを着《き》て、

ネクタイをしているところを見たことがない。

「デビル。それ、ブッチーにいってないって、どうして？」

「いって、どうなるんだ？」

「どうって……。」

「ブッチーのもとの飼《か》い主《ぬし》が、店《みせ》があったところにできた中華料理屋《ちゅうかりょうりや》に入っていったってことをブッチーにいうと、なにかいいことがあるのか？」

「だって、もしかしたら、ブッチーをむかえにきたのかもしれないじゃないか。」

ぼくがそういうと、デビルは一度《いちど》日野《ひの》さんのうちのほうを見てから、ぼくに視線《しせん》をもどして、いった。

「ひょっとしたら、そうかもしれない。だけど、〈ツバメ一羽《わ》じゃ、夏《なつ》とはいえぬ〉っていうしな。」

「なにそれ？　ことわざ？」

「うちのおやじがよく電話《でんわ》でそういってる。おやじったって、おれの父親《ちちおや》じゃないぞ。おれの飼《か》い主《ぬし》だ。おまえ、ときどき、本気でぼけるからな。」

「デビルの飼《か》い主《ぬし》だってことは、すぐにわかるよ。」

ぼくはそういったけど、もしデビルが、〈電話《でんわ》で〉というところをはぶいたら、デビルのお父《とう》さんがそういったのだと誤解《ごかい》したかもしれない。いぬは電話《でんわ》で話《はな》さない。だから、そこのところはわかったけど、一羽《わ》のツバメのところがわからなかった。

知《し》ったかぶりはよくないので、ぼくはきいてみた。

「その〈ツバメ一羽《わ》じゃ、夏《なつ》とはいえぬ〉って、どういう意味《いみ》？」

「ツバメが一羽飛《わと》んできたって、夏《なつ》がはじまったことにはならないってことさ。早がってんは禁物《きんもつ》ってことだな。もし、ブッチーのもとの飼《か》い主《ぬし》が、なにかの用事《ようじ》があって、ちょっとこの町にもどってきて、自分《じぶん》の店《みせ》があったところにできた中華料理屋《ちゅうかりょうりや》で、めしでも食《く》っていこうかって、そう思《おも》っただけだったとしたら？　たとえば、『ブッチー！』なんて、大声《おおごえ》でよんでいたら、おれは、奥《おく》さんが持《も》っているリードをふりきったって、すぐにブッチーに知《し》らせに走《はし》ったぜ。」

「だけど、ブッチーをむかえにきたんじゃなくても、ブッチーは、もとの飼《か》い主《ぬし》にあいたかったんじゃないかな。」

「そうかもしれないし、そうではないかもしれない。」

デビルはそういってから、ブルッとからだをゆすった。そして、

「まあ、そういうことだ。おれはブッチーにそのことをいう気にはなれなかった。それで、まあ、おれは自分《じぶん》で持《も》ちきれなくなった荷物《にもつ》をおまえにあずけることにしたってわけだ。悪《わる》いけど、よろしくたのむ。おれだって、ブッチーの友《とも》だちのつもりだが、おまえのほうがブッチーとはつきあいが古《ふる》いしな。」

つまり、デビルは、自分《じぶん》がブッチーのもとの飼《か》い主《ぬし》を見たことをブッチーに知《し》らせるかどうかという決断《けつだん》をぼくにゆだねたということだ。

「わかった。荷物《にもつ》はあずかるよ。デビルが金物屋《かなものや》さんを見たのは一度《ど》だけ？　そのあとは見てないの？」

「一度《ど》だけだ。」

「そうか……。」

とぼくはつぶやきながら、それじゃあ、やっぱり、金物屋《かなものや》さんのおじさんは、いや、もと金物屋《かなものや》さんだった、ブッチーのもとの飼《か》い主《ぬし》は、ブッチーをむかえにきたんじゃないかも

しれない……、と思《おも》った。

それに、ブッチーをさがしにきたなら、やっぱり、

「ブッチー！」

って、何度《なんど》も大声《おおごえ》でよぶんじゃないだろうか……。

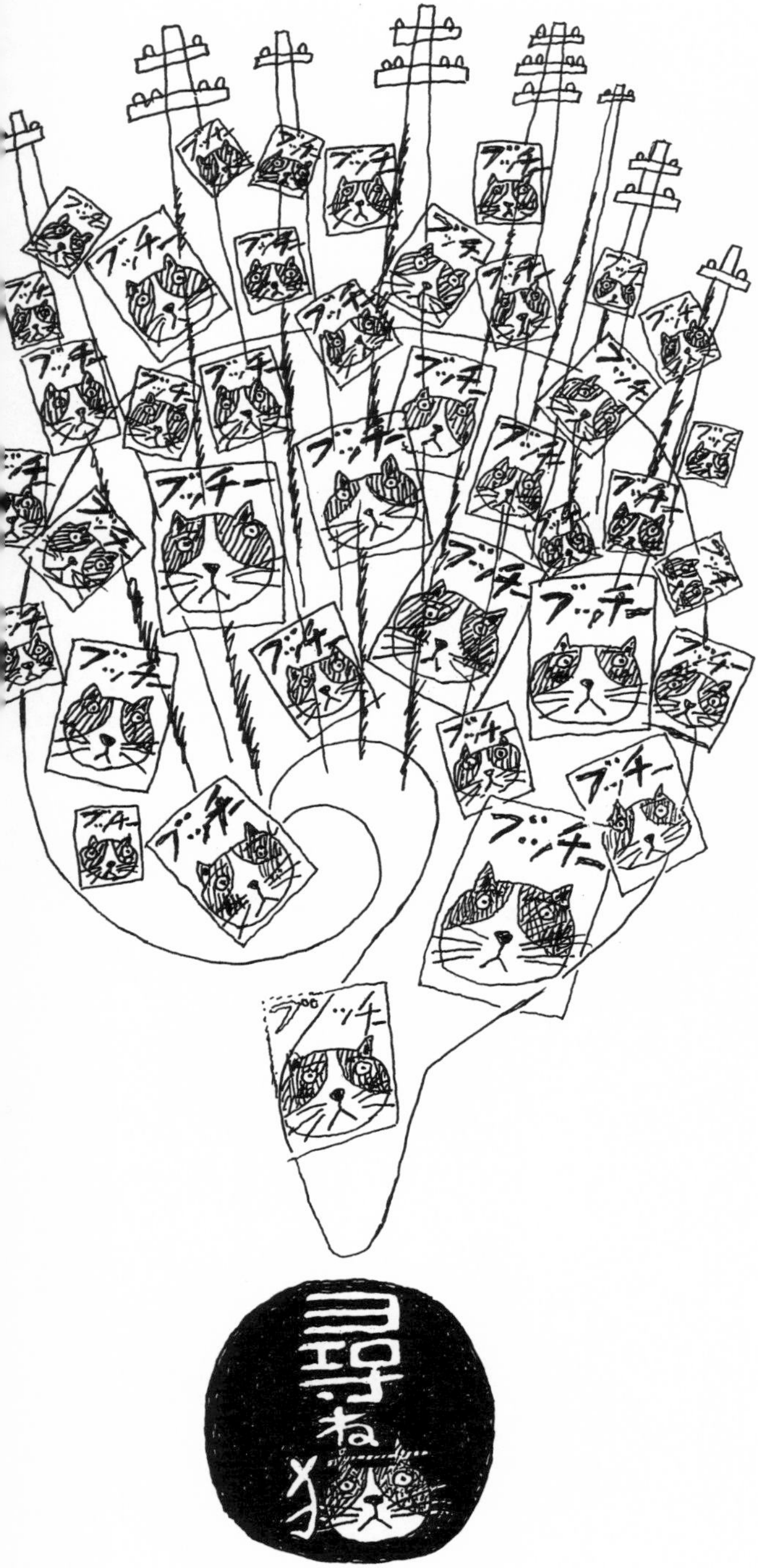

4

# 気まずい訪問《ほうもん》とききわすれた名まえ

日野《ひの》さんのうちのおてつだいのおばあさんは、古《ふる》い一軒《いっけん》屋《や》に住《す》んでいて、いぬを一匹《ぴき》飼《か》っている。ブルドッグの雑《ざっ》種《しゅ》で、外見《がいけん》は、脚《あし》が長《なが》いブルドッグっていう感《かん》じだ。

そのいぬは、血統書《けっとうしょ》つきの純血種《じゅんけつしゅ》のいぬやねこをおそいながら、千葉《ちば》のほうからやってきたいぬだ。

江戸《えど》川《がわ》のむこうの市川《いちかわ》や松戸《まつど》あたりは、ブラッドという農家《のうか》のねこのなわばりだ。そこに飼《か》われているダックスフントがそのいぬにおそわれ、イッパイアッテナはそのいぬを退治《たいじ》するために、市川《いちかわ》に出かけたのだけれど、イッパイアッテナのるすのあいだ、そのいぬがこっちにきちゃって、けっきょく、ぼくとブッチーで協力《きょうりょく》し、小川《おがわ》さんのうちの庭《にわ》にそのいぬをおびきよせた。それで、そのいぬはデビルと対決《たいけつ》することになったのだけれど、勝負《しょうぶ》は一瞬《いっしゅん》でついた。もちろん、デビルの勝《か》ちだ。

庭《にわ》でたおれていたそのいぬを小川《おがわ》さんのうちの奥《おく》さんが見つけ、獣医《じゅうい》さんをよんできてつれていってもらい、いぬはしばらく入院《にゅういん》していた。ところが、入院中《にゅういんちゅう》に、日野《ひの》さんのうちのおてつだいさんがそのいぬを見て、どこが気に入ったのか、そのいぬはいま、おばあさんに飼《か》われている。

イッパイアッテナとぼくが百パーセントノラねこで、おばあさんがまだ日野《ひの》さんのうちのおてつだいさんになってなかったころ、ぼくたちはよくおばあさんのところにいって、玄関《げんかん》さきで、にぼしをもらっていた。おばあさんのうちの中には入ってないけれど、うらに小さな庭《にわ》があるらしく、ふだんそのいぬはそこにいるみたいだ。

おばあさんがいつそのいぬを散歩《さんぽ》させているのか、ぼくは知《し》らない。

イッパイアッテナが日野《ひの》さんのうちの飼《か》いねこにもどり、おばあさんがおてつだいさんにやとわれたあとは、おばあさんとはいつでもあえるってこともあって、ぼくはおばあさんのうちにはいってない……、っていうのはちょっとうそが入った。

おばあさんが日野《ひの》さんのうちにくるし、日野《ひの》さんのうちには、ねこの食《た》べ物《もの》がふんだんにあるからってこともあるけど、ぼくがおばあさんのうちにいかないことには、ほんとうはもっとちがう理由《りゆう》がある。

そのいぬがおばあさんのうちの飼《か》いいぬになったのは今年《ことし》の夏《なつ》のはじめころだったから、もう半年《はんとし》くらいたつ。そのあいだ、ぼくはそのいぬと一度《いちど》もあってない。つまり、まだ、ちゃんと仲《なか》なおりをしていないのだ。仲《なか》なおりをしないまま時間《じかん》がたってしまい、なんだか気まずいのだ。まさか、そのいぬがぼくやブッチーやデビルにしかえしをしようと思《おも》っているなんてことはないだろうけど……。

飼《か》いいぬになったのだから、名まえもつけられただろうけど、ぼくはそれも知《し》らない。

いつかあいにいったほうがいいと思《おも》いながら、日にちがたってしまっていた。

そこでぼくは、新年《しんねん》のまえに、この問題《もんだい》を解決《かいけつ》すべく、夕がた、おばあさんが日野《ひの》さんのうちを出たとき、少《すこ》しはなれてついていった。

ところが、もうすぐおばあさんのうちにつくというとき、おばあさんのうちの横《よこ》の路地《ろじ》から、ブッチーが出てきた。ブッチーは、ぼくたちがくるほうとは反対《はんたい》のほうに、そのまま歩《ある》いていってしまったから、おばあさんにも、ぼくにも気づかなかったみたいだ。

なんでそんなところからブッチーが出てくるのか、わからなかった。路地《ろじ》のさきには、おばあさんのうちの勝手口《かってぐち》とうら庭《にわ》があるのだ。

ぼくがおばあさんのあとからついていったのは、おばあさんのいるところで、そのいぬとあったほうがいいと思《おも》ったからだ。いまさら、ぼくにしかえしすることはなくても、ふたりだけだと、やっぱり気まずい。

おばあさんがうら庭《にわ》にいって、そのいぬの頭《あたま》なんかをなでているところで、おばあさんのうしろから顔《かお》を出し、

「やあ……。」

なんて声《こえ》をかけ、それをきっかけにして話《はなし》をするというのがぼくの計画《けいかく》だったのだ。

ブッチーが路地《ろじ》から出てきたということは、いままで、ブッチーがそのいぬとあっていた可能性《かのうせい》が高《たか》いんじゃないだろうか。もし、そうだとして、ブッチーが帰《かえ》ったあとすぐぼくがいって、

「やあ……。」

なんていうのは、なんか不自然《ふしぜん》で、そういう状況《じょうきょう》は気まずさが増《ま》すばかりだ。

立ちどまって、どうしようか考《かんが》えているうちに、おばあさんは小さな門《もん》を開《あ》けて、玄関《げんかん》

からうちの中に入ってしまった。でも、一分《ぷん》もしないうちに、買《か》い物《もの》バッグを持《も》って、うちから出てくると、ブッチーが歩《ある》いていったほうにいってしまった。それは駅《えき》につづく道《みち》で、駅《えき》まえにはスーパーがある。

ブッチーのあと、すぐにそのいぬにあうのは気まずいけれど、そんなことをいっていたら、気まずさはどんどん大きくなっていくばかりだ。

だいたい、おばあさんがいたほうが話《はな》しやすいから、おばあさんのうしろから、

「やあ……。」

なんていって顔《かお》を出すのも、考《かんが》えてみればひきょうだ。

ぼくはそう思《おも》いなおして歩《ある》きだし、おばあさんのうちの横《よこ》の路地《ろじ》に入っていった。

日は暮《く》れかかっていたけれど、空はまだ明《あか》るかった。

路地《ろじ》のつきあたりの左側《ひだりがわ》が勝手口《かってぐち》で、正面《しょうめん》が木戸《きど》だった。木戸《きど》といっても、下にけっこう広《ひろ》いすきまがあったから、ぼくはそこをくぐって、中に入った。

そこは、日野《ひの》さんのうちや小川《おがわ》さんのうちの庭《にわ》にくらべると、だいぶせまかったけれど、それでも、たたみにしたら六畳《じょう》くらいの広《ひろ》さがあった。となりのうちとのさかいは

ブロック塀《べい》で、塀《へい》ぞいに、細《ほそ》い木が何本《なんぼん》かあった。そのうちの一本が桜《さくら》だった。桜《さくら》の木は、花や葉《は》がなくても、ぼくはすぐにわかる。ぼくは桜《さくら》が好《す》きだ。

桜《さくら》の木の下に、小さな池《いけ》があって、そのとなりに、新《あたら》しいいぬ小屋《ごや》があった。

その小屋《こや》のまえに、いぬはすわっていた。

首輪《くびわ》をしていたけれど、ロープとか、鎖《くさり》とかでつながれていることはなかった。

ぼくの知《し》るかぎり、そのいぬはけっこうジャンプ力がある。逃《に》げようと思《おも》えば、木戸《きど》を軽《かる》くとびこえて、外《そと》に出ていけるだろう。

ぼくは立ちどまって、いぬの顔《かお》を見た。

いぬのほうでも、ぼくの顔《かお》を見た。

ぼくが、

「やあ……。」

なんて、まぬけなあいさつをするまえに、いぬがいった。

「ルドルフだな。」

このいぬ、ぼくの名まえを知《し》ってるのかと思《おも》ったけど、ぼくはいぬの名まえを知《し》らな

い。

　ぼくがうなずくと、いぬはいった。

「おまえ。悪魔《あくま》でも考《かんが》えつかないような計略《けいりゃく》を思《おも》いつくっていわれてるんだってな。たしかに、あのときは、うまく計略《けいりゃく》にはまったぜ。」

「悪魔《あくま》でも考《かんが》えつかないって、そんなこともないけど……。」

「それで、なんの用《よう》だ？」

ときかれ、ぼくはどう答《こた》えようか考《かんが》えていると、いぬは、

「まあ、いい。いずれ、こっちからあいさつしにいかなきゃと思《おも》っていたところだから、ちょうどいい。おまえの兄貴分《あにきぶん》のなわばりで、さわぎを起《お》こして、すまなかったな。」

といった。

「だけど、こっちも、だまし討《う》ちみたいなことをしたから、そのてんについては、悪《わる》かったかなって……。」

　ぼくがそういうと、いぬは、

「おれはおまえより、ずっとでかい。おまえとしちゃあ、計略《けいりゃく》を使《つか》うしかない。べつに

悪《わる》かあない。それで、なんだ、きょうは。なにか用《よう》か？」

ときいてきた。

これじゃあ、会話《かいわ》があいてのペースだ。

ぼくは、

「べつに用《よう》ってこともないんだけど、ちょっとあいさつにきたんだ。」

と答《こた》えたけれど、そのあとなにを話《はな》していいかわからなくなった。

「あいさつとは？」

そんなふうにいわれると、ますますこまってくる。

「つまり、なんていうか、これからはよろしくみたいな……。」

自分《じぶん》でそういってから、ことばの歯切《はぎ》れの悪《わる》さに、自分《じぶん》でもうんざりしそうになった。

「なんだ、その、よろしくみたいなの、みたいなってのは。まあ、いい。じゃあ、こちらからもいうが、これからはよろしく……。」

といって、ちょっと間《ま》をおき、いぬは、

「……みたいな。」

とつけくわえた。そして、

「おまえ、ずいぶん遠《とお》くから、この町にきたんだってな。」

といった。

だれかがしゃべったにちがいないけど、だれがそんなことをいったのだろう。

さっきブッチーが路地《ろじ》から出ていったけど、ブッチーかな。

ブッチーはよくここにきているのだろうか。

「だれかがそういってた？」

ぼくがそういうと、いぬはあたりまえのように答《こた》えた。

「ブッチーから聞《き》いた。」

「いつ？」

「いつだったかな。あいつ、よくくるから、いつ聞《き》いたか、はっきりはおぼえてない。」

さっきブッチーが路地《ろじ》から出てくるのを見たときも、
ちょっとおどろいたけれど、いまのせりふにはもっとびっくりした。

よくくるって……。

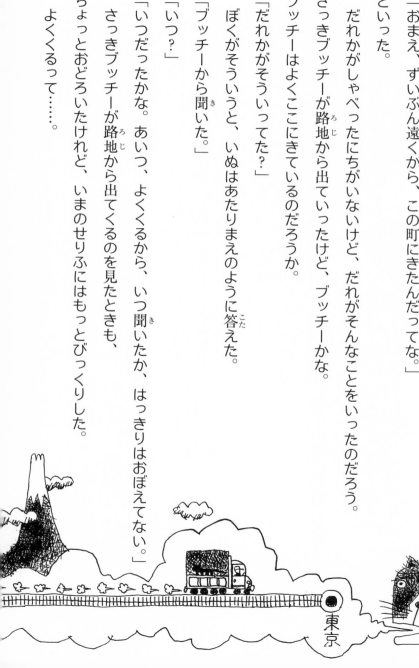

それで、つぎにぼくがなんていおうか、考《かんが》えていると、いぬは、

「そういえば、テリーはどうした？

クリスマスに市川《いちかわ》に帰《かえ》るっていってたが、やはりもどってくるのは年明《としあ》けか？」

なんていった。

ブッチーだけじゃなくて、テリーまでここにきているのかと、
ぼくはますますおどろいた。

このぶんだと、イッパイアッテナもきてるにちがいない。さっき、

「おまえの兄貴分《あにきぶん》のなわばりで、さわぎを起《お》こして、すまなかったな。」

なんていったから、あったことがあるかどうかはべつにしても、
イッパイアッテナのことも知《し》っているのだ。

「タイガーもくるの？」

なんてきくのは、いかにも教養《きょうよう》のないねこのすることだから、ぼくは、

「テリーがもどってくるのは来年《らいねん》だと思《おも》う。」

というと、いぬは話《はなし》をかえた。

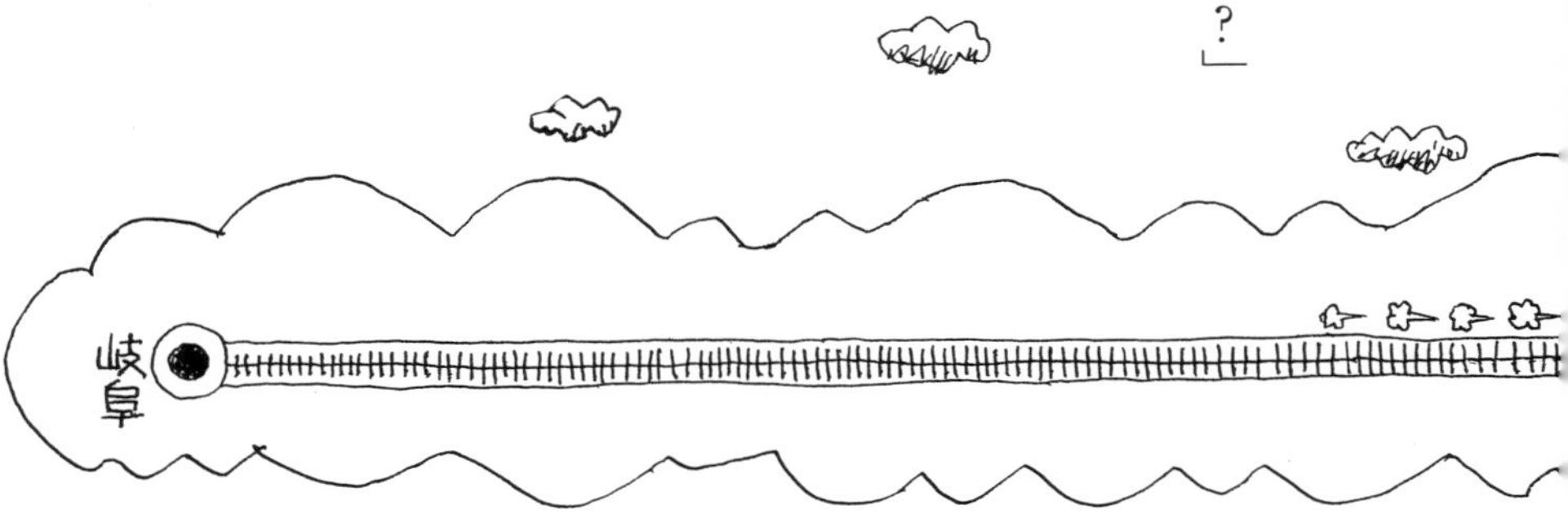

「ここのばあさんは、おれによくしてくれるし、ちゃんとめしも食《く》わせてくれる。夜《よる》はうちの中に入れてくれる。考《かんが》えてみりゃあ、いままでの暮《く》らしにくらべれば、ここは極楽《ごくらく》みたいなもんだ。居心地《いごこち》がいいから、あんまり外《そと》にも出たくない。朝早《あさはや》くと、夜《よる》、ばあさんがおれを散歩《さんぽ》につれていくけど、それ以外《いがい》は、おれは外《そと》に出ない。まあ、出ようと思《おも》えば、いつだって出られるんだけどよ。だからってわけじゃないだろうけど、おまえの兄貴《あにき》分《ぶん》とかブッチーとか、テリーがここにきて、おれの話《はな》しあいてになってくれてるってわけさ。」

「そうなの？　それじゃあ、ぼくも、ときどきここにこようかな。」

ぼくはそういってみた。すると、いぬはこう答《こた》えた。

「きてもいいが、ひとつだけ約束《やくそく》しろ。そこに池《いけ》があるだろ。水たまりみたいなせこい池《いけ》だが、あれでも、ちゃんと金魚《きんぎょ》がいる。ばあさんが飼《か》ってるんだ。池《いけ》の金魚《きんぎょ》に手を出さないっていうなら、いつでもこいよ。」

ぼくがおばあさんの金魚《きんぎょ》に手を出すとは、そのいぬだって、本気で思《おも》っているわけじゃないだろう。きっと、じょうだんのつもりなのだと思《おも》ったけれど、ぼくは、

「ああ。約束《やくそく》する。じゃあ、そういうことで、またくる。」

といって、木戸《きど》をくぐって路地《ろじ》に出た。

おもての道《みち》に出てから、ぼくは、いぬに名まえをきかなかったことを思《おも》い出《だ》した。

## 5

# 文字のおぼえかたとけんかのときのことば

字のおぼえかたというのは、人によって、というか、ねこによってちがうらしい。

ぼくの場合《ばあい》、イッパイアッテナから字をならったとき、書《か》きながらおぼえた。でも、ブッチーはちがった。

「べつに、おれは読《よ》めりゃいいわけで、書《か》くことは必要《ひつよう》ない。」

とブッチーがいったので、じゃあ、ためしにやってみようということになり、神社《じんじゃ》の児童公園《じどうこうえん》の砂場《すなば》で、A《エー》からはじめた。

やりかたはこうだ。

まず、ぼくが砂《すな》の上にA《エー》を書《か》く。そして、

「これがエーだ。」

という。すると、ブッチーがそれをじっと見て、記憶《きおく》する。

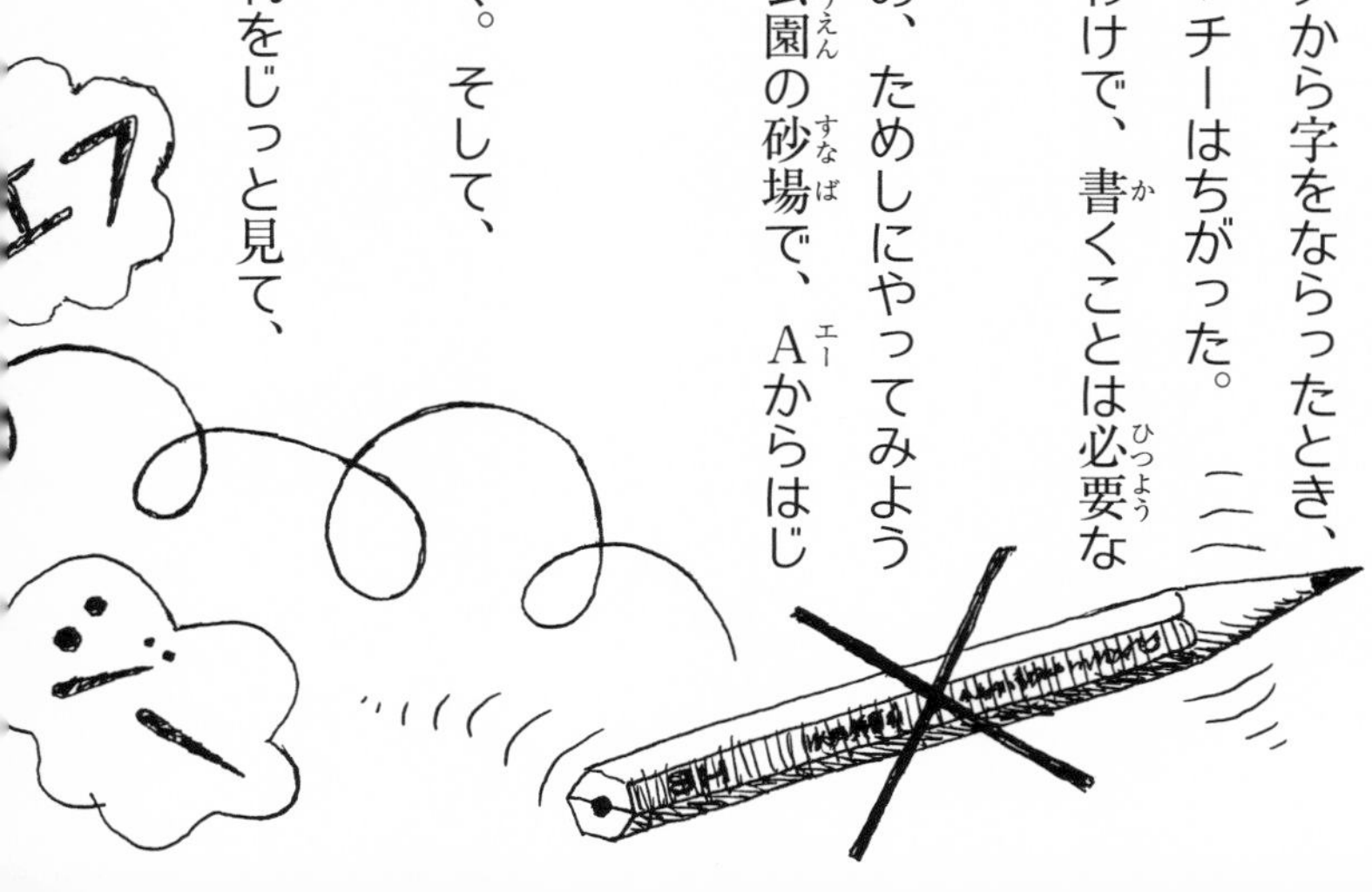

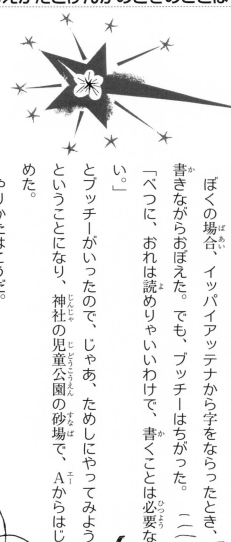

「よし。おぼえた。」

とブッチーがいったところで、ぼくはA《エー》を消《け》して、B《ビー》を書《か》く。

「これがビー。」

「よし。おぼえた。」

とブッチーがいったら、つぎにC《シー》を書《か》く。

最初《さいしょ》の日は、A《エー》からG《ジー》までの七文字を教《おし》えた。

つぎの日はテストからはじまる。

たとえばぼくがF《エフ》を砂《すな》の上に書《か》く。

「エフだ。」

とブッチーが答《こた》えれば、正解《せいかい》というふうにして、順番《じゅんばん》をめちゃくちゃにして、A《エー》からG《ジー》までの七文字をテストした。

ぼくだったら、書《か》かないとなかなかおぼえられないのに、ブッチーは全問正解《ぜんもんせいかい》だった。

「すごいね、ブッチー。」

お世辞《せじ》じゃなくて、ぼくはほんとうにそう思《おも》った。見ただけで、書《か》く練習《れんしゅう》をしなくて

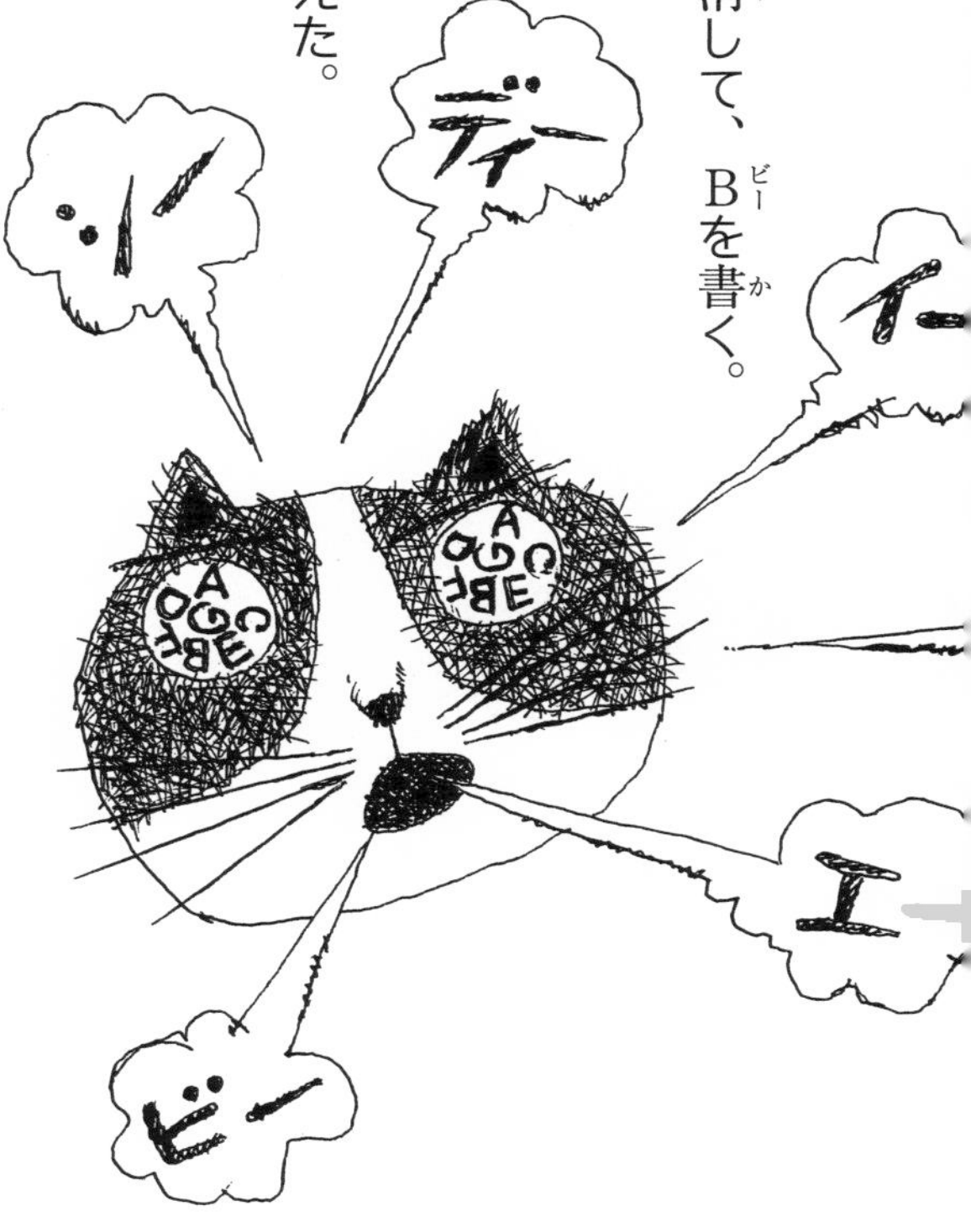

も、おぼえられるなんて、すごいと思《おも》ったのだ。

「読《よ》めると書《か》けるはちがうからな。」

ブッチーはそういったけど、たしかにそうかもしれない。

たとえば、ぼくはバラを漢字《かんじ》でどう書《か》くか知《し》っている。〈薔薇《ばら》〉と書《か》くのだ。だけど、人間《にんげん》だって、この漢字《かんじ》を読《よ》めても、書《か》くと、どこかがちがってしまうなんていうことがあるんじゃないだろうか。

ともかく、ブッチーは読《よ》めればいいといっているのだから、ブッチーの方式《ほうしき》で、A《エー》からG《ジー》までのテストのあとは、H《エイチ》からQ《キュー》までの十文字をやった。そのつぎの日はテストと、R《アール》

からZ《ゼット》までの九文字だ。三日目《みっかめ》、A《エー》からZ《ゼット》までの合計《ごうけい》二十六文字のテストをやると、ブッチーはぜんぶ正解《せいかい》だったので続《つづ》いてローマ字に入った。

アルファベットはテストをふくめて、スムーズに進《すす》んだけど、ローマ字は最初《さいしょ》でちょっとつまずいた。

「まず、あ、い、う、え、お、だけど、これをローマ字で書《か》くと……。」

といって、ぼくは砂《すな》の上に、A《エー》、I《アイ》、U《ユー》、E《イー》、O《オー》と順《じゅん》に書《か》いた。

ここで、ブッチーがひっかかったのだ。

「おい、そりゃあへんじゃないか。それだと、あいうえおじゃなくて、えーあいゆー

いーおーのはずだ。」

ブッチーはそういって、首《くび》をかしげた。

「まあ、英語《えいご》だとそうなんだけど、ローマ字は英語《えいご》とはちがうんだよねえ。」

ぼくはそう説明《せつめい》した。だけど、ブッチーは納得《なっとく》しなかった。

「おまえだって、へんだと思《おも》うだろ。タイガーからならったとき、おまえ、おかしいと思《おも》わなかったのか?」

ブッチーはそういったけど、じつをいうと、ぼくはまるでおかしいと思《おも》わなかったのだ。イッパイアッテナに、

「英語《えいご》のアルファベットの読《よ》みかたと、ローマ字の読《よ》みかたはちょっとちがうからな。」

といわれ、ふうん、そうなのかっていう感《かん》じで、疑問《ぎもん》に思《おも》わなかった。

ぼくはブッチーにいった。

「おかしいと思《おも》ったって、エー・アイ・ユー・イー・オーがあ・い・う・え・おなんだから、しょうがないじゃないか。」

「しょうがないって、おまえ。だったら、英語《えいご》のアルファベットの読《よ》みかたなんか、やる

必要《ひつよう》なかったじゃねえか。ローマ字のあいうえおがわかりゃいいんだから。おまえの好《す》きなことわざでいうと、〈骨《ほね》おりぞんのくたびれもうけ〉ってやつだ。まあ、いいや。それで、かきくけこは？」

そんなふうにいわれると、ぼくとしてもむっとして、ローマ字とは関係《かんけい》ないことをいってしまう。

「べつにぼくは、〈骨《ほね》おりぞんのくたびれもうけ〉っていうことわざが好《す》きなわけじゃないよ。」

「おまえが〈骨《ほね》おりぞんのくたびれもうけ〉が好《す》きだなんて、だれがいったよ。おまえが好《す》きなのっていうのは、ことわざ全体《ぜんたい》のことだ。こっちがいったこと、ちゃんと聞《き》いてろよ。」

ブッチーがいいかえしてきたので、ぼくもまたいいかえす。

「なんだよ、その、ちゃんと聞《き》いてろって。態度《たいど》、大きいなあ。たのまれたから、教《おし》えてやってるのに、そんなふうに、もんくをいうことないだろ。」

「なんだよ、その、『たのまれたから、教《おし》えてやってる。』ってのは？　ずいぶん恩《おん》きせがましいこと、いうじゃねえか。」

「恩《おん》きせがましいことなんか、いってないよ。」

「いってるだろ。」

「いってない。」

「いや、いった。もう、いい。きょうは、これでやめだ。」

「なんだよ、勝手《かって》にやめるなよ。どこまでやるかは、生徒《せいと》じゃなくて、先生がきめるんだぞ。」

「そんなこと、だれがきめたんだ。」

「だれって、小学校じゃ、そうなってる。『きょうはここまで。』っていうのは先生だ。」

「ほう、そうかよ。そりゃあ、生徒《せいと》にちゃんと説明《せつめい》できる先生だったら、それでいいかもしれねえけどな。おまえなんか、どうして、エー・アイ・ユー・イー・オーがあいうえおなのか、説明《せつめい》できねえくせによ。」

「ああ、そうとも。そんなことは説明《せつめい》できないね。説明《せつめい》できなくても、いままでこまったことなんかないしね。イッパイアッテナなら説明《せつめい》できるかもしれないから、そんなことい

うなら、イッパイアッテナにならったらどうだよ。」

最後《さいご》にぼくがそういうと、ブッチーは、

「ああ、そうさせてもらうぜ。」

といって、児童公園《じどうこうえん》から出ていってしまった。

「なんだ、あいつ……。」

なんていいながら、砂場《すなば》の砂《すな》に書《か》いたアルファベットを前足《まえあし》で消《け》していると、うしろから、

「あの……。」

と声《こえ》がした。

ねこの声《こえ》だ。
ぼくがふりむくと、いつそこにきたのか、一匹《ぴき》の知《し》らない白いねこが砂場《すなば》のへりにすわっているではないか。ずいぶん太《ふと》っている。
「なに？」
ぼくがそういうと、その白いねこは、ブッチーが去《さ》っていったほうを見ながら、いっ

た。

「あのねこ、知《し》り合《あ》い？」

「知《し》り合《あ》いっていうか、友《とも》だちだけど。」

ぼくの答《こた》えに、そのねこはびっくりしたような声《こえ》でいった。

「友《とも》だち？　あのらんぼうなねこと？」

「そんなにらんぼうじゃないよ。」

「でも、けっこう、ことばづかい、きついよね。」

「そうかな。まあ、そういうときもあるけど。」

「このあいだ、あのねことけんかになっちゃって。」

「だれが？」

「だれって、おれがだけど。」

「きみが？」

といって腰《こし》をあげ、ぼくは、

「ちょっと、背中《せなか》を見せてくれないか。」

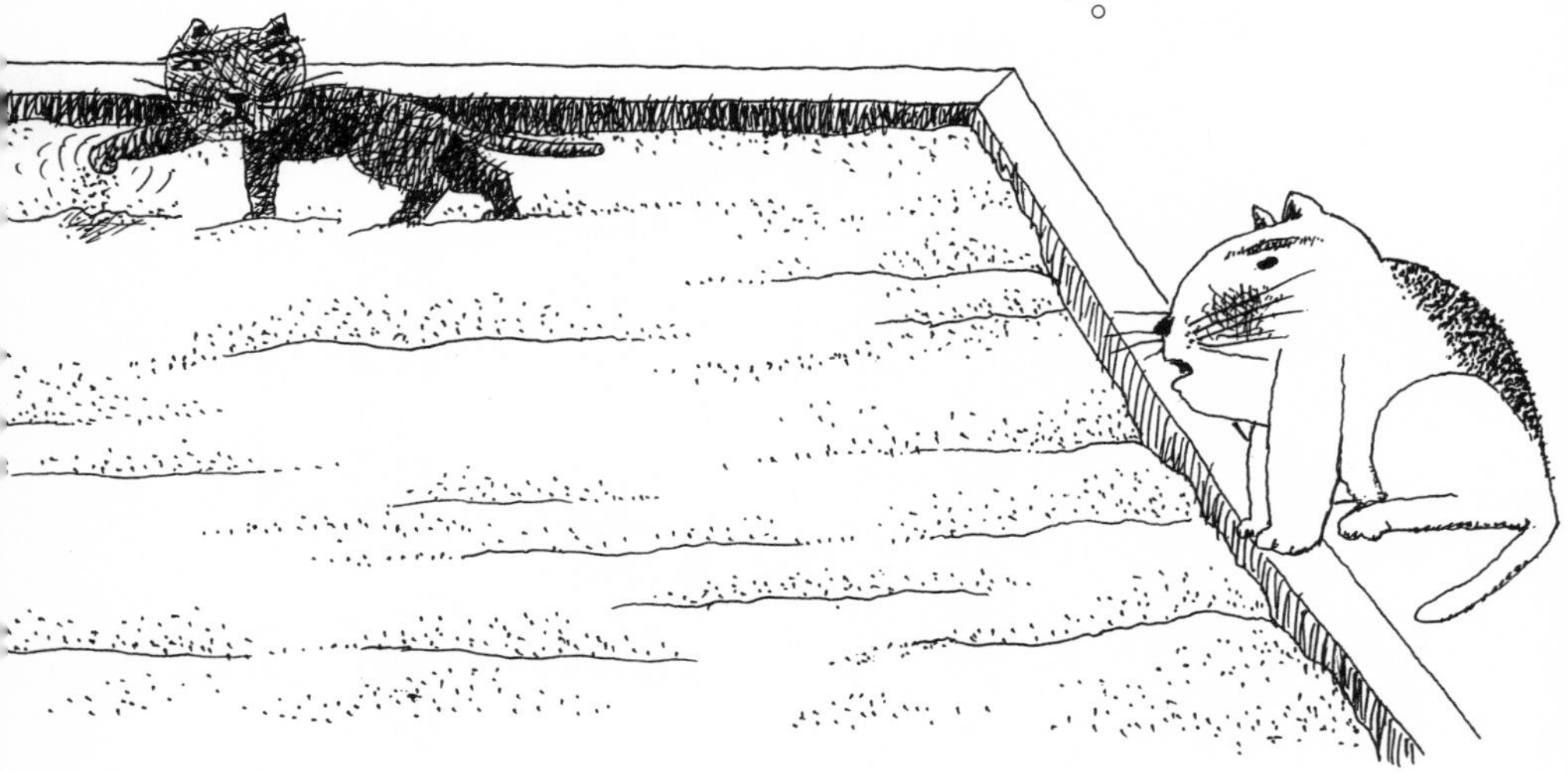

といいながら、そのねこのうしろにまわった。

もしかしてと思《おも》ったら、やっぱりそうだった。その白ねこは背中《せなか》が灰色《はいいろ》で、見ようによっては、そこがカメのこうらに見えなくもない。ブッチーがスリーパーホールドで気絶《きぜつ》させたねこにちがいない。

ぼくがそのねこの正面《しょうめん》にもどると、そのねこがいった。

「このあいだ、おれがそこのさいせん箱《ばこ》の階段《かいだん》でつめをとごうとしたら、あのねこ、いきなり、『なにしやがるんだ。すわるのは勝手《かって》だが、ここでつめなんかといでいいと思《おも》ってやがるのか。ふざけたことしてるんじゃねえ。』って、いきなりそういったんだ。それで、売《う》りことばに買《か》いことばってやつで、『ここでつめをといじゃいけないっていうなら、おまえの顔《かお》でといでやる。』なんていって、顔《かお》にパンチをくらわせたら、首《くび》しめられちゃって、あやうく死《し》ぬところだった。」

ブッチーがそのねこにいったのは、

「すわるのは勝手《かって》だが、そういうことはやめてもらえねえか。」

というせりふだったはずだ。

「なにしやがるんだ。すわるのは勝手《かって》だが、ここでつめなんかといでいいと思《おも》ってやがるのか。ふざけたことしてるんじゃねえ。」

とはかなりちがう。けんかのときにいったことばっていうのは、あとで再現《さいげん》すると、だいぶちがってくるみたいだ。

ぼくがそんなことを考《かんが》えていると、そのねこは、

「まあ、さきに手を出したのはこっちだから、しょうがないけどな。」

といってから、自己紹介《じこしょうかい》した。

「おれ、タートルっていうんだ。タートルって、英語《えいご》でカメのことさ。背中《せなか》のもようがカメみたいだから、そういう名まえをつけられたんだけど、カメみたいに頭《あたま》はひっこまない。もちろん、手足も。」

おもしろいことをいうねこだ。名まえがあるっていうことは、飼《か》いねこか、さもなければ、もとは飼《か》いねこだったノラねこだ。

どちらにしても、自己紹介《じこしょうかい》されたら、こちらも名のらなくてはならない。

「ぼくはルドルフだ。」

ぼくがそういうと、タートルと名のったねこは、

「ふうん、ルドルフね……。」

とつぶやいてから、いった。

「商店街《しょうてんがい》の香港飯店《ホンコンはんてん》っていう中華料理屋《ちゅうかりょうりや》、知《し》ってる？

おれ、あのさきのかどをまがったうちに住《す》んでるんだ。」

「うちに住《す》んでるってことは、飼《か》いねこ？」

「うん。そっちは？」

「ぼくは、なんていうか、半分《はんぶん》ノラってとこかな。」

「半分《はんぶん》ノラかあ……。」

とタートルがいったところで、ぼくははっと気づいた。

香港飯店《ホンコンはんてん》というのは、ブッチーのもとの飼《か》い主《ぬし》の金物屋《かなものや》さんがあったところにできた店《みせ》だ。だったら、タートルのことをブッチーは知《し》っているはずだ。

「香港飯店《ホンコンはんてん》のそばに住《す》んでるって、いつから？」

ぼくがきいてみると、タートルは答《こた》えた。

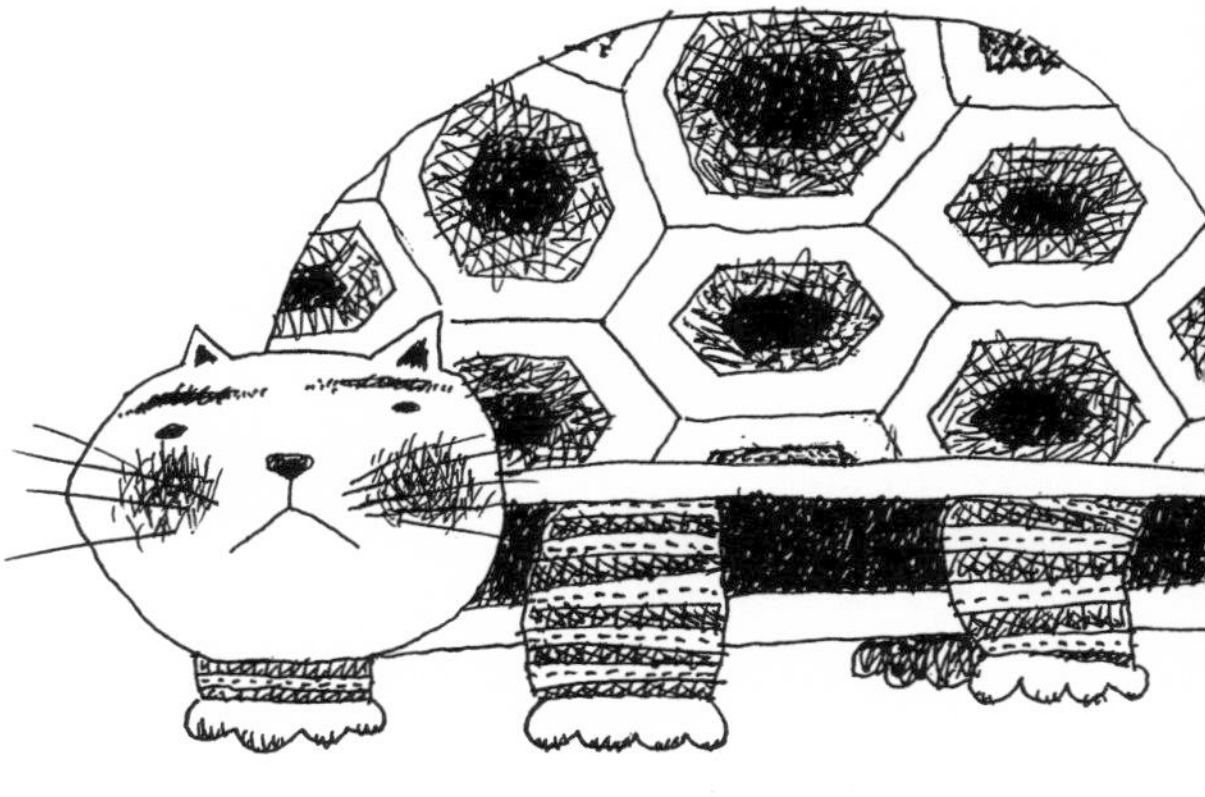

「飼《か》い主《ぬし》はずっとまえから住《す》んでるみたいだけど、おれはちょっとまえに、もらわれてきたんだ。まえの飼《か》い主《ぬし》が病気《びょうき》になって、飼《か》えなくなっちゃってさ。」

そういうことなら、ブッチーのことを知《し》らなくても、ふしぎはない。

話《はな》してみると、そんなにいやなやつではなさそうだし、ブッチーと仲《なか》なおりさせたほうがいい。

ぼくはそう思《おも》った。

それに、ぼく自身《じしん》もブッチーと仲《なか》なおりしなくちゃあ……。

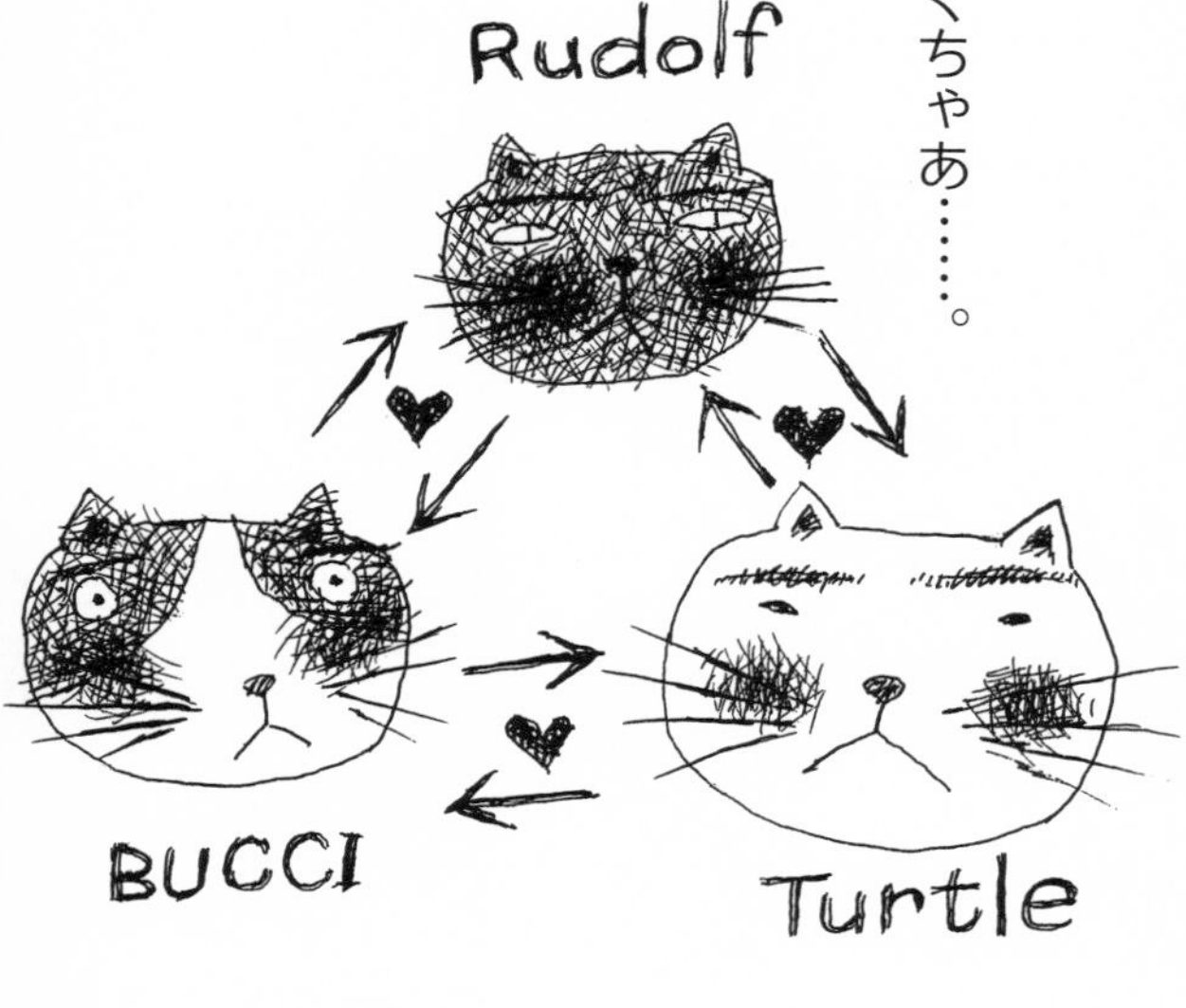

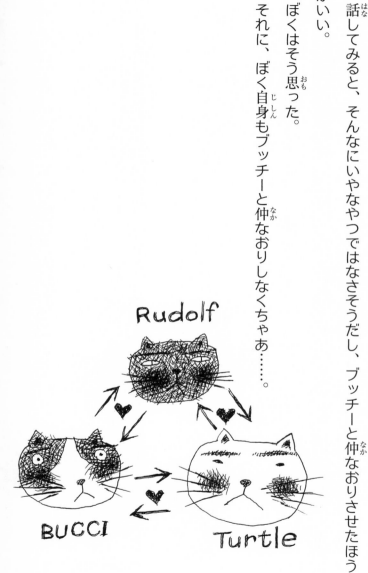

# 6

# 世界中《せかいじゅう》のアルファベットと教養《きょうよう》のあるねこが話《はな》すとき

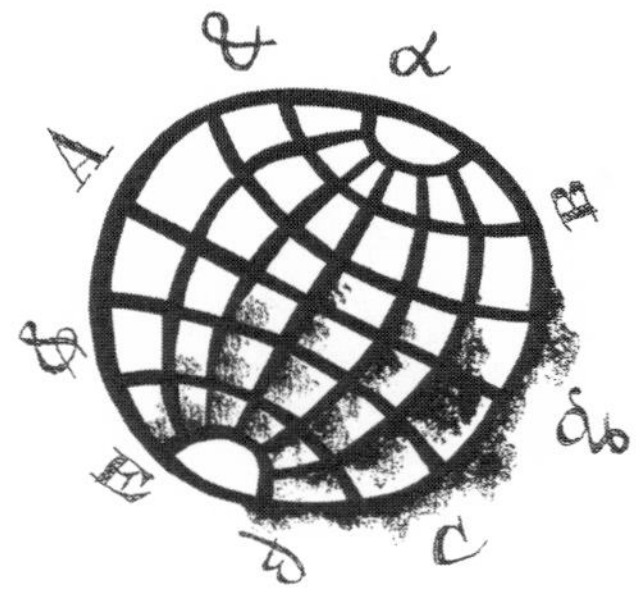

デビルから聞《き》いたブッチーのもとの飼《か》い主《ぬし》のことをブッチーにいわないまま、それから、ブッチーと仲《なか》なおりしないまま、大みそかの朝《あさ》になった。

毎年《まいとし》、大みそかの夜《よる》からお正月の三日《みっか》くらいまで、神社《じんじゃ》には初《はつ》もうでの人たちがやってくる。そんなに多《おお》くはなく、何人《なんにん》かがきて帰《かえ》ると、また何人《なんにん》かがくるというふうで、なんだかおちつかない。だから、ぼくはそのあいだは、日野《ひの》さんのうちにいることにした。

砂場《すなば》で口げんかしたあと、ブッチーは日野《ひの》さんのうちにこなかった。神社《じんじゃ》の縁《えん》の下《した》で泊《と》まっているのかもしれないし、ほかのところでねているのかもしれない。

一度《いちど》、獣医《じゅうい》さんのところにいって、ミーシャに、

「ブッチー、見た？」

ときいてみた。でも、

「ブッチー？　ここ何日《なんにち》か見てないなあ。」

ということで、ブッチーは獣医《じゅうい》さんのところにもいってないみたいだった。

そうそう、〈ツバメ一羽《わ》じゃ、夏《なつ》とはいえぬ〉だけど、『ポケット版《ばん》ことわざ辞典《じてん》』でしらべたら、外国編《がいこくへん》のページに、〈ツバメ一羽《わ》で夏《なつ》がきたとはいえない〉というふうに出ていた。意味《いみ》はデビルがいったとおりだったが、〈ツバメ一羽《わ》で夏《なつ》がきたとはいえない〉より、〈ツバメ一羽《わ》じゃ、夏《なつ》とはいえぬ〉のほうがなんとなくことわざっぽい。

イッパイアッテナが、おてつだいのおばあさんのうちのいぬにあいにいっているのかどうか、ぼくはイッパイアッテナにきいたりはしなかった。

ぼくは、いぬにあったことをイッパイアッテナに、なんとなくいいそびれていた。でも、ブッチーにアルファベットを教《おし》えて、ローマ字のあいうえおで止《と》まっていることと、けんかをしたこと。それから、タートルにあったことは、その日のうちに話《はな》した。だけど、ブッチーとタートルのけんかについては、なんだかいいつけるみたいだから、いわないでおいた。

思《おも》いついたことや、見たり聞《き》いたりしたことを、よく考《かんが》えずにしゃべりまくるのは、あまり教養《きょうよう》のある者《もの》のすることではない。すぐに話《はな》さなくちゃならないことならともかく、そうでないなら、よく考《かんが》えて、話《はな》すときを見はからって話《はな》すのが、教養《きょうよう》のあるねこのすることだ。

そうそう、ブッチーが、あいうえおがローマ字でAIUEO《エーアイユーイーオー》になることがおかしいといったことについて、ぼくはイッパイアッテナにきいてみた。そうしたら、イッパイアッテナはこういっていた。

「アルファベットのABC《エービーシー》は、世界中《せかいじゅう》どこにいっても、エービーシーって読《よ》むわけじゃないんだ。英語《えいご》だとエービーシーだけど、フランス語《ご》だとアベセだ。イタリア語《ご》だとアビチ。そのイタリア語《ご》であいうえおを書《か》くと、日本語《にほんご》のローマ字と同《おな》じになる。アルファベットといやあ、英語《えいご》のエービーシーだときめつけるのはよくない。そういうのは、教《きょう》養《よう》のあるやつのすることじゃない。世界中《せかいじゅう》には、いろんなアルファベットの読《よ》みかたがあるってことだ。」

ぼくがおどろいて、

「じゃあ、イッパイアッテナは世界中《せかいじゅう》のアルファベットをぜんぶ知《し》ってるの？」

ときくと、イッパイアッテナは、あたりまえみたいに、

「ぜんぶどころか、三つしか知《し》らない。」

といってから、こういいたした。

「だけどな、ルド。おれが三種類《しゅるい》しか知《し》らないからいうわけじゃないが、世界中《せかいじゅう》のアルファベットを知《し》っているからって、教養《きょうよう》があるとはいえない。だいじなのは、世界中《せかいじゅう》のアルファベットをぜんぶ知《し》ってることじゃない。世界《せかい》にはいろいろなアルファベットがあって、英語《えいご》のアルファベットがすべてじゃないってこと、それをわかっていることだ。」

どうやら、世界中《せかいじゅう》のアルファベットをぜんぶ知《し》ることは、そんなにだいじじゃないらしいし、いまのところ、英語《えいご》のアルファベットと日本語《にほんご》のローマ字だけでいいんじゃないかって、ぼくはそう思《おも》った。でも、そのとき、ぼくはそれをイッパイアッテナにいわないでおいた。もしいったら、イッパイアッテナは、

「そういうふうに、いまのところ、それでいいなんていうのは、あんまり教養《きょうよう》のあるやつの思《おも》うことじゃない。」

っていうにきまってる。

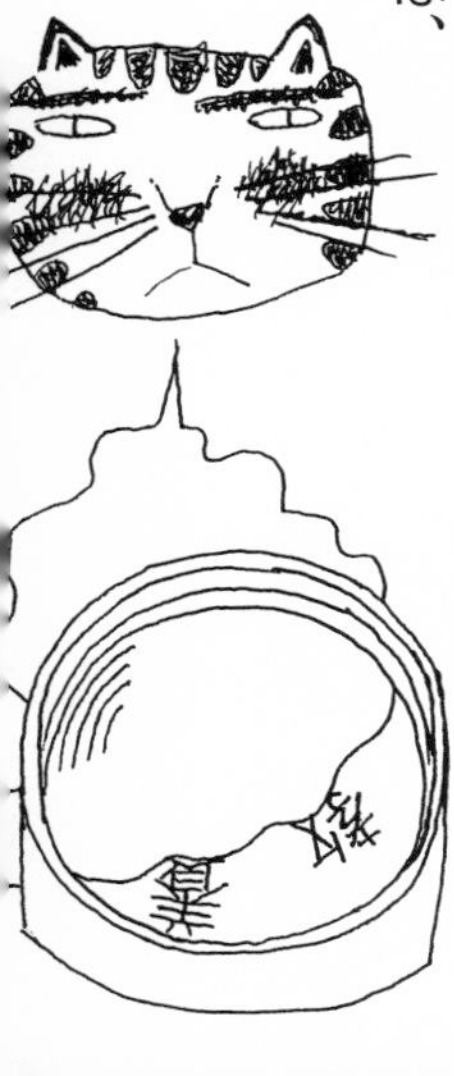

よけいなことをいって、されなくてもいい説教《せっきょう》をされるのもまた、あまり教養《きょうよう》のあるねこがすることじゃない……って、それはどうかわからないけど。

大みそかの朝《あさ》に話《はなし》をもどそう。

ぼくは朝早《あさはや》く、ひとりで散歩《さんぽ》に出た。

神社《じんじゃ》のようすを見たかったし、今年最後《ことしさいご》の朝《あさ》だと思《おも》うと、なんとなく町のようすを見ておいたほうがいいような気がしたからだ。

ぼくが日野《ひの》さんのうちを出たのは、まだ空が暗《くら》いうちだった。

まず神社《じんじゃ》を見にいった。社《やしろ》のしめ縄《なわ》が新《あたら》しくなっていることのほかは、べつにかわったことはなかった。

それから、商店街《しょうてんがい》にいった。そっちのほうにいけば、タートルにあえるかもしれないと思《おも》ったのだ。あったら、ブッチーとの仲《なか》なおりをすすめるつもりだった。

タートルは、香港飯店《ホンコンはんてん》のさきのかどをまがったところにうちがあるといっていたけれど、そのあたりには一軒屋《いっけんや》がいっぱいある。一軒一軒《いっけんいっけん》、庭《にわ》をのぞいてみたけれど、どのうちかわからなかったし、どこにもタートルのすがたは見えなかった。

ま、いいか。ブッチーとの仲《なか》なおりは、タートルよりこっちがさきだしな……。

そんなふうに思《おも》いながら、ぼくは道《みち》をもどり、香港飯店《ホンコンはんてん》のかどにもどってきた。すると、香港飯店《ホンコンはんてん》の駐車場《ちゅうしゃじょう》に、一台《だい》だけとまっていた白い乗用車《じょうようしゃ》のそばに、男の人がいた。

黒《くろ》っぽいコートを着《き》ている。

その車は、さっきぼくがとおったときも、道路《どうろ》におしりをむけて、とまっていた。そのときは、近《ちか》くに人はいなかった。

ぼくは立ちどまって、その人をじっと見た。

その人は車の運転席《うんてんせき》のドアを開《あ》け、コートをぬぐと、それをドアから助手席《じょしゅせき》のほうにほうりこんだ。それから、運転席《うんてんせき》に乗《の》りこんで、ドアを閉《し》めた。

もう、空は明《あか》るくなりはじめていた。でも、その人は、ぼくが駐車場《ちゅうしゃじょう》のはじにいることに気づかないようだった。

その人は、よくぼくたちに売《う》れ残《のこ》りのシュウマイをわけてくれるコックさんではなかった。でも、ぼくの知《し》っている人によくにていた。ぼくが何度《なんど》もあったことのある人だ。

でも、見まちがえということもある。

ぼくは、運転席《うんてんせき》の窓《まど》ごしに、その人の横顔《よこがお》をよく見た。

車のエンジンがかかった。

運転席《うんてんせき》の窓《まど》が開《あ》いた。

その人は、うしろを確認《かくにん》するために、窓《まど》から顔《かお》を出した。

そのとき、顔《かお》が正面《しょうめん》からしっかり見えた。

まちがいない。ブッチーのもとの飼《か》い主《ぬし》だ！

車はいったん道路《どうろ》のほうにバックして、道《みち》に出た。そして、駅《えき》のほうにむかって走《はし》りだした。

デビルだって見たんだし、やっぱりブッチーのもとの飼《か》い主《ぬし》にちがいない。だけど、ここでなにをしていたんだろう……。

そんなことを考《かんが》えて、しなければならないことをするのがおくれた。

そうだ！　ナンバープレートを見なくちゃ！

ぼくがそれに気づき、車道《しゃどう》にとびだしたとき、車は交差点《こうさてん》で、バスどおりに出るほうに半分《はんぶん》まがっていた。もうナンバープレートは見えなかった。

ぼくはかけだして、車を追《お》った。そのとき、駅《えき》のほうからトラックがきて、ブッチーのもとの飼《か》い主《ぬし》の車が走《はし》っていったほうにまがった。

ぼくは交差点《こうさてん》まで走《はし》って、そっちを見たけれど、見えるのはトラックの荷台《にだい》とナンバープレートだった。

それでもぼくは、トラックのまえを走《はし》っているはずの白い乗用車《じょうようしゃ》を追《お》った。でも、バスどおりまでいったとき、ブッチーのもとの飼《か》い主《ぬし》が乗《の》った車はどちらにいったのか、わからなくなっていた。

ぼくは、ナンバープレートもたしかめられずに、ブッチーのもとの飼《か》い主《ぬし》の車を見《み》失《うしな》ったのだ。

ブッチーのもとの飼《か》い主《ぬし》だとわかったとき、なんですぐにナンバープレートを見なかったのか、とてもくやまれた。車はまだ走《はし》りだしていなかったのだ。車のまえでもいい、うしろでもいい。きちんと見るべきだった。

ナンバープレートを見て、それが茨城県《いばらきけん》のものだったら、ぼくが見たのがブッチーのもとの飼《か》い主《ぬし》だという決《き》め手《て》になっただろう。

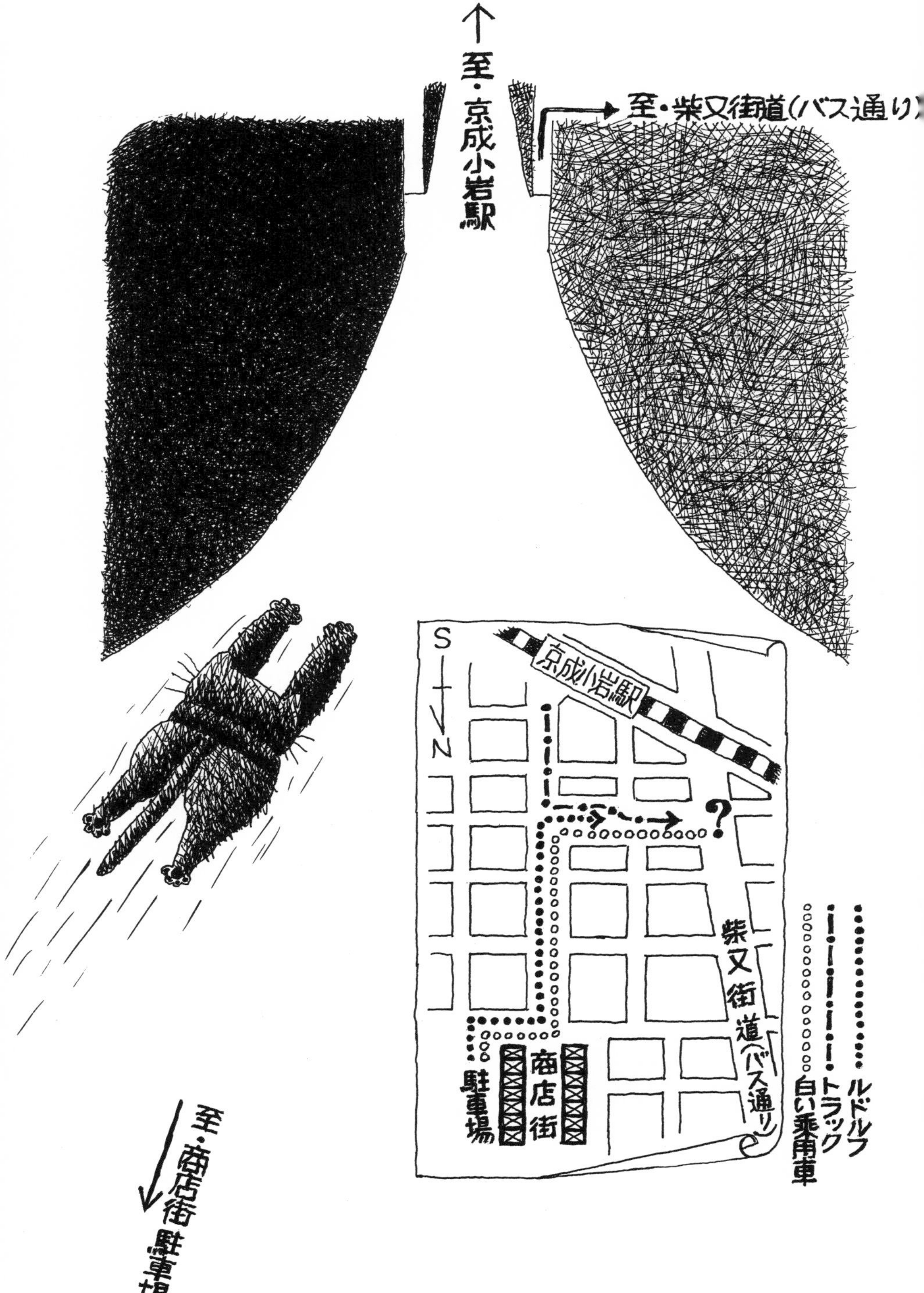

至・京成小岩駅
至・柴又街道(バス通り)
S
N
京成小岩駅
?
柴又街道(バス通り)
商店街
駐車場
ルドルフ
トラック
白い乗用車
至・商店街駐車場

デビルが見て、いま、ぼくが見たということは、ブッチーのもとの飼《か》い主《ぬし》がここにきたのは一度《いちど》じゃないということだ。これはやっぱり、ブッチーにいったほうがいいんじゃないだろうか。いや、それよりもまず、このあいだデビルからあずかった荷物《にもつ》と、いまひろってしまった荷物《にもつ》をイッパイアッテナにとどけよう。いまはそのときだ！

ぼくは、日野《ひの》さんのうちにむかって、走《はし》りだした。

## 7

# 茨城県《いばらきけん》のナンバープレートとなにがどうなるでもないこと

ダッシュで日野《ひの》さんのうちにもどると、イッパイアッテナは台所《だいどころ》で朝《あさ》ごはんを食《た》べていた。

イッパイアッテナが食《た》べおわるのを待《ま》たずに、ぼくは、香港《ホンコン》飯店《はんてん》の駐車場《ちゅうしゃじょう》で見たことと、それから、このあいだデビルに聞《き》いたことを話《はな》した。

イッパイアッテナはまぐろ味《あじ》のドライフードを食《た》べるのをやめ、ぼくの話《はなし》を最後《さいご》までだまって聞《き》いた。

「デビルに聞《き》いたんなら、なんでもっと早くいわなかったんだ。」

ぼくは、イッパイアッテナにそういわれるんじゃないかと思《おも》ったけれど、イッパイアッテナはそういわず、まずぼくにきいた。

「それで、金物屋《かなものや》のおやじは、手になにか持《も》っていたか。荷物《にもつ》とか？」

ブッチーのもとの飼《か》い主《ぬし》はまず車のドアを開《あ》け、コートをぬいで、それを車にほうりこんでから乗《の》った。

ぼくはそのときのようすを思《おも》い出《だ》して、首《くび》をふった。

「荷物《にもつ》はなかったと思《おも》う。すくなくとも、ぼくが見たかぎり、持《も》ってなかった。ぼくが駐車場《ちゅうしゃじょう》にいくまえに、荷物《にもつ》を車のトランクに入れちゃったのかもしれないけど。」

ぼくが答《こた》えると、つぎにイッパイアッテナはいった。

「香港飯店《ホンコンはんてん》のシャッターは閉《し》まっていたか。」

それはおぼえている。

ぼくは答《こた》えた。

「うん。閉《し》まっていた。」

「店《みせ》の窓《まど》から、明《あ》かりがもれていたか？」

「えっ？　店《みせ》の窓《まど》？　どうだったかな。暗《くら》かったような気がするけど、よくおぼえてない。」

ぼくがそういうと、イッパイアッテナは小さくうなずいた。そして、

「ちょっと見にいくか。いっしょにこい。」

といって、玄関《げんかん》のほうに歩《ある》いていった。

日野《ひの》さんのうちの玄関《げんかん》のドアには、ねこ用《よう》の小さなとびらがついている。外《そと》からでも、中からでも、おせば開《あ》く。

イッパイアッテナは香港飯店《ホンコンはんてん》まで走《はし》った。もちろん、ぼくも走《はし》った。

もう空はすっかり明《あか》るくなっていた。

香港飯店《ホンコンはんてん》につくと、店《みせ》のシャッターは閉《し》まっていたけれど、調理場《ちょうりば》は電気《でんき》がついていて、窓《まど》が明《あか》るかった。

その窓《まど》を見あげ、イッパイアッテナはもう一度《いちど》ぼくにきいた。

「どうだ？　いまと同《おな》じだったか？」

「うーん。ちょっとわかんない。」

ぼくはそう答《こた》えるしかなかった。

イッパイアッテナがいった。

「おまえ。ナンバープレートは見なかったといってたな。」

「うん。もし茨城県《いばらきけん》のナンバーだったら、ブッチーのもとの飼《か》い主《ぬし》だっていう証拠《しょうこ》になったんだけど、でも、まちがいないよ。あれは、ブッチーのもとの飼《か》い主《ぬし》だ。」

ぼくが自信《じしん》を持《も》ってそういうと、イッパイアッテナはいった。

「なあ、ルド。茨城県《いばらきけん》のナンバープレートには、いくつか種類《しゅるい》がある。おれが知《し》っているかぎりでいうと、水戸《みと》ナンバー、土浦《つちうら》ナンバー。それから、つくばナンバーだ。つくばだけひらがなで、あとは漢字《かんじ》だが、どれも、おまえが読《よ》める字だ。」

「え、そうなの？　三つもあるのか。」

といった瞬間《しゅんかん》、ぼくはイッパイアッテナのいいたいことがわかった。

ぼくがちゃんとナンバープレートを見ていれば、車に乗《の》っていったのがブッチーのもとの飼《か》い主《ぬし》だという証拠《しょうこ》のひとつになるだけではなく、ブッチーのもとの飼《か》い主《ぬし》が、茨城《いばらき》県《けん》のどのへんに住《す》んでいるか、わかったのだ。

「あ、そうか。ぼくがちゃんと見ていれば、ブッチーのもとの飼《か》い主《ぬし》の引《ひ》っ越《こ》しさきがしぼりこめたんだ。」

ぼくがそういって、ため息《いき》をつくと、イッパイアッテナはぼくをなだめるようにいった。

「気にするな。そういうときっていうのは、なかなかナンバープレートまでたしかめられないもんだ。それに、金物屋《かなものや》のおやじが茨城県《いばらきけん》のどこに引《ひ》っ越《こ》したかわかったところで、なにがどうなるわけでもない。その車が金物屋《かなものや》のものともかぎらんし。むしろ、金物《かなもの》屋《や》のおやじのものじゃない可能性《かのうせい》が高《たか》い。経営《けいえい》が立ちゆかなくなって、この町を引《ひ》きはらったんだから、車を持《も》つよゆうがあるかな。」

たしかにそれはそうかもしれないけど、だからといって、ナンバープレートを見る必要《ひつよう》がなかったということにはならない。

くるときは走《はし》ってきたけど、帰《かえ》りはゆっくり歩《ある》いてきた。

日野《ひの》さんのうちの玄関《げんかん》は、あがりかまちに、しめった雑巾《ぞうきん》がおいてある。ぼくたちは上にあがるとき、そこに足のうらをこすりつけて、よごれを落《お》とすことになっている。そういう雑巾《ぞうきん》は勝手口《かってぐち》にもある。

イッパイアッテナとぼくは玄関《げんかん》から入り、足をふいてあがった。

イッパイアッテナは応接間《おうせつま》のソファにとびのって、そこにすわった。

ぼくはソファの下で、イッパイアッテナを見あげるかっこうですわり、イッパイアッテナにきいてみた。

「さっき、イッパイアッテナはぼくに、ブッチーのもとの飼《か》い主《ぬし》が荷物《にもつ》を持《も》っていたかどうかきいたけど、どうして？」

イッパイアッテナはいった。

「ああ、それか。持《も》ち物《もの》によって、なにをしにきたのか、わかることもあるからな。たとえば、銀行《ぎんこう》から走《はし》って出てきた男がいたとして、その男が、ぱんぱんにふくれたバッグを左手に、それから拳銃《けんじゅう》を右手に持《も》っていたとしたら、そいつはなにをしに銀行《ぎんこう》にきたと思《おも》う？」

ぼくは答《こた》えた。

「そりゃあ、きっと銀行強盗《ぎんこうごうとう》だ。」

日野《ひの》さんは、テレビの刑事《けいじ》ドラマを録画《ろくが》しておいて、よく夜中《よなか》に見るし、アメリカのアクション映画《えいが》も見る。

銀行《ぎんこう》から、ふくれたバッグと拳銃《けんじゅう》を持《も》って出てきたら、十中八九、いや、ほぼ百パー

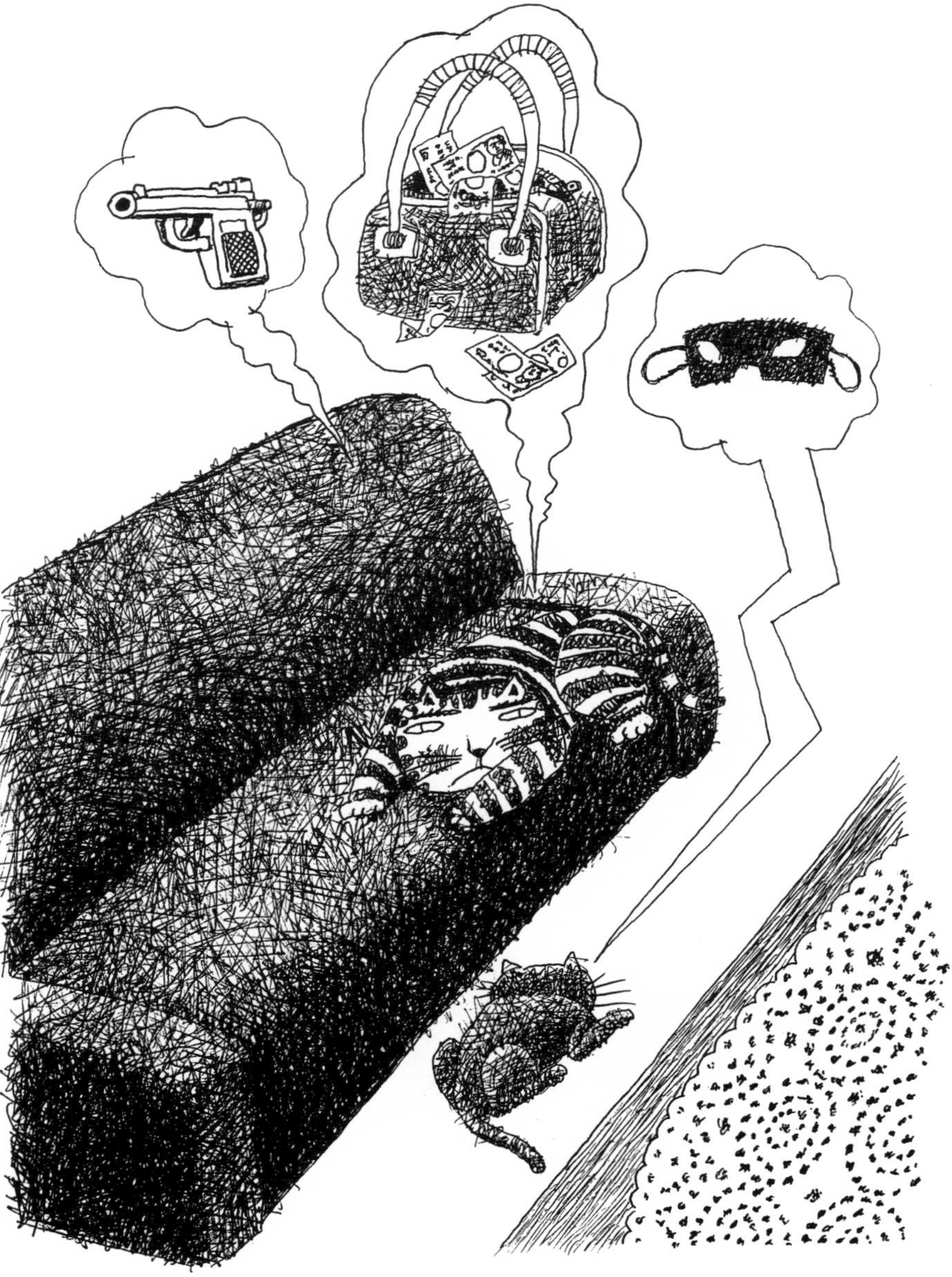

セント、銀行強盗《ぎんこうごうとう》だ。

ぼくの答《こた》えに、イッパイアッテナは、

「正解《せいかい》！」

といってから、ことばをつづけた。

「もし、金物屋《かなものや》が段《だん》ボールかなんかをかかえていて、そこに香港飯店《ホンコンはんてん》なんて書《か》いてあり、しかも、さっきみたいに、店《みせ》のシャッターが閉《し》まっていて、調理場《ちょうりば》の電気《でんき》がついていれば、ふたつのことがわかる。なんだと思《おも》う？」

「ひとつは、ブッチーのもとの飼《か》い主《ぬし》が香港飯店《ホンコンはんてん》に、シュウマイとか餃子《ギョーザ》とかをたくさん買《か》いにきたってことだろうけど、あとのひとつはなんだろう。」

ぼくがそう答《こた》えると、イッパイアッテナはいった。

「あとのひとつは、香港飯店《ホンコンはんてん》のだれかと、金物屋《かなものや》につきあいがあるってことだ。」

「どうして、そんなことがわかるの？」

「日ごろのつきあいがなければ、店《みせ》が閉《し》まっている朝《あさ》っぱらから、シュウマイや餃子《ギョーザ》を買《か》いにこないだろ。店《みせ》が開《あ》いているときに買《か》いにくるんじゃないか。」

「あ、そうか。」

「でも、まあ、それもどっちだっていいか。金物屋《かなものや》のおやじが香港飯店《ホンコンはんてん》のだれかと親《した》しかろうが親《した》しくなかろうが、これまた、なにがどうなるわけでもないしな。」

「そうかもしれないけど……。」

といってから、ぼくはブッチーのもとの飼《か》い主《ぬし》の荷物《にもつ》じゃなくて、じぶんの荷物《にもつ》をどうするか、イッパイアッテナの意見《いけん》をきくことにした。

「あのさ。きょうぼくが見たことと、それから、このあいだデビルが見たことをブッチーにいったほうがいいよね。」

「いったほうがいい。」

ぼくは、イッパイアッテナが、
というと思《おも》った。でも、それはちがっていた。

イッパイアッテナは天井《てんじょう》を見あげ、

「そりゃあ、どうだかな。むずかしいところだな。」

といってから、ぼくがびっくりしないではいられないようなことをいった。

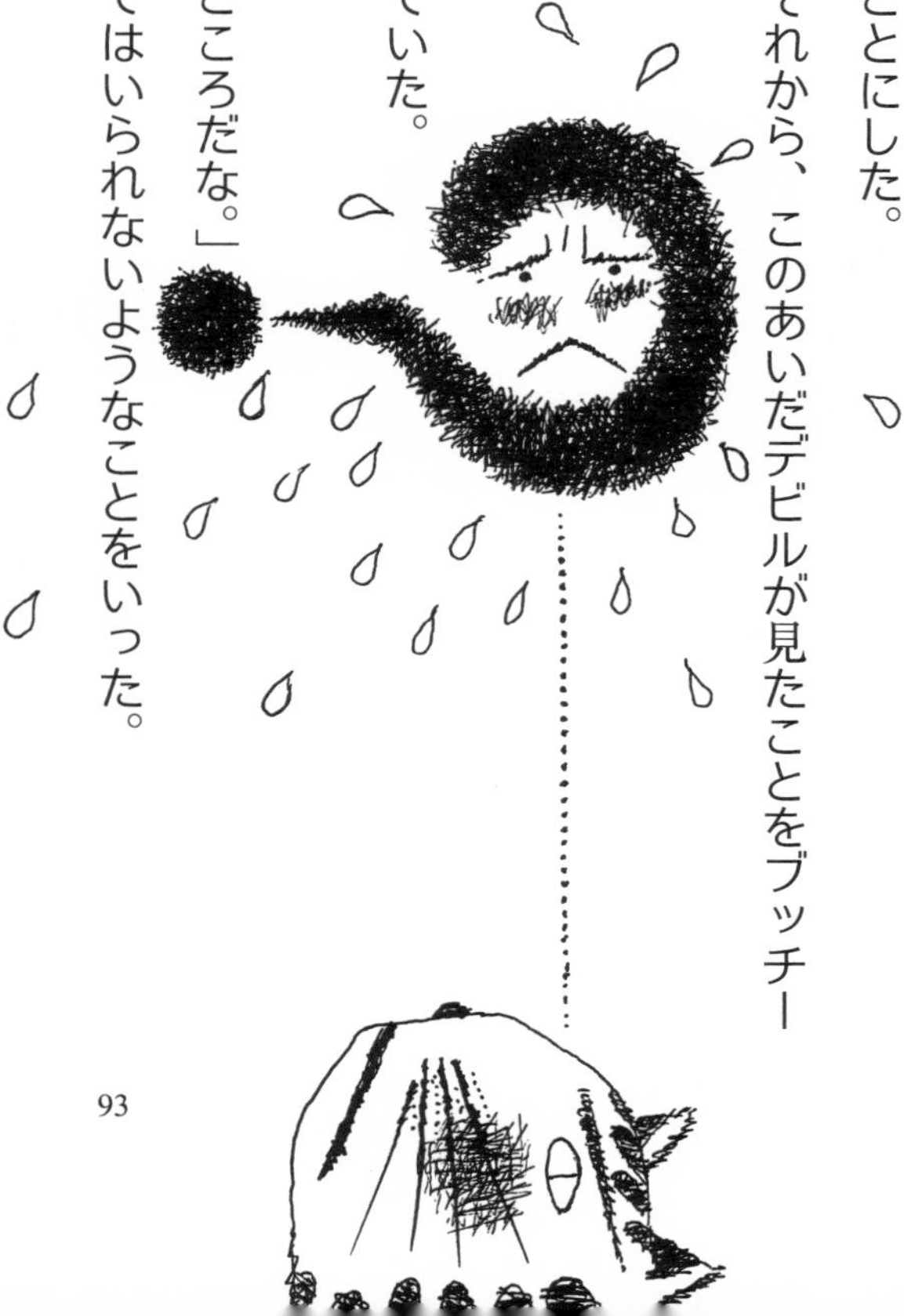

「たぶん、ブッチーも、金物屋《かなものや》を見てるんじゃないか。」

「えーっ！　ブッチーも見たなんて、なんでわかるんだ。」

「なんでって、おまえ。おまえこそ、なんでわからないんだ。ちょっと考《かんが》えればわかるだろうが。」

「わかんないよ。どうして、ブッチーがもとの飼《か》い主《ぬし》を見たなんて、そんなことがわかるんだ？」

「おれは、見たなんて断言《だんげん》していない。見てるんじゃないかっていったんだ。」

「じゃあ、見てるんじゃないかって、どうしてそう思《おも》うの？」

ぼくがそういうと、イッパイアッテナはしみじみとした口調《くちょう》で答《こた》えた。

「おまえは飼《か》い主《ぬし》に捨《す》てられたわけじゃなくて、自分《じぶん》でへまをやらかして、この町にきちまったんだから、ノラねこになった理由《りゆう》はおれとはちがう。はっきりいって、おれは日野《ひの》さんに一度《いちど》捨《す》てられた。いや、そのことについて、四《し》の五《ご》のいう気はない。もんくをいう気なら、このうちに住《す》んでない。ブッチーの飼《か》い主《ぬし》は茨城《いばらき》にブッチーをつれていこうとしたらしいが、つれていっても、飼《か》えないことはブッチーにもわかっていた。だから、ブッチーはついていかなかったんだ。それは捨《す》てられたのと、たいしてちがわない。飼《か》い主《ぬし》が引《ひ》っ越《こ》して、捨《す》てられたねこっていうのは、飼《か》い主《ぬし》が住《す》んでいた家《いえ》をよく見にいくもんなんだ。おれは、日《ひ》野《の》さんがアメリカにいってから、何度《なんど》もここを見にきた。べつに、空《あ》き家《や》に住《す》もうっていう了見《りょうけん》じゃない。もしかしたら、日《ひ》野《の》さんが帰《かえ》ってきてるかもしれないと思《おも》ったりしてな。まったく、未練《みれん》たらしいったらありゃしないぜ。われながら、あきれるな。教養《きょうよう》のない人間《にんげん》がよく、『ねこはひとではなく、家《いえ》につく。』なんていうが、そんなことはない。まあ、ねこにもいろんなのがいるから、そういうやつもいるかもしれないけどな。きっと、ブッチーは何度《なんど》もあそこにいってる。あそこはデビルの散歩《さんぽ》コースになってるから、デビルはしょっちゅうあのまえをとおるかもしれないが、おまえはちがうだろ。あそこにいく回数《かいすう》はブッチーのほうが多《おお》いはずだ。何度《なんど》もいってるんじゃないか。だったら、金物屋《かなものや》のおやじを見たとしてもふしぎじゃない。おれは、金物屋《かなものや》のおやじが、デビルが見たときと、それからきょうの二度《ど》しか、この町にきてないとは思《おも》えないんだ。なんとなくだけどな。」

イッパイアッテナは、この土地《とち》にあった古《ふる》い家《いえ》がとりこわされたのを見て、もう日野《ひの》さんは帰《かえ》ってこないと思《おも》い、自分《じぶん》からアメリカにいこうとしたのだ。

ぼくはそのときのことをイッパイアッテナにきいてみた。

「ねえ、イッパイアッテナ。イッパイアッテナがアメリカにいこうと思《おも》ったのは、また、日野《ひの》さんの飼《か》いねこになるためだったのかな。ぼくが岐阜《ぎふ》に帰《かえ》ったのは、リエちゃんのうちの飼《か》いねこにもどるためだったけど。」

「ほんとにそうか、ルド。おまえ、飼《か》いねこにもどるために、はるばる岐阜《ぎふ》までいったのかよ。」

「もちろん、そうだよ。」

「そうかな。おれは、そんなんじゃないと思《おも》ってるぜ。」

「そんなんじゃないって、じゃあ、どんなんだよ。リエちゃんちの飼《か》いねこにもどる以《い》外《がい》、どんな目的《もくてき》があるんだ。」

「おまえはよ、ルド。リエちゃんの飼《か》いねこにもどるとか、そういうんじゃなくて、ただ、リエちゃんにあって、なんていうか、ぎゅっとだっこしてもらうために帰《かえ》ったんだろ。飼《か》いねこにもどるとかもどらないとか、そのさきのことなんか、考《かんが》えてなかったろうが。」

そういわれて、ぼくはことばがなかった。

たしかにぼくは、飼《か》いねこにもどるとか、そういうことじゃなくて、ただ、リエちゃんにあいたくて、それで岐阜《ぎふ》に帰《かえ》ったのだ。

ぼくがだまっていると、イッパイアッテナがぽつりといった。

「おれだって、そうだよ……。」

そのとき、階段《かいだん》で音がした。

二階《かい》には、日野《ひの》さんの寝室《しんしつ》と書斎《しょさい》がある。

起《お》きた日野《ひの》さんが階段《かいだん》をおりてきたのだ。

台所《だいどころ》のほうでゴトゴト音がして、そのあと、パジャマすがたの日野《ひの》さんが応接間《おうせつま》にあらわれた。

日野《ひの》さんがぼくたちを見て、いった。

「なんだ、ふたりとも。台所《だいどころ》のドライフードがへってないと思《おも》ったら、応接間《おうせつま》で会議《かいぎ》か？　腹《はら》がへってると、いい案《あん》も出ないぞ。」

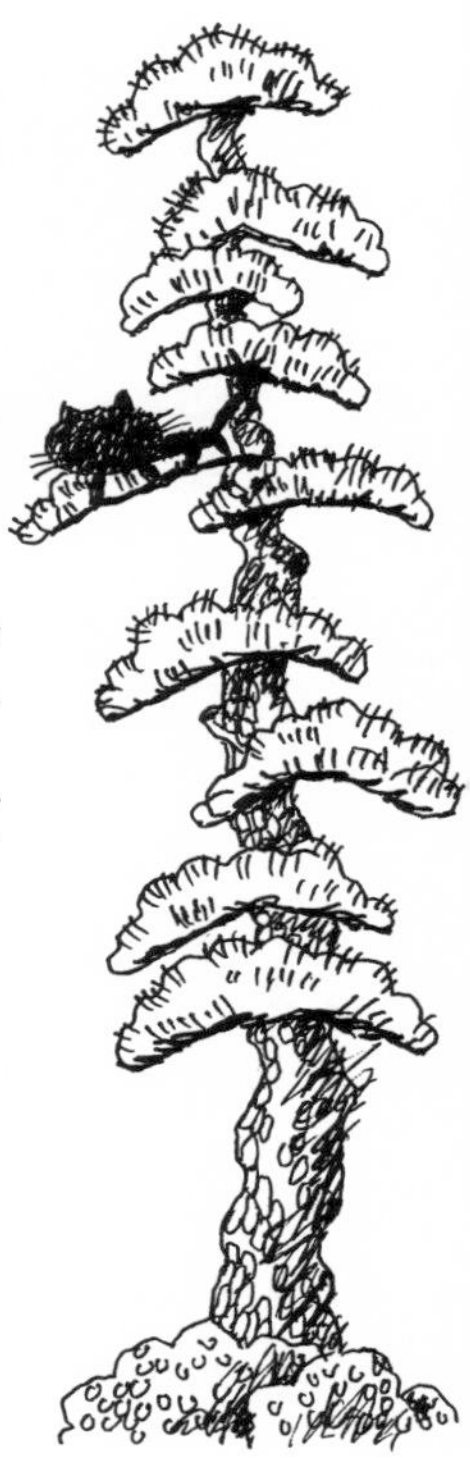

「あ、そうだ。おれ、朝《あさ》めしのとちゅうだったんだ。」

イッパイアッテナはそういうと、ソファから床《ゆか》にとびおりた。

## 8

# いえた義理《ぎり》じゃないもんくとブッチーの考《かんが》え

やっぱりぼくは、香港飯店《ホンコンはんてん》の駐車場《ちゅうしゃじょう》でブッチーのもとの飼《か》い主《ぬし》を見たことをブッチーにいうことにした。

よく人間《にんげん》がいろいろやらなければならないことをやるとき、

「年内《ねんない》にやってしまう。」

なんていう。

ぼくとしては、そういう気持《きも》ちだった。

楽《たの》しいことだったら、

「年内《ねんない》にやってしまう。」

なんていわずに、

「年内《ねんない》にやりたい。」

になるはずだ。

ブッチーのもとの飼《か》い主《ぬし》のことをブッチーに話《はな》すのは気が重《おも》い。それは、きっとデビルも同《おな》じだと思《おも》う。

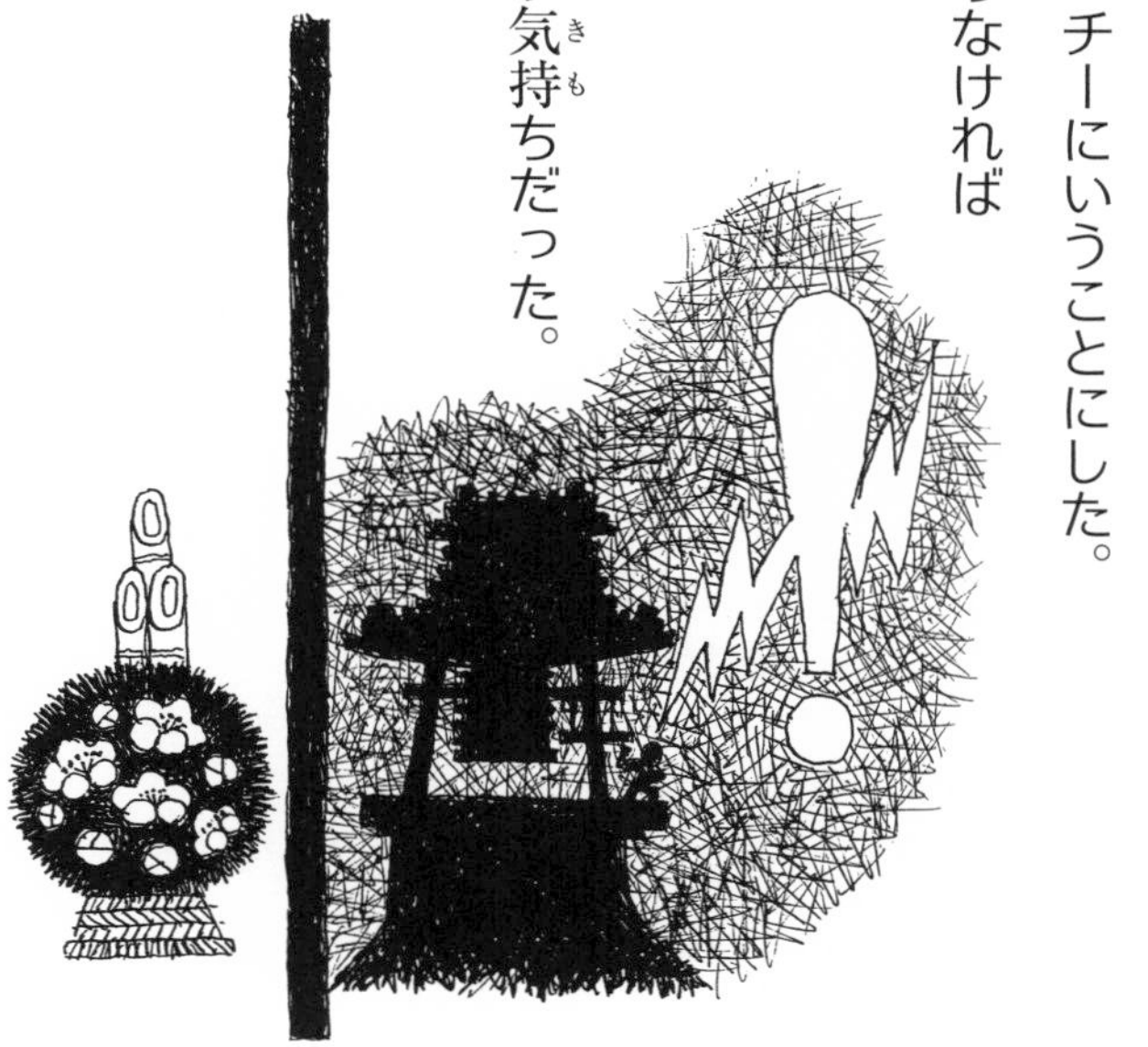

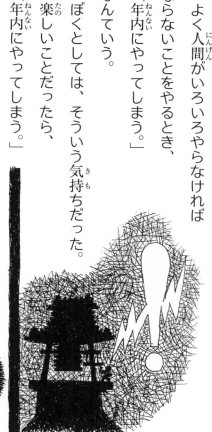

「よかったね、ブッチー。もとの飼《か》い主《ぬし》がときどき町にきてるみたいだよ。」

なんて、能天気《のうてんき》にいう気になれないのだ。

だれにもいってないけど、このごろまた、ぼくはリエちゃんのことを思《おも》い出《だ》す。

ぼくがいなくなって、リエちゃんは一年待《ま》って、つぎのねこを飼《か》った。その一年のあいだ、ぼくは岐阜《ぎふ》に本気で帰《かえ》ろうと思《おも》ったら、帰《かえ》れていたと思《おも》う。なにがなんでも帰《かえ》ろうというんじゃなかったから、帰《かえ》らなかったのだ。だから、帰《かえ》れなかったのじゃなくて、帰《かえ》らなかったのだ。これは、とても重要《じゅうよう》なことだ。

ぼくが帰《かえ》らなかったのだから、リエちゃんがつぎのねこを飼《か》ったことについては、ぼくに原因《げんいん》がある。だから、ぼくはリエちゃんにもんくをいうことはできない。だから、もんくをいったことはない。

たとえば、ぼくがイッパイアッテナにリエちゃんのことでもんくをいったら、イッパイアッテナは、

「そりゃあ、おまえ。そんなこと、いえた義理《ぎり》じゃねえだろうが。」

というだろう。

だけど、たぶんぼくは、心《こころ》の奥底《おくそこ》では、もんくをいいたいんじゃないだろうか。

「なんで、もうちょっと待《ま》ってなかったんだよ。」

って。

それから、浅草《あさくさ》で偶然《ぐうぜん》リエちゃんにあったとき、ぼくはリエちゃんだとわかったけど、リエちゃんはぼくがわからなかった。

あのとき、リエちゃんといっしょにいた女の子がぼくを見て、

「あのねこ、リエちゃんちのルドににてるやん。」

といったとき、リエちゃんは、

「ちょっとにとるけど、うちのルドのほうが、もっとかわいいやん。」

といった。

うちのルドというのは、ぼくがいなくなってからもらわれてきたぼくの弟《おとうと》だ。

まさかぼくが東京《とうきょう》にいるなんて、リエちゃんはそれこそ夢《ゆめ》にも思《おも》ってないだろうから、ぼくがルドルフだということに気づかなくても無理《むり》はない。ぼくはよそのねこなのだ。よそのねこより、いま飼《か》っているねこのほうがかわいくても、それはふつうのこと

だ。だから、これについても、ぼくはもんくをいうべきではない。

だけど、やっぱりぼくはもんくをいいたいのだ。

「なんで、ぼくに気づかないんだよ。なんで、ぼくのほうがかわいくないいんだよ。」

って。

ぼくはイッパイアッテナやブッチーやデビルにはいってないし、これからもいうつもりはないけど、ほんとうは、心《こころ》の奥底《おくそこ》では、リエちゃんを許《ゆる》してないのだと思《おも》う。

だから、ブッチーだって、もとの飼《か》い主《ぬし》に対《たい》しては、複雑《ふくざつ》な思《おも》いがあるはずなのだ。たしかに、もとの飼《か》い主《ぬし》はブッチーを茨城県《いばらきけん》までつれていくために、ケージを用意《ようい》した。でも、ブッチーは逃《に》げて、ケージに入らなかった。ついていかないことをきめたのはブッチーだ。だから、もとの飼《か》い主《ぬし》に責任《せきにん》はない。ブッチーはもとの飼《か》い主《ぬし》に、もんくをいえた義理《ぎり》じゃないのだ……。

だけど、ほんとうにそうだろうか？

もしも、もとの飼《か》い主《ぬし》がブッチーに、

「ブッチー。うちの店《みせ》はもうなくなるんだ。このままだと、しばらく茨城《いばらき》の親戚《しんせき》のうちにやっかいにならなければならない。だが、おれは、だれの世話《せわ》にもなりたくないから、これから放浪《ほうろう》の旅《たび》に出る。おまえ、どうする？　ついてくるか？」

ってていったら、ブッチーはぜったいついていったはずだ！

ぼくが考《かんが》えるようなことは、ブッチーだって考《かんが》えるはずだ。

ブッチーはもとの飼《か》い主《ぬし》にあっても、楽《たの》しそうに、

「やあ、元気《げんき》？　どうなの、最近《さいきん》？　うまくいってる？」

なんていう気にはなれないだろう。

だから、ぼくはブッチーのもとの飼《か》い主《ぬし》にあったことをブッチーに話《はな》すのが気が重《おも》いのだ。

ぼくがブッチーにいう決心《けっしん》をしたのは、いわないでおいて、あとになってからブッチーに、

「なんで、早くいってくれなかったんだよ。」

ともんくをいわれたくないからじゃない。それから、いったら、ブッチーがかえっていやな気分《きぶん》になるかもしれないと思《おも》うからでもない。

それを聞《き》いてどう思《おも》い、どうするか、それはブッチーの問題《もんだい》で、ブッチーがどう思《おも》う

か、それをさきまわりして、いやな気持《きも》ちになるかもしれないから、やめておくというのは、いままでのぼくとブッチーのつきあいから見て、やっぱりよくないと思《おも》ったのだ。

まあ、そんなわけで、ぼくは大みそかの夜《よる》、ブッチーをさがしにいった。

まず、獣医《じゅうい》さんのところにいったのだけど、いなかった。それから、商店街《しょうてんがい》もあちこち見たけど、いなかった。もし、神社《じんじゃ》にいなかったら、江戸川《えどがわ》の川堤《かわづつみ》までいこうと思《おも》い、神社《じんじゃ》をのぞいてみると、ブッチーはさいせん箱《ばこ》のまえの階段《かいだん》にすわっていた。

ぼくは鳥居《とりい》をくぐって、さいせん箱《ばこ》のまえにいき、階段《かいだん》をあがり、ブッチーのとなりにすわった。そして、

「このあいだは、ごめん。」

といおうとすると、それより一瞬《いっしゅん》早くブッチーがいった。

「悪《わる》かったな、このあいだは。せっかく、ローマ字、教《おし》えてくれたのに、もんくいっちゃって。」

「いや、ぼくが悪《わる》いんだよ。イッパイアッテナにきいたら、イタリア語《ご》だと、日本語《にほんご》と同《おな》じ読《よ》みかたなんだって。それを知《し》っていれば、ちゃんと教《おし》えられたのにね。」

「イタリア語《ご》？　イタリアって、どこにあるのかな。」

ぼくがブッチーを見て、

「よく知《し》らないけど、外国《がいこく》だから、すごく遠《とお》いよ。」

というと、ブッチーもぼくを見てうなずいた。

「だよな。」

「イッパイアッテナから聞《き》いたとき、すぐに地図《ちず》でしらべればよかった。あ、それから、ほら、このあいだブッチーがけんかしたねこ。あのねことちょっと話《はなし》をしたんだけど、いやなやつじゃないみたいだ。今度《こんど》、話《はなし》でもしてみたら？　住《す》んでるのは……。」

とぼくがそこまでいうと、ブッチーがいった。

「香港飯店《ホンコンはんてん》の近《ちか》くだろ。知《し》ってるよ。何度《なんど》か、あのさきの家《いえ》に入っていくのを見たことがある。門《もん》の横《よこ》にまがりくねった松《まつ》のあるうちだ。くだらないことで、いつまでもけんかしててもしょうがないし、機会《きかい》があったら、口をきいてみる。」

それを聞《き》いて、ぼくはひとまず安心《あんしん》した。

まず、ぼくと仲《なか》なおりすること。

それから、タートルとの仲《なか》なおりをすすめること、このふたつも、年内《ねんない》にやってしまうことではなく、どちらかというと、年内《ねんない》にやりたいことだ。

つぎにぼくは年内《ねんない》にやってしまうべきことをいおうとして、

「あのさ、なんていうか、ブッチーのもとの飼《か》い主《ぬし》のことなんだけど……。」

というと、ブッチーは鳥居《とりい》のほうに目をやって、ぼくのことばをさえぎった。

「あいつ。このごろ、町でうろうろしてるけど、そのことか？」

ぼくはブッチーの顔《かお》を見たままいった。

「え？　ブッチー。そのこと、デビルから聞《き》いたの？」

「ちがう。だけど、そういうところをみると、デビルも見たんだな。十二月に入ってから、おれは三回《かい》くらい見た。香港《ホンコン》飯店《はんてん》で二回《かい》。それから、この神社《じんじゃ》の近《ちか》くで一回《かい》だ。こっちは気がついたけど、むこうは気づかなかったみたいだ。」

「そうか……。」

といったあと、ぼくは、

「なにしにきてるのかな？」

といいそうになったけど、そのことばはぐっとのみこんだ。
ブッチーをむかえにきてるのかもしれない……。
ぼくはそう思《おも》っていたのだ。
もし、もとの飼《か》い主《ぬし》がむかえにきたら、ブッチーはいってしまうのだろうか。
正直《しょうじき》にいうと、そういう話《はなし》をする根性《こんじょう》はぼくにはなかった。
でも、ここでいきなり、
「ところで、あしたは元日《がんじつ》だね。」
なんて、いかにもわざとらしく話《はなし》をかえるのもへんだ。
ぼくはもう、だまっているしかなかった。
ブッチーもだまっていた。
これは気まずい。なにかいわなくちゃ……。でも、なにを？
ぼくがどうしていいかわからなくなっていると、ブッチーが唐突《とうとつ》にいった。
「おれ、金町《かなまち》から橋《はし》をわたって、松戸《まつど》にいってみた。じつはもっとさきまでいった。
ケー・エー・エス・エッチ・アイ・ダブリュウー・エーって書《か》いてある駅《えき》までいって、

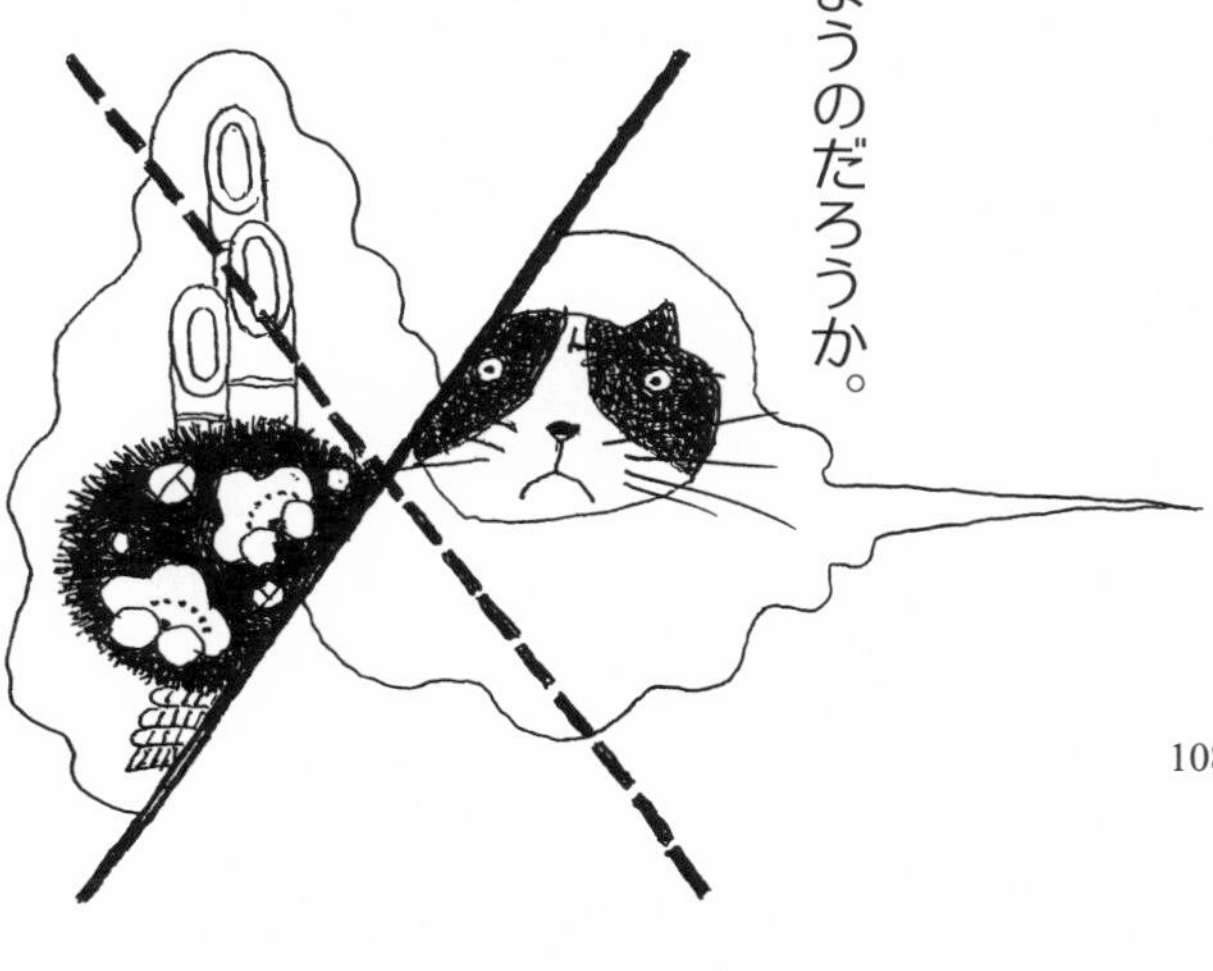

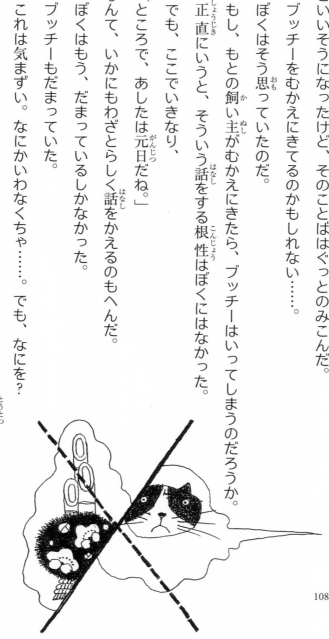

帰《かえ》ってきた。かんしゃくを起《お》こさないで、おまえにちゃんとローマ字をならっておけばよかった。そうすりゃあ、駅《えき》の名まえがわかったのによ。」

「ケー・エー・エス・エッチ・アイ……。あ、それ、かしわって読《よ》むんだ。松戸《まつど》のさきにある駅《えき》じゃないかな。」

「その駅《えき》、茨城県《いばらきけん》かな。」

そのあたりのことは、ぼくは日本地図《にほんちず》を見て、知《し》っている。

「いや、まだ千葉県《ちばけん》のはずだよ。茨城県《いばらきけん》はもうちょっとさきだ。」

「もうちょっとさきって、どれくらい？」

「さあ、距離《きょり》まではよくわからないけど、茨城県《いばらきけん》は千葉県《ちばけん》のとなりだから、遠《とお》いっていっても、そんなにじゃないよ。」

「ここからだと、岐阜《ぎふ》とどっちが遠《とお》い？」

「そりゃ、岐阜《ぎふ》のほうがずっと遠《とお》いけど……。」

といったときにはもう、ぼくはブッチーがなにを考《かんが》えているかわかった。

ブッチーは、

「そうか……。」

とつぶやいたあと、

「おれ、茨城《いばらき》にっていうか、もとのおれの飼《か》い主《ぬし》が住《す》んでるところにいってみようと思《おも》ってるんだ。」

といった。

そんなことじゃないかとは思《おも》ったけれど、やっぱりそうだったのだ。

もとの飼《か》い主《ぬし》のところにいくということは、もとの飼《か》い主《ぬし》にあいにいくということだ。

だったら、もとの飼《か》い主《ぬし》がこの町にきたとき、

「ニャーッ！」

と鳴《な》いて、そばにいけばよかったではないか。

「こっちは気がついたけど、むこうは気づかなかったみたいだ。」

なんていってる場合《ばあい》じゃない。

ぼくは思《おも》いきっていってみた。

「だったら、金物屋《かなものや》さんのおじさんを見たとき、なんでそばにいかなかったんだ。」

「なんでって？　だって、そこで声《こえ》をかけたって、あいつがいま、どんな町で、どんな暮《く》らしをしているか、わかるわけじゃないだろ。」

「そりゃあ、そうだけど……。」

といって、ぼくは口をつぐんだ。

もし、ブッチーのもとの飼《か》い主《ぬし》がブッチーに、

「むかえにきたぞ、ブッチー。いっしょに茨城《いばらき》にいこう。」

といったら、ブッチーはどうするのだろうか。

もとの飼《か》い主《ぬし》を見たとき、声《こえ》をかければ、なにかいったかもしれない。

「むかえにきたぞ、ブッチー。いっしょに茨城《いばらき》にいこう。」

といったかもしれない。

ぼくはブッチーが考《かんが》えていることがよくわからなかったけれど、それ以上《いじょう》きくのはやめておいた。

とにかく、ブッチーは、もとの飼《か》い主《ぬし》が住《す》んでいるところにいってみたいのだ。

いまはそれがわかればいい。

それがわかれば、ぼくがしたくて、同時《どうじ》に、するべきことがわかる。

ぼくはいった。

「それなら、ぼくもいっしょにいく。」

すると、ブッチーはぼくのほうにからだごとむいて、

「いや、おれひとりでいくから、だいじょうぶだ……。」

といってから、

「……といいたいところだが、おまえがいっしょにきてくれると、ありがたい。」

といいたしたのだった。

## 9

# 文武《ぶんぶ》は車の両輪《りょうりん》と多《おお》いしょうがねえ

ブッチーのもとの飼《か》い主《ぬし》のところにいくにしても、茨《いばら》城《き》県《けん》のどこに住《す》んでいるかがわからなければ、さがしようがない。

ぼくの場合《ばあい》、東京《とうきょう》にきたとき、岐阜《ぎふ》のリエちゃんの住《じゅう》所《しょ》なんて、三丁目《ちょうめ》しかわからなかった。県《けん》の名まえも市《し》の名まえもわからなかった。でも、じっさいそこに住《す》んでいたので、景色《けしき》はおぼえていた。だから、そこが岐阜市《ぎふし》だということがわかれば、というか、わかったから帰《かえ》れたのだ。岐阜市《ぎふし》には、岐阜城《ぎふじょう》というランドマークもあるし。

だけど、ブッチーの場合《ばあい》は、わかるのは県名《けんめい》だけだし、そこにいったことがあるわけじゃない。せめて市《し》の名まえだけでもわかれば、しらみつぶしにさがすということもできるかもしれない。でも、ただ茨《いばら》城《き》県《けん》というだけじゃあ、どうしようもないに近《ちか》い。

日野《ひの》さんのうちへの帰《かえ》り道《みち》、ぼくはそれについて、ブッチーがどうする気だったのか、きいてみた。すると、ブッチーは、

「茨城県《いばらきけん》にいったら、あたりにいるねこに手あたりしだい、ききまくって、さがしあてるつもりだった。」

といった。

「その方法《ほうほう》だと、どれくらい時間《じかん》がかかると思《おも》う？」

ぼくがきくと、ブッチーは、

「一か月か二か月くらいかなあ。」

といったけど、それは無理《むり》だろうとぼくは思《おも》った。

でも、無理《むり》だというのは口には出さず、

「そうかあ……。」

とだけいった。

すると、ブッチーは、

「二か月じゃ、たりないかな。」

と、つぶやくようにいった。それから、こういいたした。

「とにかく、おまえがいっしょにきてくれるんだし、ためしてみよう。二か月で見つからなかったら、また考《かんが》える。」

日野《ひの》さんのうちに帰《かえ》ると、イッパイアッテナは日野《ひの》さんといっしょに、応接間《おうせつま》のソファにすわって、ＮＨＫ《エヌエイチケー》の紅白歌合戦《こうはくうたがっせん》を見ていた。

日野《ひの》さんはブッチーを見て、

「お、ブッチー。ひさしぶりだな。」

といったけど、すぐにテレビの画面《がめん》に視線《しせん》をもどし、

「あーあ、これじゃ、今年《ことし》は白組《しろぐみ》はだめかもだな。」

なんていっていた。

ぼくはソファのまえまでいって、イッパイアッテナに、

「ちょっと……。」

と声《こえ》をかけた。

「なんか、相談《そうだん》か？　だったら、台所《だいどころ》にいくか。」

といいながら、イッパイアッテナはソファからおりてきた。

台所《だいどころ》の床《ゆか》に、三角形《さんかくけい》になってすわると、ブッチーがイッパイアッテナにいった。

「おれ、もとの飼《か》い主《ぬし》にあいにいこうと思《おも》うんだ。ルドもいっしょにきてくれるっていうし。だけど、くわしい住所《じゅうしょ》はわからないんだ。茨城県《いばらきけん》ってとこまでしか。」

イッパイアッテナはそれを聞《き》いても、おどろかず、まるで、

「あしたはくもりみたいだよ。」

といわれたときみたいに、

「そうか……。」

としかいわなかった。

ぼくはイッパイアッテナにたずねた。

「ねえ、イッパイアッテナ。イッパイアッテナは、アメリカに日野《ひの》さんをさがしにいこうと思《おも》ったんでしょ。日野《ひの》さんがアメリカのどこにいるか、知《し》ってたのかな？」

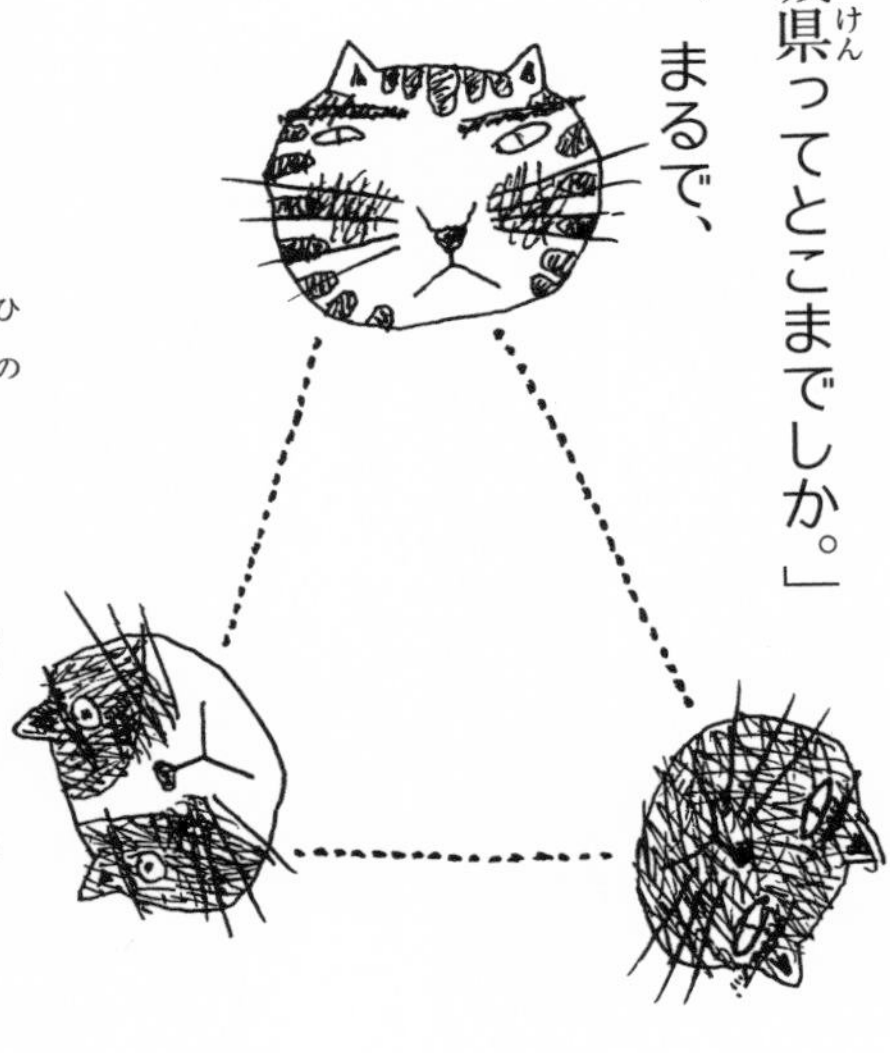

イッパイアッテナはすぐに答《こた》えた。

「サンフランシスコっていう町《まち》だろうって、見当《けんとう》はつけていた。だけど、知《し》らなくたって、根性《こんじょう》があれば、なんとかなると思《おも》った。」

「おれもそう思《おも》う。」

ブッチーはすぐにそういったけれど、ぼくはそうは思《おも》えない。アメリカは茨城県《いばらきけん》どころか、日本よりずっと広《ひろ》い。

「だけど、どこに住《す》んでいるかわからない人をさがしていたら、何年《なんねん》かかるかわからないんじゃないかな。」

ぼくがそういうと、イッパイアッテナはあたりまえのように答《こた》えた。

「そりゃあ、そうだ。死《し》ぬまで見つからないかもな。」

「死《し》ぬまで見つからないって、そんな……。」

「そんなって、おまえ。ここで待《ま》っていれば、もどってくるとは思《おも》ってなかったしな。もどってこなけりゃ、ここにいても、死《し》ぬまで会《あ》えないだろうが。なわばりはブッチーが引《ひ》きうけてくれるっていってたしな。」

イッパイアッテナはぼくにそういうと、こんどはブッチーにいった。

「けんかでだいじなのは、なにより根性《こんじょう》だ。あのとき、じっさいにアメリカにいく段《だん》になったら、おまえにいろいろ技《わざ》を教《おし》えていくつもりだった。おまえ、スリーパーホールドにけっこう自信《じしん》があるらしいが、あれじゃあ、まだあまい。それに、スリーパーホールドの欠点《けってん》を知《し》ってるか、おまえ。」

そういわれ、ブッチーが首《くび》をふると、イッパイアッテナはいいきった。

「あいてを落《お》とすのに、時間《じかん》がかかるってことだ。それに、あれは、あいてがひとりのときじゃないとな。」

「たしかにそうだ。プロレスのタッグの試合《しあい》だと、ひとりがあいてにスリーパーホールドをかけていると、だいたいあいてのパートナーが出てくる。それでうしろから蹴《け》りを入れられて……。」

ブッチーがそこまでいったところで、ぼくはそれをさえぎった。

「ちょっと、ブッチー。いま、そういうことが問題《もんだい》じゃないだろ。」

「たしかに……。」

とブッチーがいったところで、ぼくはイッパイアッテナに、

「そりゃあ、なんだって、根性《こんじょう》と、それから教養《きょうよう》がいちばんだいじなのはわかるけど……。」

といいかけると、今度《こんど》はブッチーが話《はなし》にわってはいった。

「ちょっと待《ま》てよ、ルド。根性《こんじょう》と教養《きょうよう》がいちばんって、いちばんがふたつあるのはおかしいだろ。いちばんはどっちなんだ。おれは根性《こんじょう》だと思《おも》うけどな。」

ぼくはため息《いき》をついて、ブッチーにいった。

「ブッチー。いまはそんなこと、どっちだっていいじゃないか。」

「まあ、そうだけどよ。」

と、ちょっと不服《ふふく》そうにブッチーがいうと、イッパイアッテナがいった。

「教養《きょうよう》と根性《こんじょう》か。〈文武《ぶんぶ》は車の両輪《りょうりん》〉っていうしな。」

聞《き》きなれないことばに、ぼくはおもわず引《ひ》きこまれてしまった。

「なにそれ、ぶんぶはくるまのって？」

「まあ、昔《むかし》のことわざっていうか、さむらいの教訓《きょうくん》だ。文《ぶん》というのは学問《がくもん》。武《ぶ》というの

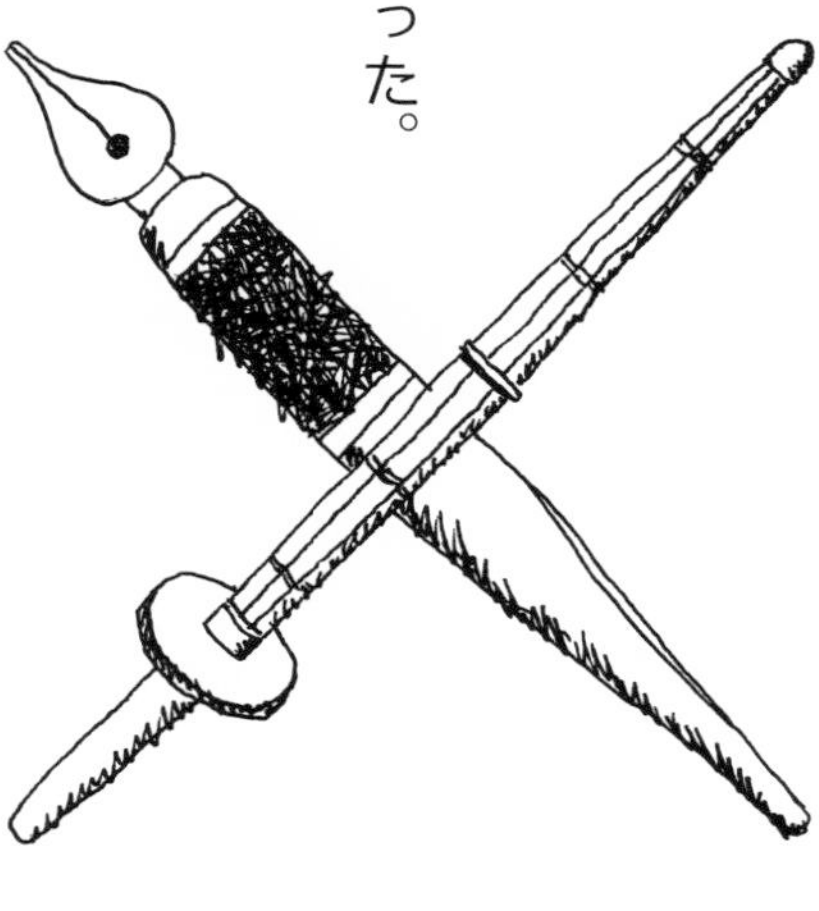

は剣道《けんどう》とかの武術《ぶじゅつ》だ。学問《がくもん》と武術《ぶじゅつ》は荷車《にぐるま》のふたつの車輪《しゃりん》のようなもので、両方《りょうほう》セットじゃないといかんってことだ。」

「〈文武《ぶんぶ》は車の両輪《りょうりん》〉かあ。おぼえておこうっと。」

「文武両道《ぶんぶりょうどう》ともいう。意味《いみ》は同《おな》じだ。両道《りょうどう》っていうのは、ふたつの道《みち》だ。」

「へえ、文武両道《ぶんぶりょうどう》ね。教養《きょうよう》と根性《こんじょう》になおすと、教根両道《きょうこんりょうどう》。または、教根《きょうこん》は車の両輪《りょうりん》か。でも、ねこは荷車《にぐるま》なんか使《つか》わないから、ほかのいいかたのほうがいいかな。教根《きょうこん》はねこの両目《りょうめ》なんていうのは……。」

ぼくがそこまでいったところで、ブッチーが話《はなし》にわってはいった。

「ちょっと、ルド。そんなこと、いまじゃないだろ。」

「あ、そうだ。茨城《いばらき》の話《はなし》だった。それで、どこまで話《はな》したんだっけ。そうだ。イッパイアッテナがアメリカにいこうとしたとき、日野《ひの》さんの住所《じゅうしょ》がわからなかったってとこだ。」

イッパイアッテナが、

「そうそう。」

とうなずいた。そして、こういったのだ。

「そのてん、ブッチーは楽《らく》でいい。なにしろ、茨城県《いばらきけん》はアメリカにくらべたら、ずっとせまいしな。楽《らく》でいいだけじゃなくて、運《うん》もいい。うまくいけば、あしたのうちに、いや、あしたは無理《むり》でも、何日《なんにち》かのうちにゃあ、金物屋《かなものや》が住《す》んでいるところもわかる。」

これには、ブッチーもだけど、ぼくもおどろいた。

「えーっ？ なんで？ どうして、そんなに早く、ブッチーのもとの飼《か》い主《ぬし》の住所《じゅうしょ》がわかるんだ？」

「なんでって、わかるものはわかるんだから、しょうがねえだろ。」

イッパイアッテナはぼくにそういってから、ブッチーにきいた。

「あの金物屋《かなものや》のおやじだけど、筆《ふで》まめだったか？」

「ふでまめ？ 夏《なつ》なんか、晩《ばん》めしのとき、ビール飲《の》みながら、枝豆《えだまめ》食《た》べてたけど、ふで豆《まめ》っていう豆《まめ》はどうかなあ。そういえば、そら豆《まめ》も好《す》きだったけどなあ。」

ブッチーが真顔《まがお》でそう答《こた》えると、イッパイアッテナはあきれ顔《がお》でいった。

「なあ、ブッチー。おまえも、もうちょっと教養《きょうよう》をつまなきゃだめだ。筆《ふで》まめっていうのは、豆《まめ》の一種《いっしゅ》じゃない。筆《ふで》っていうのは、つまりペンだ。まめっていうのは、めんどくさがらずにやるってこと。だから、筆《ふで》まめっていうのは、めんどうくさがらずに、手紙《てがみ》やはがきを書《か》くことだ。どうだ？　金物屋《かなものや》は筆《ふで》まめだったか？」

「そういえば、毎年《まいとし》、暮《く》れになると年賀状《ねんがじょう》をたくさん出してたし、夏《なつ》も暑中見舞《しょちゅうみま》いをいっぱい書《か》いていた。それが笑《わら》えるんだよ。そういうのを近所《きんじょ》に住《す》んでるやつにも出すんだからな。『あけましておめでとう。』なんて、あったときにいやあいいだろうよなあ。」

ブッチーのことばで、どうしてブッチーが運《うん》がいいのかわかった。

ぼくはおもわずいった。

「そうか。年賀状《ねんがじょう》か。引《ひ》っ越《こ》して何年《なんねん》もたってるわけじゃないから、ブッチーのもとの飼《か》い主《ぬし》は、もと住《す》んでいた場所《ばしょ》の近所《きんじょ》の人に、年賀状《ねんがじょう》を書《か》いてるはずだ。その年賀状《ねんがじょう》を見れば、いまどこに住《す》んでいるかわかる。」

イッパイアッテナはもったいをつけて、うなずいた。

「そうとも。鍵《かぎ》は年賀状《ねんがじょう》だ。年賀状《ねんがじょう》には差出人《さしだしにん》の住所《じゅうしょ》氏名《しめい》を書《か》くからな。近所《きんじょ》のうちにしのびこみ、かたっぱしから年賀状《ねんがじょう》をしらべあげれば、金物屋《かなものや》のおやじからとどいた年《ねん》賀状《がじょう》が見つかるはずだ。金物屋《かなものや》のおやじが筆《ふで》まめなら、たぶん年賀状《ねんがじょう》は早いうちに出しているだろう。早いうちに出せば、年賀状《ねんがじょう》は元日《がんじつ》、つまりあしたにとどく。これで勝《か》ったも同然《どうぜん》、いや、勝《か》ったな。」

それから、イッパイアッテナはブッチーを見てきいた。

「ところで、金物屋《かなものや》の苗字《みょうじ》はなんていうんだ?」

「苗字《みょうじ》って?」

ブッチーにききかえされ、イッパイアッテナがいった。

「だから、苗字《みょうじ》だよ。このうちは日野《ひの》っていうのが苗字《みょうじ》で、デビルの飼《か》い主《ぬし》は小川《おがわ》だ。そういうやつだよ。太郎《たろう》とか一郎《いちろう》とか、そういう名まえのまえについているやつだ。」

「あ、それなら金物屋《かなものや》かな。」

「ばかいってるんじゃねえよ。そりゃあ、商売《しょうばい》だろ。苗字《みょうじ》だよ、苗字《みょうじ》! 池田《いけだ》とか川上《かわかみ》とか、そういうやつ。」

「そんなのあったかなあ。」

「あったかなあじゃねえよ。人間《にんげん》には、だいたいあるんだよ。」

「だいたいあるなら、ないやつだっているだろ。うちのおやじにあったかなあ。だいたい、商店街《しょうてんがい》じゃあ、金物屋《かなものや》でとおってたし。」

「なんだ、おまえ。飼《か》い主《ぬし》の苗字《みょうじ》も知《し》らなかったのか。しょうがねえな。」

「しょうがねえなあっていわれても、しょうがない。」

ブッチーはそういってから、ぼくを見た。

「おまえのリエちゃんも、苗字《みょうじ》、あったか？」

きゅうに話《はなし》をふられ、ぼくは、

「えっ？」

といってから、考《かんが》えた。

リエちゃんの苗字《みょうじ》……。

ぼくはイッパイアッテナを見ていった。

「ぼくも、リエちゃんの苗字《みょうじ》、知《し》らないけど……。」

「えーっ！」

イッパイアッテナは、のけぞりそうになっておどろいた。

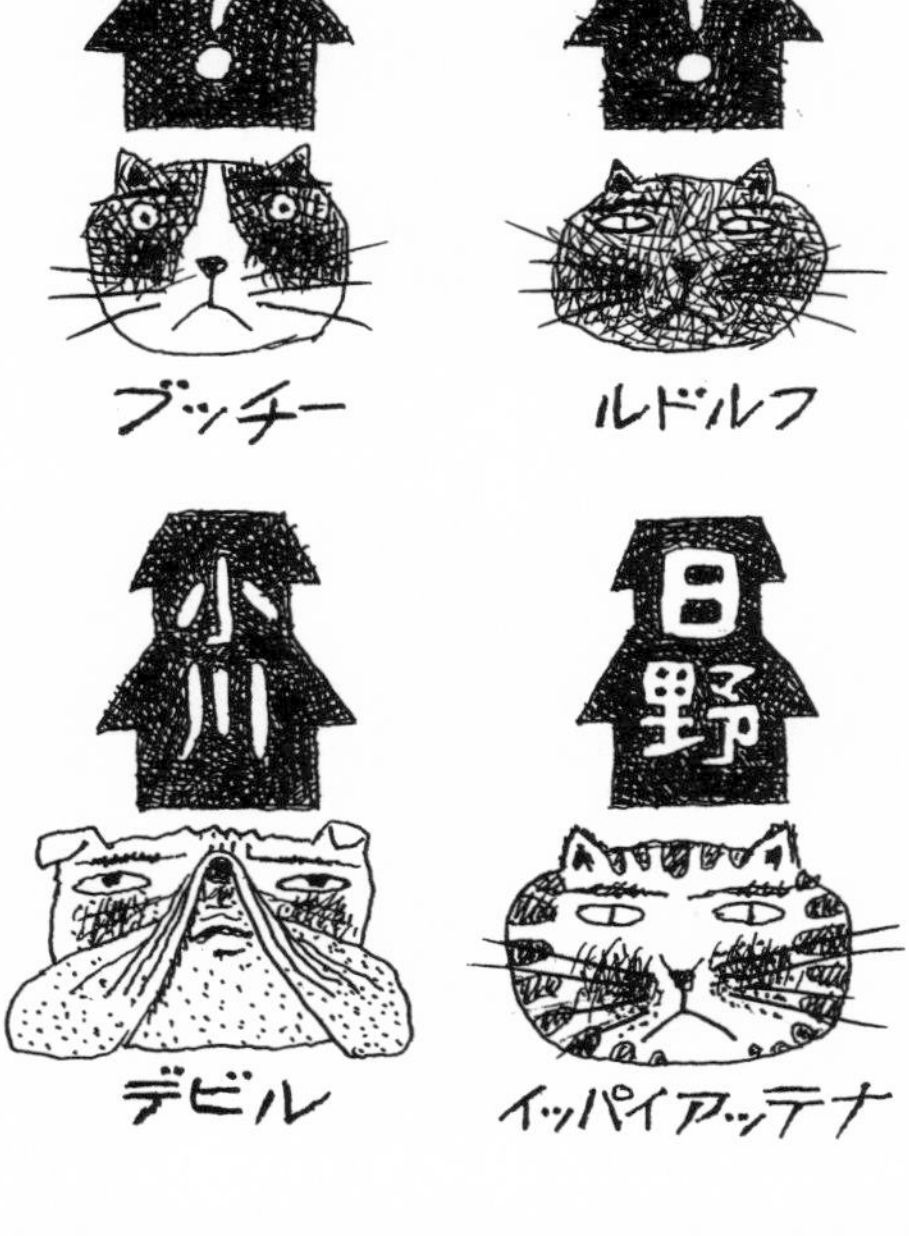

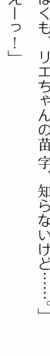

「おまえも、飼《か》い主《ぬし》の苗字《みょうじ》、知《し》らなかったのか？」

「だって、苗字《みょうじ》なんかわからなくても、こまらなかったし。ねえ、ブッチー。」

ブッチーに同意《どうい》をもとめると、ブッチーも賛成《さんせい》した。

「そうだよ。苗字《みょうじ》なんて知《し》らなくても、こまらなかった。そんなことというなら、タイガーはどうなんだよ。日野《ひの》っていうのがタイガーの苗字《みょうじ》か？　日野《ひの》タイガー？　それじゃあ、トラックの名まえみたいだし、タイガー日野《ひの》なら、プロレスラーみたいじゃねえか。」

「ばかいってるんじゃねえよ、ふたりとも。ねこはいいんだよ、苗字《みょうじ》なんかなくたって。ねこの話《はなし》じゃねえ。人間《にんげん》のことだ。まあ、わかんねえものはしょうがない。じゃあ、名まえは、金物屋《かなものや》の名まえはなんていうんだ？」

「名まえかあ……。」

とつぶやいたところをみると、ひょっとしてブッチーは飼《か》い主《ぬし》の名まえも知《し》らなかったのだろうか。

ぼくはなんだか悪《わる》い予感《よかん》がした。その予感《よかん》は的中《てきちゅう》した。

ブッチーはいった。

「名まえっていうと、ルドとかブッチーとかいうやつだろ。そういえば、『おれの名まえはイッパイアッテナ。』なんていう名ぜりふがあったな。」

「そうだ。そういうやつだ。たとえば、金物屋《かなものや》の奥《おく》さんは、金物屋《かなものや》をなんてよんでたんだ。」

イッパイアッテナがきくと、ブッチーはひとことで答《こた》えた。

「あんた。」

「あんた？」

「そう。あんた。奥《おく》さんは、あんたってよんでたし、おやじは奥《おく》さんをおまえっていってた。だから、あんたとおまえがふたりの名まえみたいなもんだ。」

それを聞《き》くと、イッパイアッテナは、

「しょうがねえなあ……。」

とつぶやいて、だまりこんだ。

今夜《こんや》は、しょうがねえが多《おお》い。

けれども、これくらいであきらめるイッパイアッテナではない。

ちょっと考《かんが》えてから、イッパイアッテナはいった。

「よし。わかった。だいじょうぶだ。近所《きんじょ》にきた茨城県《いばらきけん》からの年賀状《ねんがじょう》をかたっぱしからしらべればいいだけのことだ。せいぜい百かそこらだろ。そしたら、その中に、『東京《とうきょう》にいたころはお世話《せわ》になりました。』なんて書《か》いてあるのがあるだろう。それがきっと金物《かなもの》屋《や》からの年賀状《ねんがじょう》だ。あの近所一帯《きんじょいったい》をしらべて、まず、茨城県《いばらきけん》からの年賀状《ねんがじょう》をピックアップする。それから、文面《ぶんめん》を見る。『東京《とうきょう》にいたころはお世話《せわ》になりました。』なんていうのは、そんなに多《おお》いはずはない。まあ、てまはかかるが、これでいこう。作戦決定《さくせんけってい》。あしたの朝《あさ》、調査開始《ちょうさかいし》だ。」

そのようなわけで、作戦《さくせん》がきまると、イッパイアッテナは、

「じゃ、おれはこれで。」

といって、応接間《おうせつま》にもどっていってしまった。

応接間《おうせつま》からは、女の演歌歌手《えんかかしゅ》の歌声《うたごえ》が聞《き》こえていた。

たしかに……、とぼくは思《おも》った。

たしかに、日野《ひの》さんがいうとおり、今年《ことし》は紅組《あかぐみ》の勝《か》ちかもしれない。

10

# 魚屋《さかなや》さん侵入《しんにゅう》作戦《さくせん》と落《お》とし穴《あな》のたとえ話《ばなし》

作戦《さくせん》は元日《がんじつ》の早朝《そうちょう》に開始《かいし》された。

ブッチーがいうには、商店街《しょうてんがい》の人たちの中で、もとのブッチーの飼《か》い主《ぬし》ととくに親《した》しかったのは、魚屋《さかなや》さん、花屋《はなや》さん、それから自転車屋《じてんしゃや》さんだということだった。

けれども、このうち自転車屋《じてんしゃや》さんは、店《みせ》の奥《おく》とか二階《かい》に住《す》んでいるのではなく、住《す》まいはべつの場所《ばしょ》にあり、それがどこなのか、ブッチーも知《し》らなかった。したがって、ターゲットは魚屋《さかなや》さんと花屋《はなや》さんということになる。

魚屋《さかなや》さんのおにいさんは、ぼくもイッパイアッテナも仲《なか》がよくて、ときどきあいさつにいっている。あいさつというのは、魚屋《さかなや》さんがひまな時間《じかん》を見はからって、店《みせ》の外《そと》から、

「ニャア。」

と、できるだけかわいらしく鳴《な》くことだ。

そういうあいさつをすると、魚屋《さかなや》のおにいさんはかならず、売《う》れ残《のこ》ったり、売《う》れ残《のこ》りそうな魚《さかな》をくれる。小アジ五匹一皿《ひきひとさら》いくらなんていうのがねらい目で、仕入《しい》れた小アジが五十とか百とか、ちょうど五の倍数《ばいすう》とはかぎらないから、あまりが出ることが多《おお》い。小アジなんて、一匹《ぴき》いくらで売《う》るものじゃないから、あまったものがもらえることが多《おお》い。

いま、五の倍数《ばいすう》なんていうことばを使《つか》ったけど、それくらい知《し》らないと、教養《きょうよう》のあるねことはいえないからね。

もちろん、元日《がんじつ》は魚屋《さかなや》さんの店《みせ》は閉《し》まっている。

では、どうするか？

その戦術《せんじゅつ》も、イッパイアッテナが立ててあった。

魚屋《さかなや》さんの郵便受《ゆうびんう》けは店《みせ》のシャッターについていて、魚屋《さかなや》のおにいさんは、新聞《しんぶん》を取《と》りにいくのに、店《みせ》をとおらず、うら口からいったん外《そと》に出て、おもてから新聞《しんぶん》を抜《ぬ》きとるのだ。

お店《みせ》が開《ひら》いているときは、郵便屋《ゆうびんや》さんは魚屋《さかなや》のおにいさんに郵便物《ゆうびんぶつ》を手わたすけれど、そうでないときは、シャッターの郵便受《ゆうびんう》けにつっこんでいく。だから、元日《がんじつ》は、魚《さかな》

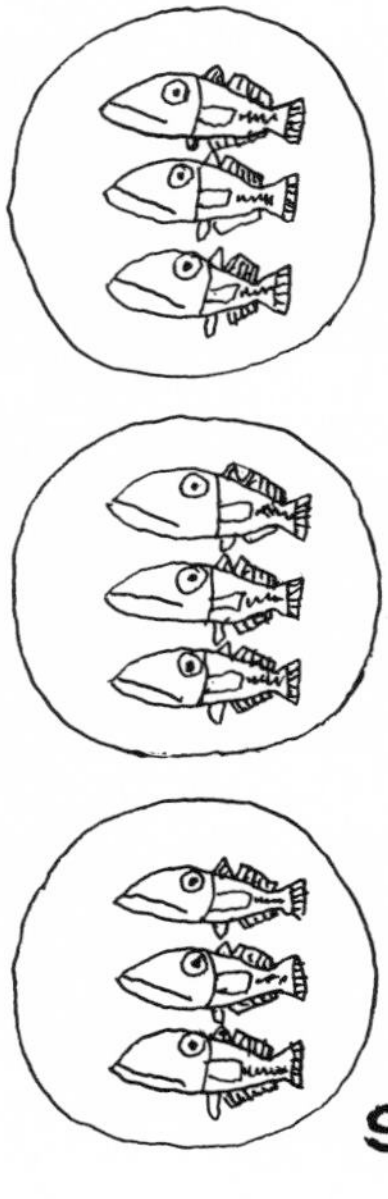

9は3の倍数である。

屋《や》のおにいさんは二度外《どそと》に出ることになる。新聞《しんぶん》で一回《かい》。年賀状《ねんがじょう》でもう一回《かい》。魚屋《さかなや》さんのうちに侵入《しんにゅう》するチャンスは二度《ど》あるのだ。

花屋《はなや》さんのほうは、チャンスはもっとある。

どういうわけか、元日《がんじつ》は、花屋《はなや》さんは朝《あさ》から夕がた近《ちか》くまで、店《みせ》を開《あ》けているのだ。お正月の花を買《か》いにくるお客《きゃく》がいるのかもしれない。

ぼくとイッパイアッテナとブッチーは、朝《あさ》、まだ夜《よ》が明《あ》けないうちに、魚屋《さかなや》さんのそばで待機《たいき》をはじめた。

ブッチーはアルファベットだけで、ローマ字もちゃんと読《よ》めない。ひらがな以上《いじょう》は無《む》理《り》だ。だから、いっしょにきてもしょうがないと思《おも》うかもしれないけど、さすがにイッパイアッテナだけあって、ブッチーの役《やく》わりも用意《ようい》してあった。

新聞屋《しんぶんや》さんのバイクは商店街《しょうてんがい》を駅《えき》のほうから走《はし》ってくる。

商店街《しょうてんがい》の入り口にバイクが見えたとき、イッパイアッテナは気分《きぶん》を出して、いった。

「全員配置《ぜんいんはいち》につけ！」

ブッチーは商店街《しょうてんがい》のとおりの、魚屋《さかなや》さんの路地《ろじ》から見えるところに立ち、ぼくとイッパイアッテナはうら口のすぐそばに待機《たいき》した。

少《すこ》しすると、新聞屋《しんぶんや》さんが魚屋《さかなや》さんのシャッターに新聞《しんぶん》をつっこんでいった。

それからが長《なが》かった。魚屋《さかなや》さんのおにいさんは、なかなか新聞《しんぶん》を取《と》りにこなかったのだ。

ぼくたちねこの特技《とくぎ》は待《ま》つことだ。

ぼくはスズメとりがうまい。スズメとりのコツはいくつかあるけど、その中でいちばんだいじなのは、息《いき》をころして、じっと待《ま》つことなのだ。スズメがいるところに、こっちからいくんじゃなくて、スズメがきそうなところで、じっと待《ま》つのだ。

でも、そういうぼくでも、じれてくるくらい、魚屋《さかなや》さんは出てこなかった。

外《そと》が明《あか》るくなってきた。

商店街《しょうてんがい》のほうから、シャッターの開《あ》く音がした。

ブッチーが路地《ろじ》に入ってきて、報告《ほうこく》した。

「花屋《はなや》のシャッターが開《あ》いたぞ。」

「わかった。だが、ブッチー。持《も》ち場《ば》をはなれるな。

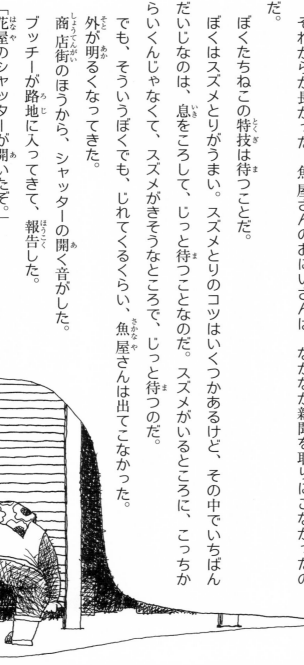

いま、この瞬間《しゅんかん》、うら口が開《あ》くかもしれないじゃねえか。」

イッパイアッテナはそういって、ブッチーを追《お》いかえした。

花屋《はなや》さんが開《あ》いて、しばらくしても、魚屋《さかなや》のおにいさんはうら口から出てこなかった。

イッパイアッテナがひとりごとのようにいった。

「あいつ、なにやってんだ。ねぼうか？ んなこったから、教養《きょうよう》が身《み》につかねえんだ。早起《はやお》きして、新聞《しんぶん》くらい読《よ》めっつうの。」

ちょっといっておくと、〈んなこったから〉というのは、〈そんなこったから〉で、〈そういうことだから〉が正しい日本語《にほんご》だ。どうも、イッパイアッテナのことばづかいは自分《じぶん》の教養《きょうよう》とつりあわない。

それにしても、魚屋《さかなや》のおにいさんはなかなか出てこなかった。

ひょっとしたら、年賀状《ねんがじょう》がくるまで待《ま》って、新聞《しんぶん》といっしょに持《も》っていこうというつもりだろうか。

ぼくがそう思《おも》いはじめたころ、うら口が開《あ》いた。

作戦開始《さくせんかいし》だ。

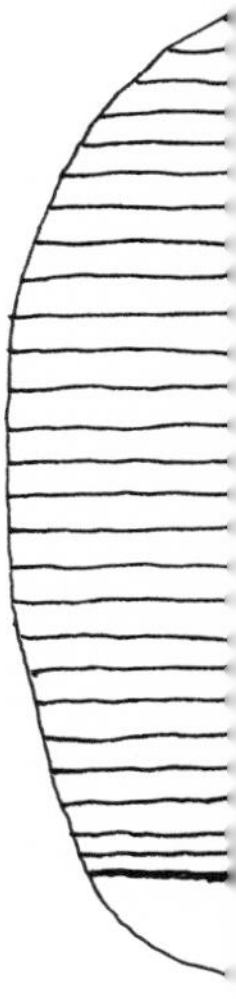

パジャマすがたの魚屋《さかなや》さんのおにいさんが一歩《ぽ》うら口から出たとき、ブッチーが大声《おおごえ》で鳴《な》いた。

「グギャギャギャーッ！」

それは、ねこのけんかのときの声《こえ》だ。

「な、なんだ、どうした。やっ、ブッチーじゃないか。ノラいぬでもいるのか。」

魚屋《さかなや》のおにいさんはうら口の戸《と》を閉《し》めずに、ブッチーのほうにかけだした。

これを待《ま》っていたのだ！

もちろん、そのすきにぼくとイッパイアッテナは中に入った。

「いや、なんでもないんで。それより、あけまして、おめでとうございます。」

なんていうブッチーの声《こえ》が聞《き》こえた。まあ、魚屋《さかなや》さんには、

「ニャア。」

の連続《れんぞく》にしか聞《き》こえないだろうけど。

二度《ど》あるチャンスのうち、最初《さいしょ》のチャンスで侵入《しんにゅう》できた。

うちの中に入ると、ぼくとイッパイアッテナは店《みせ》のすみにかくれた。

すぐに、戸《と》が閉《し》まる音がして、二階《かい》にあがっていく足音が聞《き》こえた。

作戦《さくせん》の第《だい》一段階《だんかい》は成功《せいこう》した。

店《みせ》には魚《さかな》は一匹《ぴき》もおいてなかった。もしあっても、手を出したりはしない。魚《さかな》に手を出したら、まちがいなくどろぼうだ。

魚屋《さかなや》から魚《さかな》をぬすんでいいのは、リエちゃんのうちの近《ちか》くの商店街《しょうてんがい》の魚屋《さかなや》からだけだ。あいつは、ししゃも一匹《ぴき》ぬすんだだけで、どこまでも追《お》ってきて、あげくのはてには、うしろからモップを投《な》げてきた。しかも、そのモップは自分《じぶん》のモップじゃない。花屋《はなや》さんのモップだった。

あのモップはぼくといっしょにトラックで東京《とうきょう》にはこばれてきたけど、そのあとどうなったのだろう。

トラックの運転手《うんてんしゅ》さんは、モップが岐阜《ぎふ》の花屋《はなや》さんのものだなんて気づかないだろうから、返《かえ》すにも返《かえ》せないと思《おも》う。

正直《しょうじき》にいうと、あの魚屋《さかなや》のおやじのことを思《おも》い出《だ》すと、ぼくはいまでも腹《はら》が立ってくる。

一度《いちど》、ぼくはそれをイッパイアッテナにいったことがある。

そうしたら、イッパイアッテナは、

「だけど、ルド。その魚屋《さかなや》がいたからこそ、おまえが東京《とうきょう》にこられたわけだから、いいじゃねえか。」

といった。

そのときぼくはすぐにいいかえした。

「じゃあさ、だれかがよそのうちの庭《にわ》に落《お》とし穴《あな》をほって、そのうちの人をそこに落《お》としてやろうとしたとするだろ。ところがさ、ほっているさいちゅうに、そのうちの人に見つかりそうになって、逃《に》げちゃったとして、そしたら、そのうちの人が、

『あ、なんだ、これ。こんなところに穴《あな》がある。おっ、なんだか光《ひか》っているものが見えるぞ。よし、ほってみよう。』

なんていって、穴《あな》をあと二ほりか三ほりしたら、小判《こばん》がざくざく出てきたなんてことがあったとするじゃないか。そしたら、最初《さいしょ》に落《お》とし穴《あな》をほろうとしたやつの手がらになるのか？　ならないよね。それと同《おな》じだよ。」

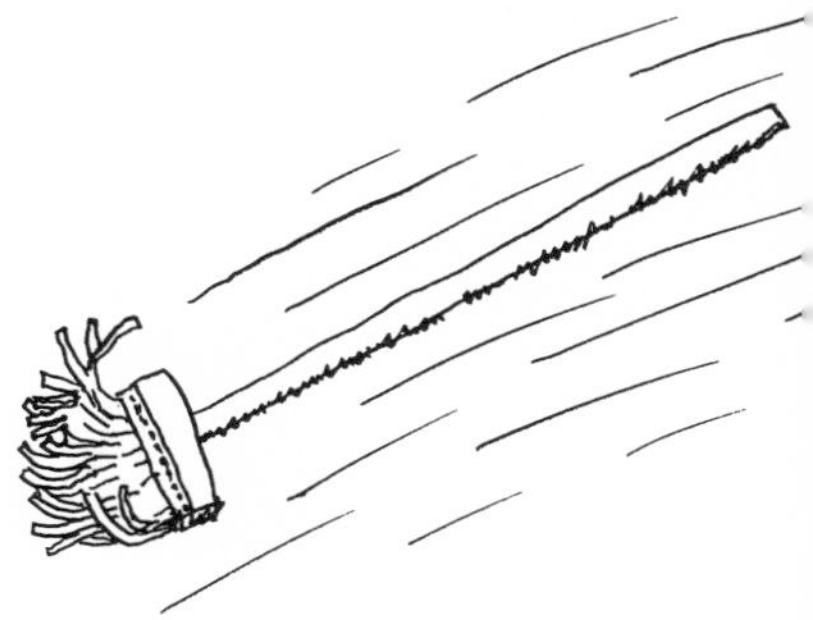

すると、イッパイアッテナは、

「いきなり、落《お》とし穴《あな》の話《はなし》になったから、なんだと思《おも》ったら、そういうことか。おれはまた、とちゅうでおまえが〈ねこに小判《こばん》〉なんていうことわざの話《はなし》をしだすのかと思《おも》ったぜ。だが、まあ、それはたしかにおまえのいうとおりだ。結果《けっか》がよかったからといって、原因《げんいん》が正しいいわけではない。」

といってから、

「しかし、おまえ、よくそういうたとえ話《ばなし》をすぐに思《おも》いつくね。だけどよ、岐阜《ぎふ》の魚屋《さかなや》がモップを投《な》げてきたことについちゃあ、おまえがししゃもをかっぱらったから、そういうことになったんじゃないか。」

といいたした。

「でも、そのししゃもだけど、けっきょく、ぼくは食《た》べてないし。」

と、ぼくは、いいわけにならないいいわけをして、その話《はなし》は終《お》わった。

それはともかく、魚屋《さかなや》さんに年賀状《ねんがじょう》がくるまでに、まだ時間《じかん》がかかった。

ところで、ぼくは、〈魚屋《さかなや》のおにいさん〉なんてよんでるけど、じつは、魚屋《さかなや》のおにいさんは、どちらかというと、おにいさんというより、おじさんといったほうがいい年だ。イッパイアッテナにいわせると、三十はとっくにすぎているということだ。奥《おく》さんもいて、店《みせ》はふたりでやっている。子どもはいないみたいだ。

年賀状《ねんがじょう》がくるのを待《ま》ちながら、ぼくが、

「きょうは奥《おく》さん、どうしたのかな。二階《かい》にいるのかな。」

というと、イッパイアッテナがいった。

「実家《じっか》にでも、いってるんじゃないか。正月だし。」

「ジッカ？」

「ああ。」

「ジッカってどこ？　外国《がいこく》？　そういえば、ダッカっていう町があったけど、あれ、どこだっけ。まえに日野《ひの》さんのとこの世界地図《せかいちず》で見て、そのとき、『ダッカってここだっか。』なんていうしゃれを思《おも》いついたんだけど、使《つか》うときなかったなあ。あんまりしゃれになってないし。」

ぼくがそういうと、イッパイアッテナはあきれたような顔《かお》で、

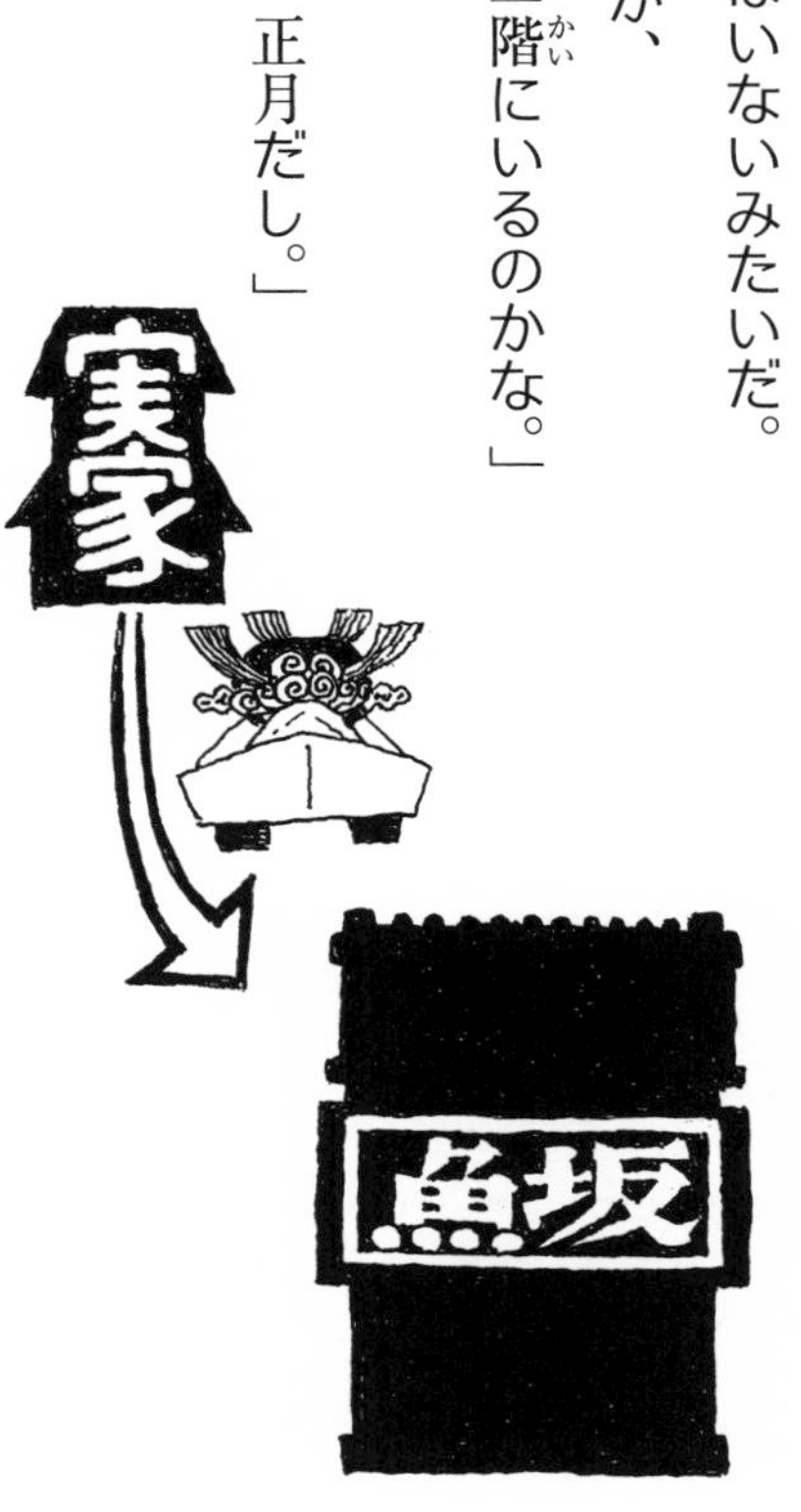

「ダッカはインドのとなりのバングラデシュの首都《しゅと》。それに、実家《じっか》っていうのは、地名《ちめい》じゃない。実験《じっけん》の実《じつ》に家《いえ》って書《か》いて、実家《じっか》。親《おや》が住《す》んでいるうちのことだ。まあ、育《そだ》った家《いえ》のことだな。人間《にんげん》は正月になると、親《おや》のところに帰《かえ》ったりするんだ。おれはつくづくたいへんだなあって思《おも》う。なかには、新幹線《しんかんせん》どころか、飛行機《ひこうき》に乗《の》って、九州《きゅうしゅう》とか北海道《ほっかいどう》まで帰《かえ》るやつがいるんだぜ。」

といった。

そのとき、ぼくが、

「自分《じぶん》だって、日野《ひの》さんにあうために、アメリカまでいこうとしたくせに。」

といったかというと、もちろんそんなことはいわない。そのかわり、こういった。

「で、ここの奥《おく》さんの実家《じっか》はどこなの?」

「さあ。」

さすがのイッパイアッテナも、そこまでは知《し》らないようだった。

なんていうから、たいくつになっていたぼくは、

「サアなんて、また、かわった名まえの町だね。それ外国《がいこく》?」

なんて、じょうだんをいってみた。

そうしたら、イッパイアッテナはあきれ顔《がお》すらしないで、ぼくを横目《よこめ》で見ただけだった。

けっきょく、シャッターがガチャンと音がして、年賀状《ねんがじょう》がきたのはおひるすぎだった。

新聞《しんぶん》のときはそうではなかったみたいなのに、魚屋《さかなや》のおにいさんは年賀状《ねんがじょう》を待《ま》っていたらしく、それから十分《ぷん》もしないうちに、階段《かいだん》をおりてくる音がして、つづいてうら口が開《あ》く音も聞《き》こえた。

「おお、今年《ことし》もけっこうきてるな。」

魚屋《さかなや》のおにいさんの声《こえ》がして、階段《かいだん》をあがっていく足音がした。

イッパイアッテナがいった。

「よし。あと一時間《じかん》だ。あいつは毎年《まいとし》、午後《ごご》になると、ちゃんとスーツを着《き》て、どこかに出かけるからな。」

「奥《おく》さんの実家《じっか》かな。」

ぼくがそういうと、イッパイアッテナは、

「そこまでは、わからない。」

と答《こた》えた。

そして、イッパイアッテナが予告《よこく》したとおり、それから一時間《じかん》くらいすると、うら口の戸《と》が開《あ》く音がして、すぐに閉《し》まる音が聞《き》こえた。

外《そと》からブッチーの声《こえ》が聞《き》こえた。

「いったぞ！」

「よし！」

とイッパイアッテナは外《そと》にむかって返事《へんじ》をしてから、ぼくにいった。

「はじめるぞ、ルド。二階《かい》にいく。」

ぼくは、イッパイアッテナのうしろから、階段《かいだん》をあがっていった。

## 11

# 魚屋《さかなや》さんの名まえと七けたの番号《ばんごう》

イッパイアッテナはすぐに年賀状《ねんがじょう》のたばを見つけた。きちんとかさねられた年賀状《ねんがじょう》のたばがこたつの上にあった。あつさはティシュペーパーのはこの半分《はんぶん》くらいだろうか。

こたつにとびのって、イッパイアッテナがいった。

「ルド。おもてに大きく書《か》かれているのは、この魚屋《さかなや》の住所氏名《じゅうしょしめい》だ。名まえのつぎに様《さま》って書《か》かれている。そこはぜんぶ、魚屋《さかなや》か魚屋《さかなや》の奥《おく》さんになってるはずだ。だから、いちいち見なくていい。問題《もんだい》は、その横《よこ》からうらにある差出人《さしだしにん》の住所氏名《じゅうしょしめい》だ。」

あとからこたつにのったぼくは年賀状《ねんがじょう》のたばに目をやった。

いちいち見なくたって、大きな字で〈坂田浩一様《さかたこういちさま》〉って書《か》いてあるのは見えてしまう。いちばん上のは印刷《いんさつ》の字じゃなくて、筆《ふで》で書《か》いた文字だ。もちろん、ふりがなはふってない。

そのときはじめてぼくは、魚屋《さかなや》のおにいさんが坂田浩一《さかたこういち》という名まえだということを知《し》った。

イッパイアッテナがいちばん上の年賀状《ねんがじょう》を見て、

「こりゃ、静岡県《しずおかけん》だな。」

といった。

差出人《さしだしにん》の住所《じゅうしょ》が沼津市《ぬまづし》になっている。

「そうだね。静岡県《しずおかけん》だ……。」

といってから、ぼくは、はっと気づいた。

住所《じゅうしょ》は沼津市《ぬまづし》から書《か》いてある。沼津市《ぬまづし》は静岡県《しずおかけん》だけど、年賀状《ねんがじょう》には静岡県《しずおかけん》とは書《か》いてない。ぼくは、岐阜《ぎふ》に帰《かえ》るとき、とちゅうの市《し》の名まえと、それが何県《なにけん》にあるのか、ぜんぶおぼえた。自分《じぶん》がどこにいるのか、わからなくならないようにするためだ。

だけど、茨城県《いばらきけん》にどんな市《し》があるのか、ぼくは知《し》らない！　市《し》の名まえだけわかっても、それが茨城県《いばらきけん》かどうか、わからない。

ぼくはいった。

「イッパイアッテナ。だいじなことに、いま気づいたんだけど。市《し》の名まえが書《か》いてあっても、県名《けんめい》が書《か》いてないのがあったら、どうするんだ？　イッパイアッテナは市《し》の名まえだけで、茨城県《いばらきけん》かどうかわかるの？」茨城県《いばらきけん》の市《し》の名まえをぜんぶ知《し》ってるとか？」

「ルド。おまえ、おれがなんでも知《し》ってると思《おも》うなよ。そんなのぜんぶ知《し》ってるわけねえだろうが。水戸《みと》とか、土浦《つちうら》とか、そのあたりはわかる。だけど、市《し》だけじゃない。町や村なんかもあるだろうしな。」

「じゃ、どうするんだよ。」

「どうするんだって、おまえ。茨城県《いばらきけん》って書《か》いてなくても、そんなのかんたんにわかるんだよ。だいたい、住所《じゅうしょ》を茨城県《いばらきけん》から書《か》くやつのほうがすくないんじゃねえか。」

イッパイアッテナはそういうと、器用《きよう》な手つきで、いちばん上の年賀状《ねんがじょう》をたばの横《よこ》にすべり落《お》とした。そして、

「これもちがうな。」

といい、それも落《お》とした。つぎも同《おな》じようにして、横《よこ》に落《お》とした。そして、そのつぎは、

「まったく、めんどくせえことしやがって。」

といいながら、年賀状《ねんがじょう》のはじにつめをひっかけて、うらがえしにして落《お》とした。

それには、松《まつ》の木が描《えが》かれていて、下に、

〈謹賀新年《きんがしんねん》　今年《ことし》もよろしくおねがいします。〉

とあり、その下に七けたの数字《すうじ》が書《か》いてあり、日立市《ひたちし》からはじまる住所《じゅうしょ》と名まえがあった。

松《まつ》の木の絵《え》がとてもじょうずで、こんな松《まつ》の枝《えだ》にのって、ガリガリつめをといだら気持《きも》ちがいいだろうな……、なんて、ついぼくが思《おも》ってしまっていると、イッパイアッテナがいった。

「それ、茨城県《いばらきけん》だ。」

ぼくは年賀状《ねんがじょう》からイッパイアッテナの顔《かお》に視線《しせん》をあげて、いった。

「日立市《ひたちし》っていうところが、茨城県《いばらきけん》だって知《し》ってるの？」

イッパイアッテナは答《こた》えた。

「まあ、有名《ゆうめい》な電機《でんき》メーカーの工場《こうじょう》があるから、それくらいは知《し》ってたが、知《し》らなくたって、そこが茨城県《いばらきけん》だっていうのはわかる。」

「どうして?」

「どうしてって、住所《じゅうしょ》のまえに七けたの数字《すうじ》があるだろ。それ、郵便番号《ゆうびんばんごう》っていうんだ。茨城県《いばらきけん》の市町村《しちょうそん》は、最初《さいしょ》の二けたが30と31ってきまってるんだ。」

「へえ、そうなの。30と31が茨城県《いばらきけん》だって、イッパイアッテナは知《し》ってたのか。すごいな。」

「郵便番号《ゆうびんばんごう》のことは知《し》ってたが、さすがにおれも、30と31が茨城県《いばらきけん》だってことまでは知《し》らなかった。おまえがねてるあいだに、日野《ひの》さんの書斎《しょさい》の本棚《ほんだな》から郵便番号簿《ゆうびんばんごうぼ》っていうのを見つけて、しらべたんだよ。」

「そうだったのかあ。」

といいながら、ぼくはもう一度年賀状《いちどねんがじょう》を見た。

郵便番号《ゆうびんばんごう》っていうやつの最初《さいしょ》の二けたが30になっている。

ぼくはそれをたしかめてから、もう一度松《いちどまつ》の木の絵《え》を見て、いった。

「それにしても、この絵《え》、うまいなあ……。」

イッパイアッテナはいった。

「そういうとこは見なくていいんだ。そんなの見てたら、時間《じかん》ばっかりかかるだろ。〈東《とう》京《きょう》にいたころは〉とか〈小岩《こいわ》にいたころは〉とか、そういう、この町に住《す》んでいたことがわかるようなもんくがだいじだからな。いちいち、絵《え》とか写真《しゃしん》とか、そんなのを見てるんじゃないぞ。とにかく、おれがおまえのほうに年賀状《ねんがじょう》をやったら、それは茨城県《いばらきけん》からのだから、おまえはその中から、最近《さいきん》までここにいたらしいもんくを見つけるんだ。」

「だけど、なんだかそれって、イッパイアッテナのほうが楽《らく》みたいだ。読《よ》む量《りょう》がすくないし。」

「そんなことというなら、かわってやろうか。いまのみたいに、住所《じゅうしょ》がうらに書《か》いてあることだって、けっこうある。おまえ、おれみたいに、一発《いっぱつ》でうらがえしにできるのか?」

ぼくは手さきが器用《きよう》なほうだが、イッパイアッテナにはかなわない。

「わかったよ。」

ぼくがそういうと、イッパイアッテナは、

「年賀状《ねんがじょう》コンテストの審査《しんさ》にきたんじゃねえんだから、絵《え》なんかじっくり見てるんじゃないぞ。」

と念《ねん》をおした。

いくら、イッパイアッテナが器用《きよう》でも、たちまちこたつの上はちらかってしまう。イッパイアッテナは年《ねん》賀状《がじょう》がちらかるのを無視《むし》した。

作業《さぎょう》をしているうちに、ぼくはついに、

〈あけまして、おめでとうございます。そちらにいたころは、たいへんお世話《せわ》になりました。〉

と書《か》かれた年賀状《ねんがじょう》を見つけた。

「やった！　あった、あった！」

「お、そうか。意外《いがい》に早く見つかったな。」

「どれどれ……。」

といいながら、イッパイアッテナは年賀状《ねんがじょう》をのぞきこんでから、ぼくにいった。

「しょうがねえな。もっとちゃんと読《よ》んでみろよ。」

ぼくはそのつぎを読《よ》んだ。

〈月日のたつのは早いもので、こちらにきてから、もう十年になります。小学生だった息《むす》子《こ》もいまは大学生で……。〉

「そうか、この人、引《ひ》っ越《こ》してからもう十年たつのか。それに、大学生の子どもがいるみたいだし……。」

ぼくがそういうと、イッパイアッテナは、

「つまり、そいつは金物屋《かなものや》じゃないってことだ。」

といって、作業《さぎょう》をつづけた。

魚屋《さかなや》さんが見つからなかったら、花屋《はなや》さんにいかなければならない。

ぼくたちはいそいでやった。

こたつの上は年賀状《ねんがじょう》がちらばり、かるた取《と》り状態《じょうたい》になった。もちろん、こたつから床《ゆか》に落《お》ちてしまったものも、たくさんある。

茨城県《いばらきけん》からの年賀状《ねんがじょう》は十三枚《まい》だった。でも、その中には、ブッチーのもとの飼《か》い主《ぬし》からしいものは一枚《まい》もなかった。

「おかしいな。かならずあるはずなんだがな……。」

ほかのとはべつにしてある十三枚《まい》の年賀状《ねんがじょう》をイッパイアッテナはもう一度《いちど》読《よ》みなおした。でも、それらしいものは見つからなかった。

「やっぱりないな。しょうがねえ。じゃあ、花屋《はなや》にいくか……。」

こたつからおり、そういって階段《かいだん》のほうに歩《ある》いていくイッパイアッテナをぼくはよびとめた。

「待《ま》ってよ。ちらかしちゃった年賀状《ねんがじょう》、このままでいいの？」

「いい。もとどおりかさねなおしてたら、半日《はんにち》かかる。」

ぼくはこたつの上とまわりにちらかった年賀状《ねんがじょう》をながめた。

「だって、このままじゃ、どろぼうが入ったと思《おも》われちゃうよ。」

「しょうがねえだろ。なにもぬすまれてねえんだから、どろぼうだとは思《おも》わねえよ。」

「じゃあ、どう思《おも》うんだろう。」

「幽霊《ゆうれい》でも出たと思《おも》うかもな。」

いらいらしたような口調《くちょう》でイッパイアッテナはそういうと、階段《かいだん》をおりていった。

ぼくもイッパイアッテナも、ふだん、魚屋《さかなや》のおにいさんによくしてもらっている。

ぼくはとても気がひけた。でも、それはイッパイアッテナだって、ほんとうは同《おな》じだろう。

ぼくはイッパイアッテナのあとから一階《かい》におりた。

もちろん、うら口は閉《し》まっている。

ぼくたちは戸《と》のすぐそばで待《ま》った。

どれくらい待《ま》っただろうか。そのあいだ、イッパイアッテナはずっとだまっていた。そのうち、路地《ろじ》から足音が聞《き》こえてきた。

「さかな、さかた、さかたぁ……。」

なんていう歌《うた》う声《こえ》がする。

魚屋《さかなや》さんのおにいさんの声《こえ》だ。

ずいぶんきげんがよさそうだ。お酒《さけ》を飲《の》んできたのだろうか。

「さかな、さかた、さかたぁ……。」

声《こえ》が近《ちか》づいてくる。

戸《と》の鍵穴《かぎあな》に鍵《かぎ》を入れる音がした。

カチャリ……。

戸《と》が開《あ》いた。

その瞬間《しゅんかん》、ブッチーの声《こえ》！

「グギャギャギャーッ！」

「なんだ、ブッチー。またか！」

魚屋《さかなや》のおにいさんがそういって走《はし》っていくのがわかった。

作戦《さくせん》どおりだ。

「いこう。」

イッパイアッテナはそういって路地《ろじ》に出た。そして、商店街《しょうてんがい》のとおりとは反対《はんたい》のほうに歩《ある》きだし、奥《おく》のうちとのさかいのブロック塀《べい》にとびのった。

イッパイアッテナのあとをおって、ぼくもブロック塀《べい》にとびあがった。

冬《ふゆ》の夕焼《ゆうや》けがはじまっていた。

ブロック塀《べい》の上からおもてどおりのほうを見ると、魚屋《さかなや》のおにいさんが足もとのほう

を見て、

「なんだよ、ブッチー。おまえ、腹《はら》がへってるのか。きょうは店《みせ》も閉《し》めてるし、なにもねえんだよ。ずっとここで待《ま》ってたのか。すまねえことしたなあ。」

なんていっている。

すまないことをしたのは、こっちのほうなのに……。

## 12
## 陽動作戦《ようどうさくせん》と知《し》らない名まえ

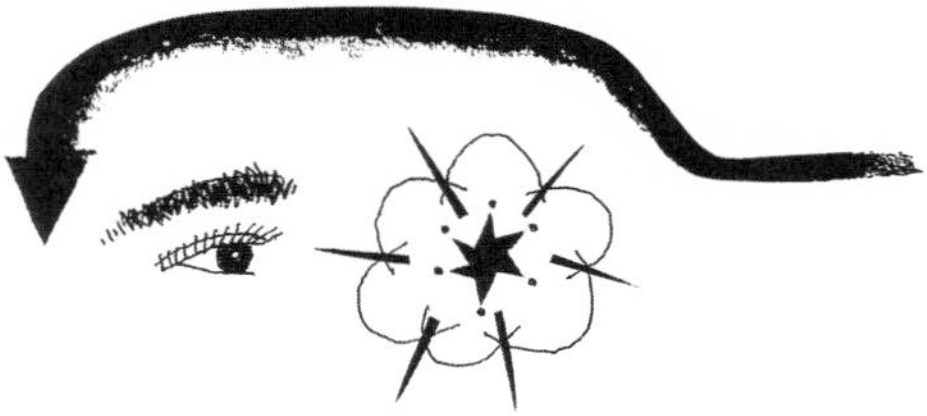

ブッチーは花屋《はなや》さんのまえで待《ま》っていた。

イッパイアッテナとぼくのようすを見て、ブッチーが小声《こごえ》でぼくにいった。

「そのようすだと、だめだったようだな。」

ぼくはうなずいた。

「まだ花屋《はなや》がある。」

といって、イッパイアッテナは花屋《はなや》さんに入っていった。

店《みせ》はまだ開《あ》いていたし、お客《きゃく》はひとりもいなかった。

花屋《はなや》のおばさんがひとりで、作業台《さぎょうだい》のまえにすわっていた。

イッパイアッテナを見ると、花屋《はなや》のおばさんがいった。

「あらま、トラじゃないの。あ、そうそう。あんた、トラじゃなくて、タイガーっていうんだってね。このあいだ、日野《ひの》さんが花を買《か》いにきて、そういってたよ。」

そういえば、日野《ひの》さんは仕事《しごと》の関係《かんけい》で、あちこち花を贈《おく》ることが多《おお》いみたいだ。この店《みせ》から送《おく》っているのかもしれない。

イッパイアッテナは、うしろからついていったぼくとブッチーを見て、

「おまえら、腹《はら》、へってるか。」

といった。

日野《ひの》さんのうちを出るとき、朝《あさ》ごはんを食《た》べたけど、それきりぼくはなにも食《た》べてない。だから、おなかはへっていた。だけど、

「うん。もう、おなかがぺこぺこだよ。」

なんていいにくい。

なにしろ、いまのところ、作戦《さくせん》はうまくいってないのだ。

どう答《こた》えようか、ぼくがまよっていると、イッパイアッテナは、超一流《ちょういちりゅう》のねこなで声《ごえ》で、

「ニャウンン……。」

と鳴《な》いた。

「あらま。飼《か》いねこになったって、おなかはすくよねえ。ちょっと、待《ま》ってね。いま、なんか持《も》ってきてやるから。」

花屋《はなや》のおばさんはそういって、いすから立ちあがったが、そのとき手に持《も》っていたものを作業台《さぎょうだい》の上においた。

それは年賀状《ねんがじょう》のたばだった。

おばさんが奥《おく》にいってしまうと、イッパイアッテナは作業台《さぎょうだい》にとびのった。

すぐに、おばさんがもどってきて、作業台《さぎょうだい》の下に発泡《はっぽう》スチロールの皿《さら》をおいた。中には、にぼしが十ほど入っている。

作業台《さぎょうだい》の上から、イッパイアッテナがいった。

「ブッチー。ルド。おまえら、それを食《く》っていろ。ここに年賀状《ねんがじょう》がならんでいる。どうやら、商売関係《しょうばいかんけい》のと、そうでないのとがわけられているみたいだ。ぜんぶで百くらいありそうだが、商売関係《しょうばいかんけい》のほうが多《おお》い。そのほかのは、あんまりない。これからしらべるから、おまえら、それを食《く》いおわったら、おばさんの注意《ちゅうい》を引《ひ》くようなことをして、おばさんが、おれのしてることを見ないようにしろ。ただし、花には手をつけるなよ。」

つまり、陽動作戦《ようどうさくせん》だ。どうでもいいことのほうに注意《ちゅうい》をむけさせておいて、そのあいだに、だいじなことをするという作戦《さくせん》だ。

「わかったよ。」

といって、ぼくが皿《さら》に顔《かお》をつっこんだ瞬間《しゅんかん》、

「はじめるぞ、ルド。」

というブッチーの声《こえ》がして、頭《あたま》になにかがぶつかった。

「なんだ？」

と顔《かお》をあげたぼくに、ブッチーがとびかかってきた。

「なにするんだ、ブッチー！」

といってすぐ、ぼくは、ブッチーが陽動作戦《ようどうさくせん》を開始《かいし》したのがわかった。

たしかに、にぼしを食《た》べてからけんかをするのはおかしい。するなら、食《た》べるまえだ。にぼしをあらそって、けんかをするほうが自然《しぜん》だ。

「グググーッ！」

ぼくはのどから声《こえ》をふりしぼって、応戦態勢《おうせんたいせい》に入った。

右の前足《まえあし》をあげて、パンチをふりおろすかっこうをしたとき、ぼくは名案《めいあん》を思《おも》いついた。

ぼくは、ブッチーのことはかまわずに、ぐっと腰《こし》をおろし、作業台《さぎょうだい》にとびのると、まず、イッパイアッテナに体当《たいあ》たりしてから、作業台《さぎょうだい》の上にあった年賀状《ねんがじょう》のふたつのたばのうち、低《ひく》いほうにパンチをあびせ、めちゃくちゃにして、床《ゆか》に落《お》とした。

もし、そのとき、いつものように花屋《はなや》さんの床《ゆか》が水でぬれていたら、そんなことはしなかっただろう。でも、その日はお客《きゃく》もすくなかったみたいで、床《ゆか》はかわいていた。だから、年賀状《ねんがじょう》が落《お》ちても、ぬれる心配《しんぱい》はなかった。

おばさんがびっくりして、声《こえ》をあげた。

「あっ！　クロ、どうしたんだい、いきなり。」

ぼくはブッチーにいった。

「外《そと》だ。外《そと》に出てやるんだ。」

「わかった。」

といって、ブッチーが道《みち》に出た。

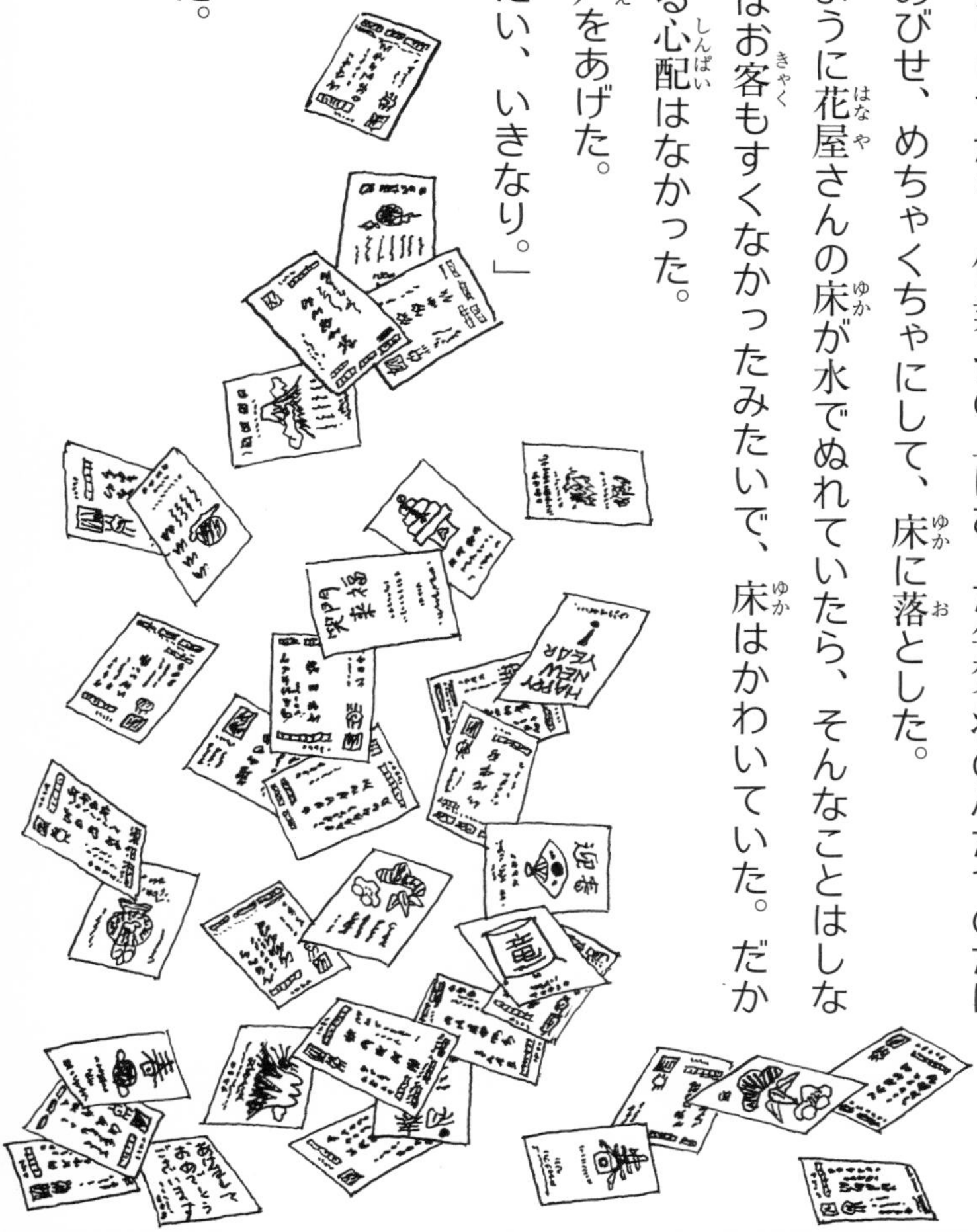

ぼくはすぐ追《お》いかけ、うしろからブッチーにとびついた。

ブッチーがまえのめりにたおれる。でも、すぐ起《お》きあがって、背中《せなか》を高《たか》くあげ、怒《おこ》ったねこのおきまりのポーズをとる。背中《せなか》の毛《け》が逆立《さかだ》っている。

おしばいとはいえ、けっこうな迫力《はくりょく》で、ぼくはたじろぎそうになってしまい、同《おな》じように背中《せなか》をもりあげても、毛《け》が逆立《さかだ》たなかった。

ブッチーがとびかかってきた。

ぼくは逃《に》げるふりをして、うしろをむいた。

その瞬間《しゅんかん》、うしろからブッチーにスリーパーホールドをかけられた。

「く、苦《くる》しいよ、ブッチー。ほ、本気でやって

るんじゃあ……。」

ぼくはおもわずそういってしまった。

ブッチーが力を弱《よわ》めた。

おばさんが外《そと》に出てきて、声《こえ》をあげた。

「ど、どうしたんだい、ふたりとも。いつもは仲《なか》よしじゃないか。」

ぼくはスリーパーホールドからのがれ、体勢《たいせい》を立てなおして、ブッチーにとびかかった。今度《こんど》はブッチーが逃《に》げる……、というふうにして、そんなことをくりかえしていると、やがて、イッパイアッテナが店《みせ》から出てきた。

「もういいぞ。なかなかいい作戦《さくせん》だったな。だが、茨城《いばらき》からのは三通《つう》だけで、どれも金《かな》物屋《ものや》からのものじゃなかった。けんかのふりはもういい。せっかくだから、にぼしをいただいて、帰《かえ》ろう。」

両手《りょうて》で口をおさえ、青くなっているおばさんに、ぼくは、

「おさわがせして、ごめんなさい。」

といい、ブッチーも、

「いやはや、すみませんでした。」

とあやまったけど、もちろん、おばさんには、

「ニャア。」

のバリエーションにしか聞《き》こえない。

おばさんは、イッパイアッテナがきておとなしくなったぼくとブッチーを見て、それから ゆっくりと店《みせ》にもどっていくイッパイアッテナのうしろ姿《すがた》を見て、ため息《いき》をついた。

「やっぱり、貫禄《かんろく》だねえ。たかくらけんや、すがわらぶんたみたいだよ、あんたは……。」

ぼくとならんで、店《みせ》に入りながら、ブッチーがいった。

「たかくらけんとか、すがわらぶんたって、だれ？」

「知《し》らないけど、たぶんねこじゃないよ。どこかのえらい人じゃないか。あとで、イッパイアッテナにきいてみるよ。」

ぼくはそういって、発泡《はっぽう》スチロールの皿《さら》のそばにいき、顔《かお》をつっこんだ。

ブッチーも、ぼくとならんで、にぼしにかぶりついた。

ちらりとイッパイアッテナを見ると、下に落《お》ちた年賀状《ねんがじょう》を前足《まえあし》で、一か所《しょ》にまとめる

ようなかっこうをしている。

そのようすを見て、おばさんがいった。

「あんた、ほんとにりっぱだよ。りっぱで、かっこいいねえ。」

そりゃあ、そうだ。きょうのけんかの仲裁《ちゅうさい》はおしばいだけど、イッパイアッテナは、なにしろイッパイアッテナなんだ。りっぱも、かっこいいも、すごいところがいっぱいあってなだ。郵便番号《ゆうびんばんごう》も知《し》ってるし。

ぼくはそう思《おも》った。

イッパイアッテナはきょうもイッパイアッテナで、にぼしもおいしかったけれど、きょうの作戦《さくせん》はふたつとも失敗《しっぱい》だった。

うまくいくと思《おも》ったのになあ……。

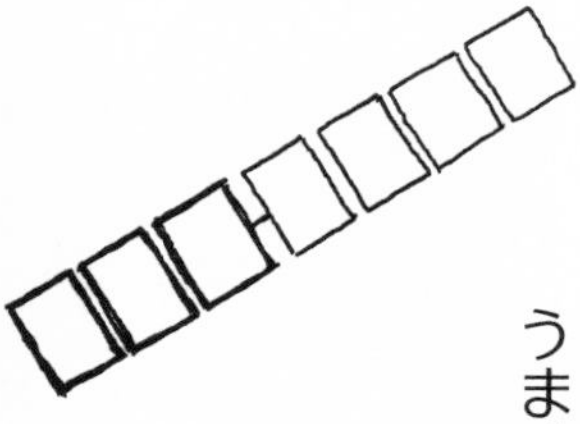

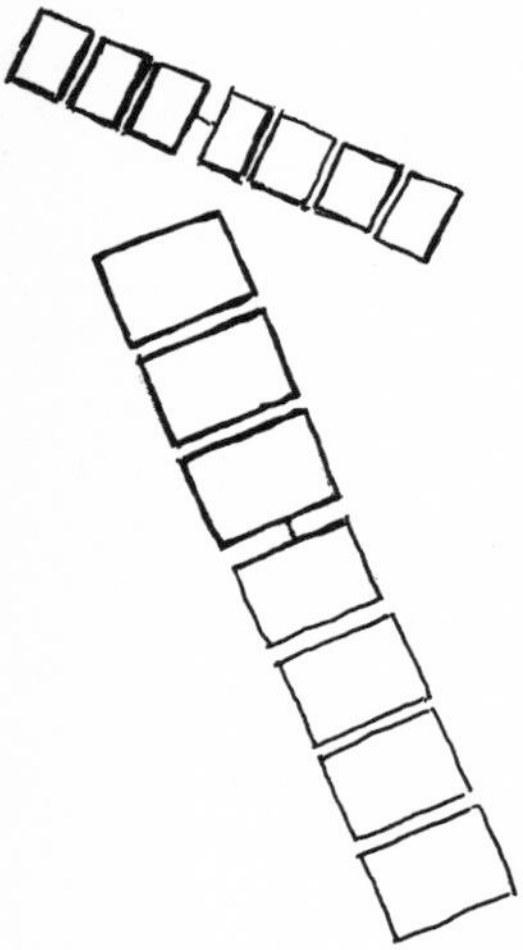
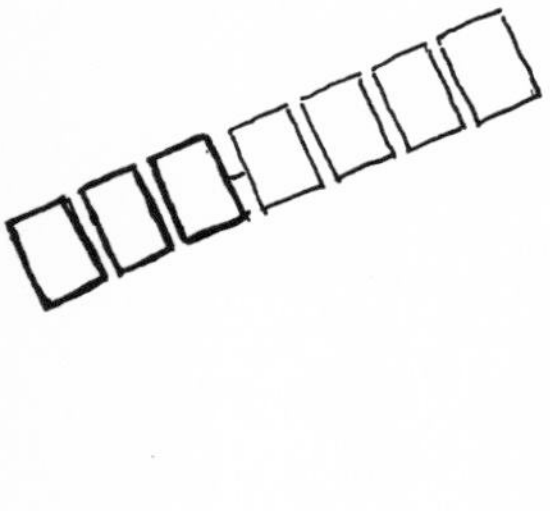

## 13

# 年賀状《ねんがじょう》がこない理由《りゆう》と立った背中《せなか》の毛《け》

日野《ひの》さんのうちにもどり、かんづめのキャットフードの晩《ばん》ごはんを食《た》べたあと、それまでずっとだまっていたイッパイアッテナはぼくとブッチーに、

「まだ魚屋《さかなや》と花屋《はなや》だけだ。そこに年賀状《ねんがじょう》がきてねえからって、どこにもきてねえとはかぎらねえ。」

といった。

それは、日野《ひの》さんのうちの応接間《おうせつま》で、イッパイアッテナはソファにすわり、ぼくとブッチーはならんで床《ゆか》にすわっていた。

ぼくは、

「そうだよ。商店街《しょうてんがい》には、ほかにもまだ店《みせ》があるし。」

といい、ブッチーはだまってうなずいていた。

それからイッパイアッテナは天井《てんじょう》に目をやった。

応接間《おうせつま》の真上《まうえ》は日野《ひの》さんの書斎《しょさい》だ。

さっき、外《そと》から見たとき、書斎《しょさい》の窓《まど》から明《あ》かりがもれていた。静《しず》かだけど、日野《ひの》さんは書斎《しょさい》にいるのだろう。

イッパイアッテナは天井《てんじょう》から視線《しせん》をブッチーにもどして、おかしなことをきいた。

「金物屋《かなものや》の奥《おく》さんだけどな。からだはじょうぶなほうだったか?」

「じょうぶだったと思《おも》うけどな。風邪《かぜ》なんかひいたことなかったし。」

ブッチーがそう答《こた》えると、イッパイアッテナはさらにたずねた。

「そうか。でもよ、どこか大きな病院《びょういん》で、検査《けんさ》を受《う》けていたとか、そういうことはなかったか。」

「どうかなあ。そういうこともなかったと思《おも》うけど……。」

とブッチーはいったけど、あまり自信《じしん》はなさそうで、そのあとすぐ、

「あ、だけど、引《ひ》っ越《こ》すちょっとまえだったけど、胃《い》がいたいっていってたことがあった。」

といいたした。

「胃《い》?　ほんとか?」

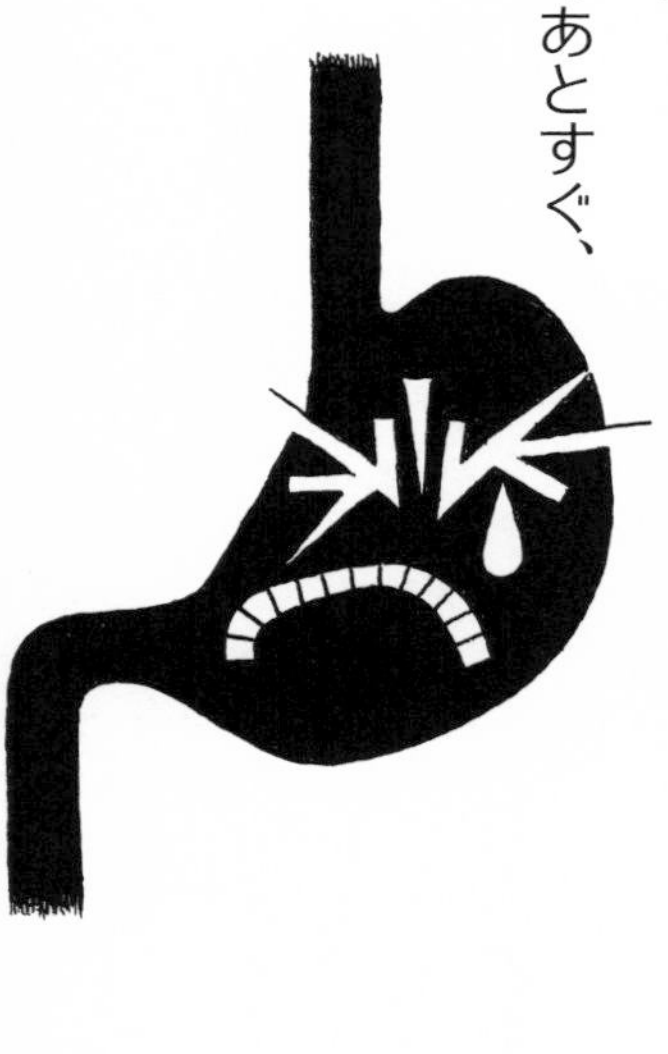

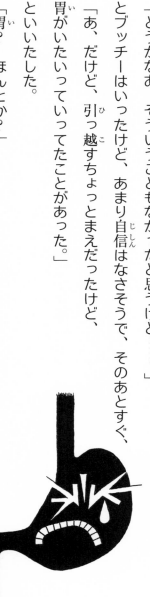

とたしかめるようにいってから、イッパイアッテナは、

「胃《い》か……。金物屋《かなものや》の奥《おく》さん、年は、そんなじゃなかったしな。若《わか》いと、胃《い》は、はええからなあ。」

と、よくわからないことをいった。

「なんだよ、それ。どういう意味《いみ》？　胃《い》が早いって？」

ぼくがそういうと、イッパイアッテナはそれには答《こた》えず、ブッチーにいった。

「なあ、ブッチー。おれとおまえの仲《なか》だ。おれがおまえの気分《きぶん》を害《がい》するようなことをいったって、悪気《わるぎ》があっていってるんじゃないって、そこんとこはわかってもらいてえんだけどな。」

ブッチーはまばたきをひとつしてから、いった。

「なんだ、タイガー。ずいぶん遠回《とおまわ》しないいかたじゃないか。悪気《わるぎ》があるなんて思《おも》わないから、はっきりいってくれ。」

「金物屋《かなものや》は筆《ふで》まめで、魚屋《さかなや》と花屋《はなや》と親《した》しかったなら、引《ひ》っ越《こ》してからも、金物屋《かなものや》は年賀《ねんが》状《じょう》を魚屋《さかなや》と花屋《はなや》に出しているにちがいない。だが、年賀状《ねんがじょう》はとどいていない。これは、

どういうことだと思《おも》う?」

「どういうことかな……。」

ブッチーは首《くび》をかしげた。

ぼくはいった。

「たとえば、郵便屋《ゆうびんや》さんが配達《はいたつ》するのをわすれたとか、そういうのは?」

イッパイアッテナはちょっとうなずいた。

「まあ、そういうことだって、ぜったいないとはいいきれない。

だが、毎年《まいとし》、おたがいに年賀状《ねんがじょう》のやりとりをしていても、
ある年だけ、おたがいに年賀状《ねんがじょう》を出さないってことがあるんだ。」

イッパイアッテナはそういってから、ぽつりといいたした。

「喪中《もちゅう》はがきっていうのがあるんだ。」

「もちゅうはがき? なに、それ。」

ぼくがきくと、イッパイアッテナは説明《せつめい》した。

「たとえば、だれか家族《かぞく》が死《し》ぬとな。やっぱり悲《かな》しいだろ。だから、しばらくはめでたい

気分《きぶん》になれないし、ぎゃくにだれかに、『おめでとう。』っていわれたら、むかつくよな。そういう悲《かな》しい気持《きも》ちでいる期間《きかん》を喪中《もちゅう》っていうんだ。べつに、一年とか二年とか、はっきりきまってるわけじゃないんだが、家族《かぞく》が死《し》んだら、だいたい一年は、おめでとうなしでいこうって、まあ、そうなる。だから、その年、家族《かぞく》が死《し》んだら、まえもって、いつも年賀状《ねんがじょう》をやりとりしているあいてに、今年《ことし》は年賀状《ねんがじょう》は出さないから、そう思《おも》ってくれっていうようなことを書《か》いたはがきを出しとくんだよ。それを喪中《もちゅう》はがきっていうんだ。だいたい十一月か、おそくても十二月のはじめころには出すことになっている。」

イッパイアッテナがそういって、口をつぐむと、ブッチーがつぶやくようにいった。

「あ、そういうことか。それで、奥《おく》さんの病気《びょうき》のことをきいたのか。胃《い》が早いっていったのは、若《わか》い人間《にんげん》は、病気《びょうき》のすすみが早いってことだな。」

「そうだ。」

「そうかあ……。だとすると、おやじはひとりぼっちになっちゃったな。」

とブッチーがうつむいたところで、ようやくぼくはイッパイアッテナのいったことがわかった。

つまり、奥《おく》さんが亡《な》くなったとすると、ブッチーのもとの飼《か》い主《ぬし》はあちこちに、そのもちゅうはがきっていうのを出して、年賀状《ねんがじょう》は出さない。つまり、魚屋《さかなや》さんと花屋《はなや》さんに年賀状《ねんがじょう》がこなかったのは、ブッチーのもとの飼《か》い主《ぬし》が年賀状《ねんがじょう》を出さなかったからで、それは、奥《おく》さんが亡《な》くなったからだ。

イッパイアッテナはそういうことをいいたかったにちがいない。

「え、そんな……。」

といってから、ぼくはブッチーをなぐさめようと思《おも》い、

「だけど、ブッチー。あの金物屋《かなものや》さんの奥《おく》さんが死《し》んだとはかぎらないよ。」

といってから、なぐさめにならないどころか、失礼《しつれい》なことをいってしまった。

「金物屋《かなものや》さんの奥《おく》さんじゃなくて、金物屋《かなものや》さんのか奥《おく》さんのか、どちらかのお父《とう》さんかお母《かあ》さんが死《し》んだのかも……。」

さすがにぼくもそこまでいって、ひどいことをいってしまったことに気づいた。

「あ、ごめん、ブッチー……。」

ぼくがあやまると、ブッチーは、

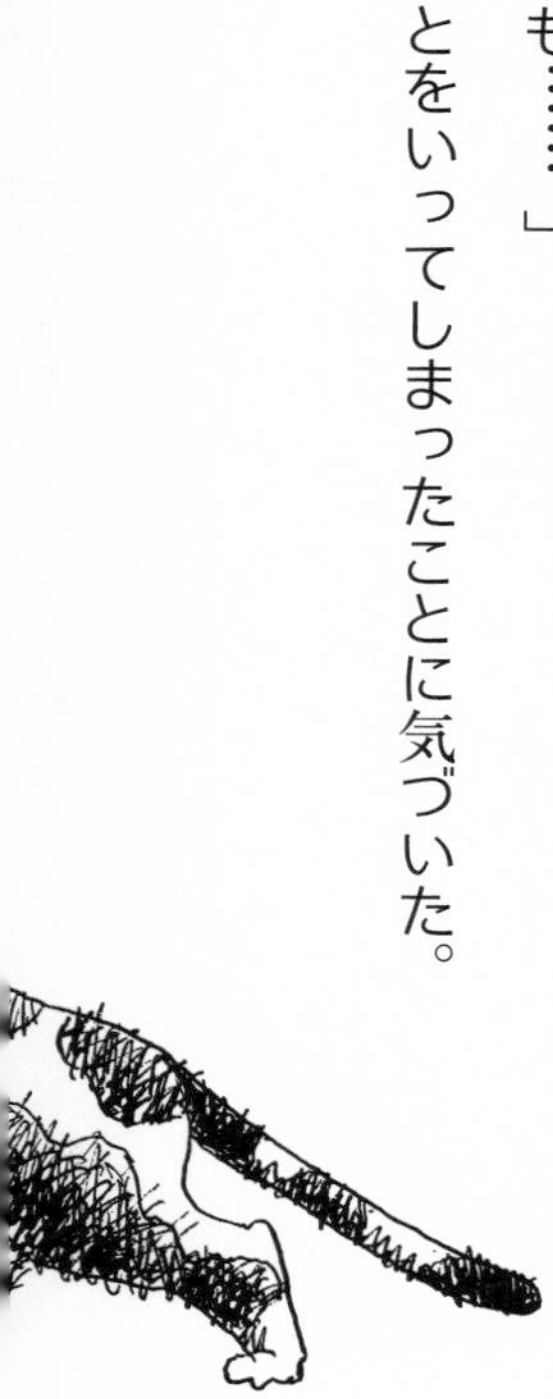

「いいんだ。たしかに、奥《おく》さんか、あの夫婦《ふうふ》の両親《りょうしん》が死《し》んだら、タイガーがいうとおり、年賀状《ねんがじょう》は魚屋《さかなや》にも花屋《はなや》にもこない。」

といってから、つじつまの合《あ》わないことをいった。

「もし、だれかが死《し》んだとすりゃあ、奥《おく》さんじゃなくて、金物屋《かなものや》のおやじかもな。」

「金物屋《かなものや》のおじさんってこと？」

ぼくがたしかめると、ブッチーはうなずいた。

「ああ。」

「そりゃあ、おかしいよ、ブッチー。だって、デビルだって、ぼくだって見たし、ブッチーなんか、三度《ど》も見たんだろ。」

「ああ。」

「もちゅうはがきっていうのは、十一月とか十二月のはじめに出すって、いま、イッパイアッテナがいったばかりじゃないか。だったら、そのときにはもうブッチーの飼《か》い主《ぬし》は亡《な》くなっているはずで、なんで、茨城《いばらき》で死《し》んだ人がこの近所《きんじょ》に……。」

とそこまでいって、ぼくはようやくブッチーのいったことの意味《いみ》がわかった。

ぼくはおもわず、大きな声《こえ》を出してしまった。

「えーっ！　そんな！　そんなことって、あるかな。」

イッパイアッテナを見ると、イッパイアッテナは、

「おれは、幽霊《ゆうれい》なんて信《しん》じないが、世《よ》の中《なか》には、ふしぎなことがあるからなあ。」

といって、だれかが入ってきたみたいに、応接間《おうせつま》のドアに目をやった。

ぼくはすぐにふりむいて、ドアを見たが、下にねこ用《よう》の出入り口のあるドアはいつもどおりのドアで、閉《し》まったままだった。

どうしてイッパイアッテナがドアを見たのか、ぼくにはわからない。でも、もし、そのとき、ドアが開《あ》いて、ブッチーのもとの飼《か》い主《ぬし》が入ってきたら、ぼくは気絶《きぜつ》していたかもしれない。いや、ドアは開《あ》かなくて、閉《し》まったままのドアをとおりぬけて入ってきたら、気絶《きぜつ》するだけじゃすまなかったかもしれない。

ブッチーもふりむいて、ドアを見ていた。

これはほんとうにそう思《おも》ったからいうのだけど、もしかしたら、ぼくには見えなくても、イッパイアッテナとブッチーには、そこになにかが見えるのかもしれないと、ぼくは

本気で思《おも》ってしまった。

ブッチーとのうそのけんかのときには立たなかった背中《せなか》の毛《け》が、いっせいに立った。

ブッチーがいった。

「あいつ。死《し》んじゃったのかなあ。それで、さびしくて、おれにあいにきたのかな。だったら、見たとき、近《ちか》くに走《はし》っていけばよかったなあ……。」

こうなるともう、ぼくはだまっているしかない。口をひらいたら、またへんなことをいってしまうかもしれない。

ひょっとしたら、ブッチーのもとの飼《か》い主《ぬし》は茨城県《いばらきけん》じゃなくて、もっともっと、ずっと遠《とお》いところにいってしまったのかもしれない……。

# 14

# ブッチーの新《あたら》しい作戦《さくせん》とタートルとの仲《なか》なおり

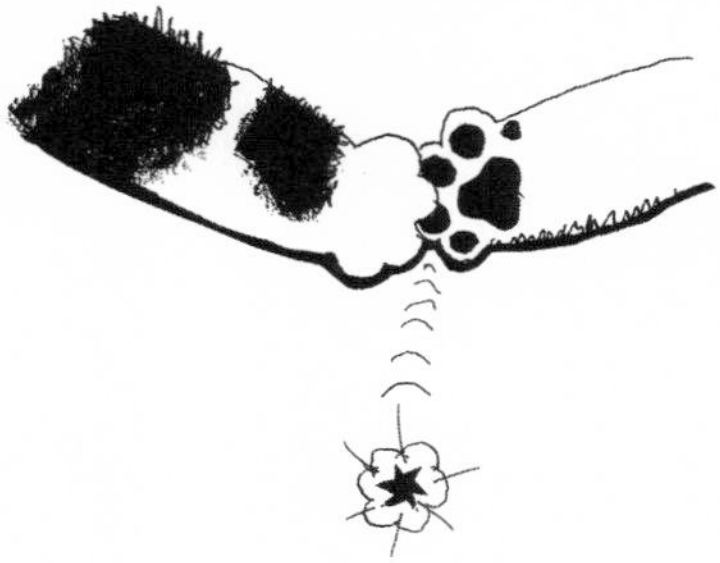

その夜《よる》、ブッチーは日野《ひの》さんのうちに泊《と》まった。ぼくたちは応接間《おうせつま》のソファでねた。朝《あさ》になって、目がさめると、イッパイアッテナはいなかった。

ねこが手で顔《かお》をこすっていると、人間《にんげん》はそれをねこが顔《かお》をあらっているというけど、ほんとうにそうなのだ。ブッチーはそんなふうにしていて、顔《かお》をあらっていた。そして、ぼくが目をさましたのがわかると、

「ルド。たとえどんなことがあったとしても、おれは、もとの飼《か》い主《ぬし》のところにいってみるよ。」

といった。

ぼくは起《お》きあがって、ブッチーの正面《しょうめん》にすわって、いった。

「もちろんだよ。ブッチーがそういうだろうって、ぼくも思《おも》っていたよ。」

ぼくはそういったけど、それはほんとうだ。

つづけて、ぼくはいった。

「ぼくもいくからね。」

こうなったら、地《ち》のはてまでだって、ついていかなくちゃならない。

ぼくはその瞬間《しゅんかん》、そう思《おも》った。そして、じつをいうと、そう思《おも》った自分《じぶん》がかっこいいとも思《おも》ってしまった。

ブッチーは、

「おれも、おまえがそういってくれるだろうと思《おも》ったよ。」

とうなずいてから、新《あたら》しい作戦《さくせん》を話《はな》しはじめた。

「おれは茨城県中《いばらきけんじゅう》、しらみつぶしにして、ぜんぶさがすつもりだ。このあいだは、一か月か二か月くらいでさがせると思《おも》ったけど、そんなかんたんにはいかないような気がしてきた。茨城県《いばらきけん》のこともよく知《し》らないしな。だから、これからまず茨城県《いばらきけん》のことを勉強《べんきょう》する。どこにどんな町があるか、わかってないとまずいだろ。もし、茨城県《いばらきけん》がおれの思《おも》っているよりずっと広《ひろ》ければ、じっさいにさがしあてるまで、何年《なんねん》かかるかわからない。だけど、おまえだって、この町をずっとはなれているわけにはいかないだろうし、おれにだってこの町の生活《せいかつ》ってもんがあるからな。ミーシャもさびしがるだろうし、何年《なんねん》も茨城県《いばらきけん》を放浪《ほうろう》しているわけにもいかない。そこで、こういうのはどうだろう。これから春《はる》から夏《なつ》にかけて、季節《きせつ》のいいときにさがして、秋《あき》になったら、見つからなくても帰《かえ》ってくる。そして、また春《はる》になったら、出発《しゅっぱつ》するというのはどうだ。」

ぼくはすぐに賛成《さんせい》した。

「それがいい。ぼくたちがいないあいだに、イッパイアッテナが情報集《じょうほうあつ》めをしてくれるだろうから、なにかがわかってるかもしれないし。」

「だが、春《はる》までにまだ時間《じかん》がある。あわてて出発《しゅっぱつ》しないで、そのあいだに情報集《じょうほうあつ》めもできる。」

「そうだね。〈せいてはことをしそんじる〉っていうし。」

「なんだそれ？　また『ポケット版《ばん》ことわざ辞典《じてん》』か？」

「うん。あわててやると、ろくなことはないっていうような意味《いみ》。」

「なるほど。それに、まだちょっとのあいだは、この町にいたほうがいいと思《おも》うんだ。

ローマ字の勉強《べんきょう》もあるし、もしかしたら、またおやじがあらわれるかもしれない。そしたら、たとえそれが幽霊《ゆうれい》でも、近《ちか》よって、声《こえ》をかけてみる。」

「ぼくもそれがいいと思《おも》うな。だけど、そのとき、『ブッチー。おれといっしょにいこう。』ってさそわれたら？　生きている金物屋《かなものや》さんだったらいいけど、もし幽霊《ゆうれい》だったら、ちょっとばかり……。」

といい、そのあと、

「こわいことになるんじゃあ……。」

といおうとしたのだけれど、

「めんどうなことになるかもしれないんじゃあ……。」

にかえた。

「まあな。だけど、おれは幽霊《ゆうれい》なんかじゃないと思《おも》う。ひょっとしたらって、きのうは思《おも》っちゃったけど、そんなのは、こっちの心《こころ》が弱《よわ》ってるからだ。幽霊《ゆうれい》なんかいない！」

ブッチーはそういいきった。

ぼくは、ブッチーのいうとおりだと思《おも》った。

ぼくたちはなんだか元気《げんき》が出てきて、いつもよりたくさん、ドライフードの朝《あさ》ごはんを食《た》べた。

ブッチーとふたりで満腹《まんぷく》になって、水を飲《の》んでいると、台所《だいどころ》の勝手口《かってぐち》からイッパイアッテナが入ってきた。

「おう。起《お》きたか。きょうは、商店街《しょうてんがい》のほかの店《みせ》をあたってみるか。」

といってから、イッパイアッテナはお皿《さら》に顔《かお》を入れて、ドライフードを三つくらいかじり、それから顔《かお》をあげていった。

「いまな、デビルと話《はなし》をしてきたんだが、デビルがいうには、金物屋《かなものや》の夫婦《ふうふ》になんかあったっていうより、おれたちがなにかを見落《みお》としているんじゃないかっていうんだ。しなくちゃならないことをしてないとか、見るべきところを見てないとか。つぎの年賀状《ねんがじょう》さがしは、それについて、よく考《かんが》えてからだな。」

そういわれて、ぼくは、しなくちゃならないことをひとつ思い出《おもいだ》した。それで、

「イッパイアッテナ。ブッチーとちょっと出かけてくる。おひるまでには帰《かえ》ってくる。」

といい、ブッチーに声《こえ》をかけた。

「ちょっとつきあってよ。」

ブッチーはだまってぼくについてきた。

ぼくが商店街《しょうてんがい》のほうに歩《ある》きだすと、ブッチーはいった。

「年賀状《ねんがじょう》さがしなら、タイガーにもきてもらったほうがいいんじゃないか。」

「年賀状《ねんがじょう》じゃないんだ。もし、春《はる》になって、ふたりでこの町を出発《しゅっぱつ》するにしても、そのまえにやっておいたほうがいいことがあるんだ。それも早いほうがいいからね。じつは、会《あ》ってほしいねこがいるんだ。」

ぼくはそういって、商店街《しょうてんがい》までいくと、香港飯店《ホンコンはんてん》の少《すこ》しさきまでいって、ひとつ目の丁字路《ていじろ》を右にまがった。

タートルは香港飯店《ホンコンはんてん》のさきのかどをまがったうちに住《す》んでいるといっていた。

そうだとしたら、そのへんにある家《いえ》だろう。

ぼくは大きな声《こえ》でタートルをよんだ。

「おおい、タートル!」

「タートルって、だれだ?　ひょっとして、おれとけんかしたやつか?」

ブッチーにきかれ、ぼくができるだけさりげなく、

「うん。」

と答《こた》えると、ブッチーはいった。

「なんだ。おまえが、会《あ》ってほしいねこがいるなんていうから、おれはまた、とうとうおまえにも、ガールフレンドができたのかと思《おも》ったぜ。」

「ガールフレンド？　それなら、いまだっているよ。ミーシャだってそうだし、スノーホワイトだってそうだ。」

「おれがいっているのは、そういう意味《いみ》のガールフレンドじゃないよ。」

とブッチーがいったとき、

「よう！」

と声《こえ》が聞《き》こえた。人間《にんげん》の声《こえ》じゃなくて、ねこの声《こえ》だ。タートルの声《こえ》だった。

声《こえ》がするほうを見ると、一軒《けん》さきの家《いえ》のブロック塀《べい》の上にタートルがいた。

「あ、あいつ……。」

とブッチーがいったとき、ぼくは、ブッチーに、

「あのねこ、タートルっていうんだ。」

といってから、タートルに声《こえ》をかけた。

「おおい、タートル。友《とも》だちを紹介《しょうかい》するから、おりてこいよ。」

タートルはすとんと道《みち》におりると、こちらにやってきた。

タートルがすぐそばにきたところで、ふたりがなにもいわないうちに、ぼくはまずブッチーに、

「このごろ町に引《ひ》っ越《こ》してきたタートルだ。」

といい、すぐにタートルに、

「友《とも》だちのブッチーだ。けんかっぱやいところがあるけど、いつまでも根《ね》に持《も》つようなやつじゃない。さっぱりとした気性《きしょう》のいいや

つなんだ。」

と紹介《しょうかい》した。

そういわれてしまえば、ブッチーも、ぶつぶつもんくはいえないはずだ。それにブッチーだって、機会《きかい》があったら口をきいてみるっていっていたし。

ブッチーはぼくの耳に、

「しょうがねえな。きょうはおまえの顔《かお》を立てておいてやる。」

とささやいてから、タートルにいった。

「おれはブッチーだ。このあいだは、やりすぎて、すまなかったな。だけど、神社《じんじゃ》でガリゴリはえんりょしてくれよ。そのかわり、今度《こんど》、ガリゴリにいい場所《ばしょ》を教《おし》えてやるから。」

「このあいだは、ごめんなさい。おれ、タートルです。」

タートルがそういうと、ブッチーは、

「ルドの仲裁《ちゅうさい》で仲《なか》なおりしたんだったら、そういう他人行儀《たにんぎょうぎ》なことばづかいはやめろよ。このあいだみたいなのでいいぜ。」

といった。

タートルは二、三度《ど》うなずくと、ぼくにいった。

「きょうは飼《か》い主《ぬし》が出かけちゃって、だれもいないんだ。ちょっとうちにこないか。キャットフードならある。」

ぼくはおなかがいっぱいだったけれど、せっかくだから招待《しょうたい》を受《う》けることにした。

「じゃ、おじゃましようか、ブッチー。」

「そうだな。」

ということで、
ぼくとブッチーはタートルのうちにいくことにしたのだった。

## 15

## きみょうな七人が乗《の》った昔《むかし》の貨物船《かもつせん》とどう見ても武士《ぶし》に見えない五人

タートルはさっきのブロック塀《べい》にとびのると、むこう側《がわ》の庭《にわ》におりた。

ぼくとブッチーはあとにつづいた。

庭《にわ》におりると、ブッチーはぼくにいった。

「ここなら、何度《なんど》もきたことがある。そういやあ、ここのおやじも、おれのもとの飼《か》い主《ぬし》と親《した》しかったな。」

家《いえ》のうら口までいくと、ブッチーは戸《と》を見て、

「あ、あんなところに、ねこ用《よう》の出入り口ができてらあ。あんなの、なかったのにな。」

なんていった。

そのねこ用《よう》の出入り口から入ると、タートルは足もふかずに、台所《だいどころ》にあがった。そして、

「どう？　ドライフードだけど。」

といって、水色《みずいろ》の皿《さら》を鼻《はな》でおした。

ぼくはいった。

「じつは、食《た》べてきたばっかりで、おなかがいっぱいなんだ。」

「それじゃあ、縁側《えんがわ》でひなたぼっこでもしよう。このうちの縁側《えんがわ》、日があたって、気持《きも》ちいいんだ。」

そういったタートルについていってみると、ろうかのさきが、ガラス戸《ど》としょうじにはさまれた縁側《えんがわ》になっていた。カーテンが開《あ》けっぱなしになっていて、光《ひかり》がさしこんでいる。

しょうじの開《あ》いているところから見ると、反対側《はんたいがわ》はたたみの部屋《へや》で、大きなこたつがあった。

ぼくがそのこたつを見ていると、タートルがいった。

「ほりごたつって知《し》ってるか？　あのこたつの下、四角《しかく》い穴《あな》になってるんだ。」

「へえ、そうなの。」

といって、ぼくはそのこたつに近《ちか》づき、こたつぶとんの下に顔《かお》をつっこんだ。

こたつはスイッチが入ってなくて、中は寒《さむ》そうだった。ぼくが顔《かお》をつっこんだせいでめくれたふとんから、光《ひかり》が入って、底《そこ》が見えた。人間《にんげん》が足を入れたら、ちょうど床《ゆか》にとどくくらいの高《たか》さだ。

これで温《あたた》かかったら、快適《かいてき》そうだ。

「タートルは、いつもこの中に入ってるの？」

ぼくはこたつから顔《かお》をひっこめてそういった。そして、そのとき、こたつの上になんの気なしに目をやると、小さなアルバムのようなものがあった。

「いつもってわけじゃないけど、飼《か》い主《ぬし》がこたつに入ってるときは、中にもぐっていることが多《おお》いかな。」

タートルはそういった。そして、ぼくがこたつの上のアルバムみたいなものを見ていることに気づいたのか、

「それ、年賀状《ねんがじょう》ファイルだ。きのうきた年賀状《ねんがじょう》をぜんぶ、飼《か》い主《ぬし》はそれにつっこんでいた。」

といった。

きのうきた年賀状《ねんがじょう》と聞《き》いて、ぼくはいった。

ALBUM

「ちょっと見ていい?」

タートルはいった。

「いいけど、そんなもん見ても、おもしろくないだろ。」

ぼくはこたつにとびのった。

ブッチーもこたつにのってきた。

そのアルバムみたいなものの表紙《ひょうし》をつめでめくると、透明《とうめい》なビニールに差《さ》しこまれたはがきが目に入った。

そういうアルバムみたいなものは日野《ひの》さんのうちにもたくさんある。もっとサイズが大きくて、日野《ひの》さんはそれにいろいろな書類《しょるい》を入れて、ファイルとよんでいる。

最初《さいしょ》のはがきは、あて名の左下に差出人《さしだしにん》の名まえがあった。

杉野三郎様《すぎのさぶろうさま》というあて名が書《か》いてある。このうちは杉野《すぎの》さんっていうのだろう。

差出人《さしだしにん》は池山清治《いけやまきよはる》という人で、住所《じゅうしょ》は秋田県《あきたけん》になっている。

そのページをめくると、左側《ひだりがわ》がそのはがきのうらで、右側《みぎがわ》がつぎのはがきのおもてになる。

最初《さいしょ》のはがきのうらには絵《え》が描《か》いてあった。船《ふね》の絵《え》だ。

ぼくの横《よこ》で、ブッチーがいった。

「おっ！　宝船《たからぶね》だ。」

ブッチーはそういったけど、それは甲板《かんぱん》にいろいろなものをつんだ帆船《はんせん》だった。昔《むかし》の貨《か》物船《もっせん》だろうか。

ぼくは図鑑《ずかん》が好《す》きで、近《ちか》くの小学校にしのびこんだときに、図書室《としょしつ》で、『船《ふね》の図鑑《ずかん》』を何度《なんど》も見ているけど、そんな船《ふね》はのってなかった。

「なに、これ？　貨物船《かもつせん》。なんだか、へんな人が七人も乗《の》っているけど。だれ、これ？」

ぼくがそういうと、ブッチーは、

「よく知《し》らないけど、うちのおやじがそういうのが好《す》きでさ。それ、宝船《たからぶね》っていうんだ。乗《の》ってるのは七福神《しちふくじん》っていう神様《かみさま》らしい。暮《く》れになると、宝船《たからぶね》が描《か》かれた絵《え》をどっかからもらってきて、かべにはってたよ。」

といった。

宝船《たからぶね》には興味《きょうみ》があったけど、それよりも、そこに年賀状《ねんがじょう》のたばがあって、しかも、一つう一つう、ファイルされているのだ。ちらかる心配《しんぱい》もない。絵《え》なんか見ている場合《ばあい》じゃない。

ぼくはつぎつぎにページをめくり、茨城県《いばらきけん》からきている年賀状《ねんがじょう》をさがした。

七枚目《まいめ》に、茨城県土浦市《いばらきけんつちうらし》からのがあったが、

「こちらにとついできて、もう三年になります。」

なんて書《か》いてあったから、ブッチーのもとの飼《か》い主《ぬし》からではない。

それから、つぎつぎにページをめくったけど、茨城県《いばらきけん》からのものはなかった。

二十枚目《まいめ》くらいだったろうか。おもてにあて先だけあって、うらが写真《しゃしん》になっているのがあった。お店《みせ》のまえのような場所《ばしょ》で、コックさんが着《き》るような白衣《はくい》を着《き》た男女が五人写《うつ》っていて、その写真《しゃしん》の下に、

「三か月まえに、こちらに引《ひ》っ越《こ》してきました。いまは妻《つま》の実家《じっか》をてつだって、こんなことをしています。」

という文字があり、そのさきもなにか書《か》かれている。

三か月まえなら、それが茨城県《いばらきけん》からのものだったとしても、ブッチーの飼《か》い主《ぬし》からの

ものではない。ブッチーの飼《か》い主《ぬし》が引《ひ》っ越《こ》したのはもっとまえだ。

それに、差出人《さしだしにん》の住所《じゅうしょ》の郵便番号《ゆうびんばんごう》の最初《さいしょ》の二けたは30でもないし、31でもない。40ではじまっている。念《ねん》のため住所《じゅうしょ》を見ると、甲府市《こうふし》になっている。

「これ、ちがうよ。」

といって、ぼくが右どなりの年賀状《ねんがじょう》に目をうつしたとき、ブッチーがいった。

「ルド。これだ。」

「え、これ？　どこからきてるのかな、あ、これ、左下に、東京都江戸川区《とうきょうとえどがわく》って書《か》いてあるから、このへんだよ。」

ぼくがそういって、右側《みぎがわ》の年賀状《ねんがじょう》の住所《じゅうしょ》のところを前足《まえあし》でさししめすと、ブッチーがいった。

「そっちじゃない。左のやつだ。写真《しゃしん》だ、写真《しゃしん》。写真《しゃしん》を見てみろ。」

ぼくは、五人が写《うつ》っている写真《しゃしん》を見た。

まえに三人。うしろにふたり。そのうしろに、白い旗《はた》があって、そこに、〈ほうとう〉という文字があり、その左に〈武田武士《たけだぶし》〉と書《か》かれている。

「ほうとうって、なんだ。なんだか、食《た》べ物屋《ものや》さんみたいだけど、どんな食《た》べ物《もの》かな。」

ぼくがそういうと、ブッチーは興奮《こうふん》した早口でいった。

「そこじゃない。」

「じゃ、これ？　武田武士《たけだぶし》？　武田武士《たけだぶし》っていうのは、人じゃなくて、店《みせ》の名まえだろ。だって、この五人、どう見ても武士《ぶし》じゃないよ。コックさんだよ、きっと。」

「そのコックだ！」

「どのコックさん？」

「うしろの左側《ひだりがわ》。」

「あ、この人ね……。」

といって、写真《しゃしん》に写《うつ》っているうしろの左側《ひだりがわ》のコックさんの顔《かお》を見れば……。

なんと、それはブッチーのもとの飼《か》い主《ぬし》だし、そのとなりは、その奥《おく》さんではないか！

ブッチーの顔《かお》を見ると、ブッチーはその写真《しゃしん》にじっと見いっていた。

謹賀新年
ほうとう
武田武士
三か月まえに、こちらに
引っ越してきました。いまは
妻の実家をてつだって、
こんなことをしています。
ごらんのとおり甲州名物の
ほうとう屋です。店の特徴を
出すために、ふつうの　ほう
とうのほか、お正月からは、
中華ほうとうというものを
メニューにのせます。これは
わたしが考えだしたものです。
東京のわたしの店があった
場所にできた中華料理屋に
何度かおじゃまして、
スープや餃子の作りかたを
伝授してもらって作りました。
ぜひ、おいでください。
〒:400-0017● 甲府市屋形三丁目＊＊＊
会澤清一・良枝

## 16

## どこにでもある三丁目《ちょうめ》と漢字《かんじ》の読《よ》みかた

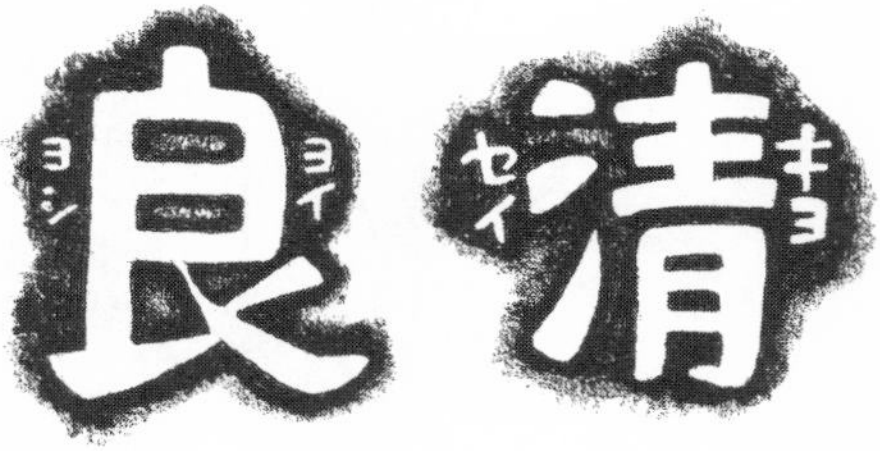


写真《しゃしん》の上のほう、といっても、それは写真《しゃしん》の中の青空の部分《ぶぶん》だけど、そこには、〈謹賀新年《きんがしんねん》〉と四文字があった。

はがきの半分以上《はんぶんいじょう》は写真《しゃしん》で、その下に、こう書《か》かれていた。

〈三か月まえに、こちらに引《ひ》っ越《こ》してきました。いまは妻《つま》の実家《じっか》をてつだって、こんなことをしています。ごらんのとおり甲州名物《こうしゅうめいぶつ》のほうとう屋《や》です。店《みせ》の特徴《とくちょう》を出すために、ふつうのほうとうのほか、お正月からは、中華《ちゅうか》ほうとうというものをメニューにのせます。これは、わたしが考《かんが》えだしたものです。東京《とうきょう》のわたしの店《みせ》があった場所《ばしょ》にできた中華料理屋《ちゅうかりょうりや》に何度《なんど》かおじゃまして、スープや餃子《ギョーザ》の作《つく》りかたを伝授《でんじゅ》してもらって作《つく》りました。ぜひ、おいでください。〉

そして、その下が住所《じゅうしょ》と名まえだ。

住所《じゅうしょ》は、郵便番号《ゆうびんばんごう》400のあとが0017、甲府市屋形《こうふしやかた》三丁目《ちょうめ》。そのあとにこまかい番地《ばんち》がある。ぼくはそれをぜんぶおぼえた。

ぼくと最初《さいしょ》にあったとき、イッパイアッテナは、

「三丁目《ちょうめ》なんて日本全国《にほんぜんこく》に数《かぞ》えきれねえほどあらあ。」

といったけど、たしかにそうだ。

金物屋《かなものや》さんの苗字《みょうじ》と名まえが会澤清一《カイナントカキヨイチ》ということと、奥《おく》さんが良枝《ヨイエダ》という名まえだということもわかった。住所《じゅうしょ》の下に、ふたつならんで書《か》かれていた。澤という字は読《よ》めなかったから形《かたち》をおぼえた。

文章《ぶんしょう》はけっこう小さい字で書《か》かれていて、長《なが》い。

ぼくはこれも暗記《あんき》した。もちろん、ブッチーに内容《ないよう》を教《おし》えた。

どうやら、ぼくたちの町にちょっときた理由《りゆう》は〈中華《ちゅうか》ほうとう〉にあったらしい。

ぼくとブッチーはタートルもさそって、すぐに日野《ひの》さんのうちにもどった。

台所《だいどころ》から入ろうとして、庭《にわ》にまわると、垣根《かきね》のむこうから、イッパイアッテナとデビルの話《はな》し声《ごえ》が聞《き》こえてきた。

「おまえがいったとおりおれは、なんか見落《みお》としていると思《おも》うんだ。」

「だが、なにを見落《みお》としてるんだろうな。」

「それがわかれば、苦労《くろう》はない。」

「たしかに……。」

ぼくは垣根《かきね》の下をくぐると、イッパイアッテナのそばにいき、早口で報告《ほうこく》した。

「わかったよ、イッパイアッテナ。ブッチーのもとの飼《か》い主《ぬし》はカイナントカキヨイチさんっていうんだ。奥《おく》さんはヨイエダさん。もしかしたら、おくりがながないから、ヨエダかもしれない。甲府《こうふ》に住《す》んでて、ほうとう屋《や》やってるんだ。ほうとうって、たぶん食《た》べ物《もの》だと思《おも》う。」

イッパイアッテナはめずらしくおどろいたようで、

「なんで、わかった？」

といって、目を大きく見開《みひら》いた。

ぼくは、ブッチーと出かけてから、ブッチーのもとの飼《か》い主《ぬし》からの年賀状《ねんがじょう》を見つけたいきさつを話《はな》した。

イッパイアッテナは、ため息《いき》をつき、

「そうか。写真《しゃしん》か。茨城県《いばらきけん》にいるとばかり思《おも》ったのがいけなかったな。思《おも》い込《こ》みが失敗《しっぱい》の原因《げんいん》だ。」

といってから、ぽつりといいたした。

「文字にたよりすぎるのも、どうかと思《おも》うってこったな……。」

ぼくは、

「だけど、年賀状《ねんがじょう》でブッチーのもとの飼《か》い主《ぬし》の住所《じゅうしょ》を見つけるってことじゃあ、イッパイアッテナの作戦《さくせん》は成功《せいこう》だよ。」

といい、

「それで、その年賀状《ねんがじょう》を見つけたうちのねこが、ここにいるタートルだ。」

といって、タートルのことも、イッパイアッテナとデビルに紹介《しょうかい》した。

ひととおりぼくが話《はな》しおわると、デビルがいった。

「ということは、金物屋《かなものや》の主人《しゅじん》は、まず、自分《じぶん》のいなかの茨城県《いばらきけん》のどこかに引《ひ》っ越《こ》したあと、今度《こんど》は奥《おく》さんの実家《じっか》のほうにいったってことだな。だがよ、ルド。そのカイナナントカキヨイチで、奥《おく》さんがヨイエダってのは、ずいぶんおかしくねえか。」

ぼくは正直《しょうじき》に、

「なんとかっていうのは、その字がむずかしくて、読《よ》めなかったからだ。だけど、ヨイエダさんって、そんなにへんかな。人間《にんげん》にはいろいろな名まえがあるから、そういう名まえだってあるんじゃないか。それとも、読《よ》みかたがちがうのかな。」

といい、地面《じめん》に〈会澤清一〉、〈良枝〉と書《か》いた。ついで、その横《よこ》に、〈甲府市屋形《こうふしやかた》〉と書《か》いた。

「この屋形《やかた》っていうのは、『船《ふね》の図鑑《ずかん》』にのってる屋形船《やかたぶね》の屋形《やかた》だから、読《よ》みかたにまちがいないと思《おも》う。」

ぼくが書《か》いた字を見て、イッパイアッテナは、

「カイじゃなくて、アイって読《よ》む。その下はザワだ。だからアイザワだ。この澤《さわ》っていう字は、この字の古《ふる》い形《かたち》だ。」

といって、地面《じめん》に〈沢《さわ》〉という字を書《か》いた。その字なら、ぼくは知《し》っていた。

それからイッパイアッテナは、

「キヨイチじゃなくて、セイイチだな、たぶん。それから、奥《おく》さんはヨイエダとかヨエダじゃなくて、ヨシエだろう。」

といいたした。

「そうか、あいざわせいいちさんと、よしえさんかあ……。」

ぼくは、イッパイアッテナに読《よ》めない字なんてないんだろうと思《おも》った。

「で、その町はどこにあるんだ？」

といったのはデビルだった。

イッパイアッテナは答《こた》えた。

「屋形《やかた》三丁目《ちょうめ》っていうところまではわからんが、甲府《こうふ》っていうのは山梨県《やまなしけん》の県庁所在地《けんちょうしょざいち》だ。山梨県《やまなしけん》っていうのは、東京《とうきょう》の西《にし》だ。東京《とうきょう》のとなりだよ。」

「そうか、同《おな》じとなりでも、東《ひがし》なら千葉県《ちばけん》で、ここからだったら、歩《ある》いてすぐだったのになあ。テリーなんて、何度《なんど》も往復《おうふく》してるぜ。それで、その町はここからどれくらいはなれてるんだ？」

デビルにきかれ、イッパイアッテナは答《こた》えた。

「はかったわけじゃないから、くわしい数字《すうじ》はわからんが、百キロか、いや、それよりもう少《すこ》しあるかな。」

「百キロかあ。そりゃあ、けっこう遠《とお》いなあ。」

デビルはそういったけど、ぼくは百キロと聞《き》いて、もう勝《か》ったも同《おな》じ、いけたも同《おな》じだと思《おも》った。

ぼくたちが住《す》んでいる町から、ぼくのふるさとまでは、直線距離《ちょくせんきょり》でおよそ三百キロだ。岐阜《ぎふ》にくらべたら、甲府《こうふ》なんて、いって帰《かえ》ってまたいける距離《きょり》だ。

それに、県庁所在地《けんちょうしょざいち》なら、高速道路《こうそくどうろ》だって、鉄道《てつどう》だってとおっているはずだ。ぼくは鉄道《てつどう》の図鑑《ずかん》もよく見るから知《し》っている。日本全国《にほんぜんこく》、北海道《ほっかいどう》から九州《きゅうしゅう》まで、東京《とうきょう》から鉄道《てつどう》でいけない県庁所在地《けんちょうしょざいち》は沖縄県《おきなわけん》の那覇市《なはし》だけだ。

あとは日野《ひの》さんの書斎《しょさい》から『日本全国地図帳《にほんぜんこくちずちょう》』という本をひっぱりだして、甲府《こうふ》までのいきかたをいろいろこまかくしらべればいいのだ。

自慢《じまん》じゃないけど、ぼくはバスとタクシー以外《いがい》、陸《りく》の乗《の》り物《もの》にはたいてい乗《の》っている。船《ふね》だって、横浜《よこはま》の遊覧船《ゆうらんせん》に乗《の》った。

あ、それに、山梨県《やまなしけん》なら鉄道《てつどう》は中央本線《ちゅうおうほんせん》だ。リニアモーターカーの開通《かいつう》はまだだけど、特急《とっきゅう》がある。〈かいじ〉〈あずさ〉だ。

きっと、ブッチーは、もとの飼《か》い主《ぬし》、いや、会澤清一《あいざわせいいち》さんと良枝《よしえ》さんにあえると思《おも》って、ドキドキしているだろう。だけど、たぶん、ぼくのほうがもっとドキドキしたんじゃないだろうか。

「よかったね、ブッチー。それで、いつ出発《しゅっぱつ》しようか。あした、あさって？ それとも、いますぐ……なあんちゃって。ぼくはいつでもOK《オーケー》だよ。」

はしゃいでいるぼくに、案外冷静《あんがいれいせい》な声《こえ》でブッチーはいった。

「まあ、そんなにあわてなくてもいいんじゃないか。今月中《こんげつちゅう》ってことで。」

「今月中《こんげつちゅう》って、きょうはまだ一月の二日《ふつか》だよ。あと三十日もあるじゃないか。」

ぼくがそういうと、ブッチーはいった。

「今月中《こんげつちゅう》とはいったが、今月末《こんげつまつ》とはいってない。おまえからローマ字をならってからにしたい。ちゅうとはんぱじゃなあ。」

ぼくは、ぼくがついていくんだから、ローマ字なんて読《よ》めなくてもだいじょうぶだとは思《おも》ったけれど、もちろん、そんなことはいわなかった。

ブッチーにしてみれば、ぼくがついていくから字はだいじょうぶとか、そういう問題《もんだい》では、たぶんないのだ。

アルファベットは、ブッチーはもう読《よ》めるのだ。だったら、ローマ字を読《よ》めるようになるには、半日《はんにち》もかからない。出発《しゅっぱつ》はあしたか、あさってでだいじょうぶなはずだ……。

ぼくがそんなふうに思《おも》っていると、ブッチーがいった。

「テリーがまだこっちにもどっていない。ちゃんとテリーにも説明《せつめい》しておきたいしな。」

たしかに……、とぼくは思《おも》っていると、そのあと、ブッチーはいった。

「まあ、説明《せつめい》はあとでタイガーやデビルがしてくれるとしても、甲府《こうふ》にいくまえに、テリーとあっていきたいんだよ。」

そのときぼくの頭《あたま》に、いままで考《かんが》えないようにしていたことがうかんだ。

ひょっとして、ブッチーはもとの飼《か》い主《ぬし》、会澤《あいざわ》さんの出かたによっては、甲府《こうふ》から帰《かえ》らない気じゃないだろうか……。

なにしろぼくは岐阜《ぎふ》からだって、ひとりで帰《かえ》ってきたのだ。会澤《あいざわ》さんにあったあと、

ひょっとして、ブッチーは、

「ルド。悪《わる》いけど、ひとりで帰《かえ》ってくれないか。おまえなら、だいじょうぶだろ。おれは、ここで暮《く》らすことにする。」

なんていいだすのではないだろうか。

そうなったら、ぼくもさびしくなるし、ミーシャはどうなるんだ……。

ぼくの顔《かお》が一瞬《いっしゅん》暗《くら》くなったのが、デビルにわかったのだろう。

デビルはこわい顔《かお》をしているわりには、気持《きも》ちはけっこうデリケートなのだ。

デビルはぼくに、

「どうしたんだ、ルド。そんな顔《かお》して。百キロときいて、しりごみしたのか？　おまえらしくないな。だいじょうぶだ。おれはいけないが、タイガーだっていくだろうし。」

といってから、イッパイアッテナに同意《どうい》をもとめた。

「なあ、タイガー。」

「そうともよ。だが、すぐじゃなくて、二、三日あとにしてくれると、おれもありがたい。甲府《こうふ》についても、もっと勉強《べんきょう》しておかないとな。知識《ちしき》がないと、おもしろいこともおもしろく感《かん》じられない。」

そういったイッパイアッテナに、ブッチーはきっぱりといった。

「タイガー。すまないが、タイガーにはえんりょしてもらう。」

そして、そのあとこういった。

「ほんとは、ルドについてきてもらうのだって、気がひけるんだ。なんていうか、ルドとだったら、ぎりぎり、いっしょにいくってことでいけるけど、タイガーがいっしょだったら、完全《かんぜん》に、つれていってもらうってことになるだろ。それじゃあ、ちょっとな。」

「なるほど。ブッチー。おまえ、このごろ、おとなになったなあ。」

イッパイアッテナは
そういって、
何度《なんど》かうなずいたのだった。

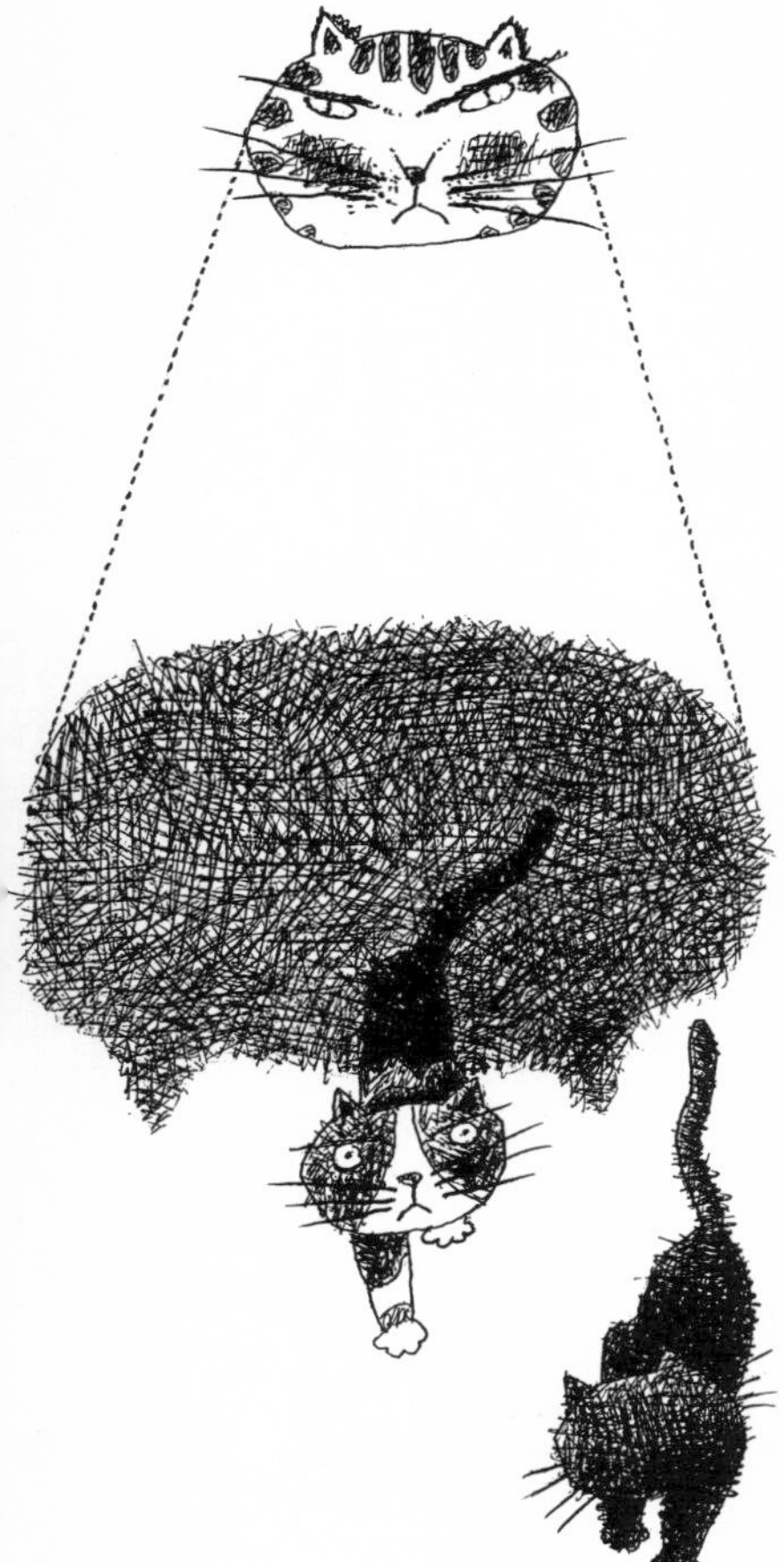

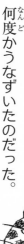

# 17

# つぎはどこどこと精鋭《せいえい》騎《き》馬《ば》隊《たい》対《たい》三千人の鉄砲隊《てっぽうたい》

市川《いちかわ》からテリーが帰《かえ》ってきたのは、一月の中旬《ちゅうじゅん》に入ってからだった。

ぼくとブッチーはテリーを一週間《しゅうかん》以上《いじょう》待《ま》っていたことになる。でも、それはそれでつごうがよかった。

ブッチーはローマ字をかんたんに読《よ》めるようになったけど、なにしろ甲府《こうふ》までいくのだ。そのための勉強《べんきょう》と下しらべには時間《じかん》がかかる。

ぼくとブッチーとイッパイアッテナは、ひるま、日野《ひの》さんがいないあいだに、日野《ひの》さんの書斎《しょさい》で、『日本全国地図《にほんぜんこくちず》帳《ちょう》』で、甲府《こうふ》までの道《みち》すじと、甲府《こうふ》の市内《しない》をしらべた。

甲府《こうふ》までの道《みち》すじといっても、ぼくは歩《ある》いていくことは考《かんが》えてなかった。

鉄道《てつどう》だ。鉄道《てつどう》でいくのが、もっとも楽《らく》で、安全《あんぜん》で、しかも早い。道路《どうろ》を頭《あたま》に入れたのは、もしもとちゅうで鉄道《てつどう》を使《つか》えなくなったときのためだ。

ぶあついＪ《ジェイ》Ｒ《アール》時《じ》刻《こく》表《ひょう》の中《ちゅう》央《おう》本《ほん》線《せん》のところをひらき、イッパイアッテナがいった。

「この近所《きんじょ》の駅《えき》じゃなくて、総《そう》武《ぶ》線《せん》の小岩駅《こいわえき》から上りの電車《でんしゃ》に乗《の》って、新宿《しんじゅく》までいく。そこで、中《ちゅう》央《おう》本《ほん》線《せん》の特《とっ》急《きゅう》に乗《の》りかえるのが乗《の》りかえがいちばんすくない。なにしろ一回《かい》だからな。だけど、これには難点《なんてん》がある。テレビで見たことがあるが、新宿《しんじゅく》ってのは、けっこうでかい駅《えき》で、ホームの数《かず》も多《おお》い。しかも、そこにいる人間《にんげん》の数《かず》だって、わんさかわんさか、ものすごい数《かず》だ。あそこで乗《の》りかえるのはけっこうめんどうにちがいない。そこでだ。おれのおすすめはこうだ。まず、小岩《こいわ》から総《そう》武《ぶ》線《せん》で御《お》茶《ちゃ》ノ水《みず》って駅《えき》までいき、そこで、中《ちゅう》央《おう》線《せん》の快《かい》速《そく》電《でん》車《しゃ》ってのに乗《の》りかえる。特《とく》別《べつ》快《かい》速《そく》なんてのもあるが、それでもいい。おれがしらべたところじゃあ、総《そう》武《ぶ》線《せん》と同《おな》じホームだ。その快《かい》速《そく》電《でん》車《しゃ》ってのは新宿《しんじゅく》も止《と》まる。しかし、そこじゃおりずに、立川《たちかわ》ってとこまでいくんだ。立川《たちかわ》いきとか、高尾《たかお》いきとか、青梅《おうめ》いきとか、いろんなのがあるが、たいていはその三つだ。そのうちのどれでもいいから乗《の》って、立川《たちかわ》までいって、ちょっと待《ま》ってりゃあ、同《おな》じホームに特《とっ》急《きゅう》が入ってくる。小岩《こいわ》から立川《たちかわ》まではおよそ一時《じ》間《かん》。特《とっ》急《きゅう》は三十分《ぷん》おきくらいにくる。立川《たちかわ》から甲府《こうふ》までは一時間《じかん》ちょっとだ。なかには、もたついた特急《とっきゅう》もあるが、それだって一時間半《じかんはん》はかからねえ。だからな。小岩《こいわ》から乗《の》って、立川《たちかわ》で三十分待《ぷんま》って、しかも、もたついた特急《とっきゅう》に乗《の》ったって、ぜんぶで三時間《じかん》もかからねえんだ。運《うん》がよければ、二時間半以《じかんはんい》内《ない》だ。どうだ、これで。」

そのあと、イッパイアッテナは、

「持《も》ってけ、どろぼう！」

といいたしたが、どうやら、それは、〈どんなもんだ〉という程度《ていど》の意味《いみ》らしかった。

イッパイアッテナの案《あん》を聞《き》いて、ブッチーがたずねた。

「だいたいはわかったような気がするが、その、もたついた特急《とっきゅう》ってのは、どんなのだ？　景色《けしき》でもながめながら、のんびり走《はし》るのか？」

「そうじゃねえよ、ブッチー。景色《けしき》を見てるわけじゃねえんだ。止《と》まる駅《えき》の数《かず》が多《おお》いんだ。」

イッパイアッテナがそういうと、ブッチーは不安《ふあん》そうな顔《かお》をした。

「てことは、特急《とっきゅう》によって、止《と》まる駅《えき》がちがうってことだな。だけど、それじゃあ、立《たち》川《かわ》ってとこから何番目《なんばんめ》が甲府《こうふ》か、わからないじゃないか。」

「だいじょうぶ。車内《しゃない》アナウンスってのがあって、つぎはどこどこっていうからな。」

このときは、タートルも遊《あそ》びにきていて、びっくりしたような目でイッパイアッテナにいった。

「へえ、どこどこ？　『つぎはどこどこ。』ってどういうことです？　どこどこっていうのは、甲府《こうふ》って町の別名《べつめい》なんですか？　タイガーさんと同《おな》じで、甲府《こうふ》は名まえがいっぱいあってな？」

ぼくはタートルがじょうだんをいってるのかと思《おも》ったが、目がまじめだった。

イッパイアッテナはため息《いき》をついて、タートルに、

「おまえね。どこどこなんていう名まえの町があるかよ。つぎはどこどこっていうのは、たとえば、つぎは八王子《はちおうじ》とか、つぎは甲府《こうふ》とか、そういうことだ。」

といってから、ぼくに、

「まあ、甲府《こうふ》でおりそこなったって、中央本線《ちゅうおうほんせん》なんて、新幹線《しんかんせん》とはちがうから、気がついたら北海道《ほっかいどう》の函館《はこだて》とか、九州《きゅうしゅう》の博多《はかた》なんてことにはならない。せいぜい、長野県《ながのけん》まで

しかいかないから、どうってこたあない。長野《ながの》なんかは岐阜《ぎふ》のこっちだ。いまどこにいるのか、字さえ読《よ》めりゃあ、なんとかなる。あ、いや、字さえ読《よ》めりゃあっていうんじゃ不《ふ》十分《じゅうぶん》だな。このあいだ、年賀状《ねんがじょう》で反省《はんせい》したばかりだったぜ。」

といい、本棚《ほんだな》の下のほうから、ぶあつい本をひっぱりだした。

それは、『JR《ジェイアール》の特急《とっきゅう》』という図鑑《ずかん》みたいな本で、イッパイアッテナは中央本線《ちゅうおうほんせん》のページをひらいた。

そこには、特急用車両《とっきゅうようしゃりょう》の写真《しゃしん》があった。

イッパイアッテナはいった。

「この形《かたち》と色《いろ》をよくおぼえておいたほうがいい。甲府《こうふ》にはかならず止《と》まるから、とにかく立川《たちかわ》で、ここにのっている特急《とっきゅう》がきたら、乗《の》ればいいんだ。」

そういうことで、甲府《こうふ》までのいきかたは、それほどむずかしくなさそうだった。

つぎは、甲府駅《こうふえき》から屋形《やかた》三丁目《ちょうめ》までの道《みち》だ。

たとえば、岐阜《ぎふ》の駅《えき》からリエちゃんのうちまでだと、道《みち》を口で説明《せつめい》するのはけっこうたいへんだ。だけど、甲府駅《こうふえき》から屋形《やかた》三丁目《ちょうめ》はひとことで説明《せつめい》できた。

イッパイアッテナはいった。

「甲府《こうふ》でおりたら、北口《きたぐち》に出て、駅《えき》をうしろに、まっすぐ北上《ほくじょう》。そうすると、武田神《たけだじん》社《じゃ》っていう有名《ゆうめい》な神社《じんじゃ》につきあたる。つきあたりの左側《ひだりがわ》いったいが屋形《やかた》三丁目《ちょうめ》だ。番地《ばんち》からいうと、神社《じんじゃ》を左にまがった道《みち》ぞいだな。これは、字を読《よ》めなくてもいけるぜ。駅《えき》から武田神社《たけだじんじゃ》までは一度《いちど》もまがらないでいいからな。」

これが、ぼくたちが住《す》んでいる町から甲府市屋形《こうふしやかた》三丁目《ちょうめ》までのいきかただった。

そんなにはむずかしくない。

ぼくもブッチーも電車《でんしゃ》で浅草《あさくさ》までいったことがある。

電車《でんしゃ》に乗《の》ったら、乗《の》っている人間《にんげん》と問題《もんだい》を起《お》こさないことだ。

「あっ、ねこがいる！」

とかいって、さわぎだす人間《にんげん》がいたら、つぎの駅《えき》でおりて、つぎの電車《でんしゃ》に乗《の》ればいいだけのことだ。

電車《でんしゃ》の中で、人間《にんげん》がねこをつかまえるのは、ほとんど不可能《ふかのう》だ。大きな網《あみ》でも持《も》っていればべつだけど、大きな網《あみ》を持《も》って、電車《でんしゃ》に乗《の》っている人間《にんげん》なんか、たぶんめったにいな

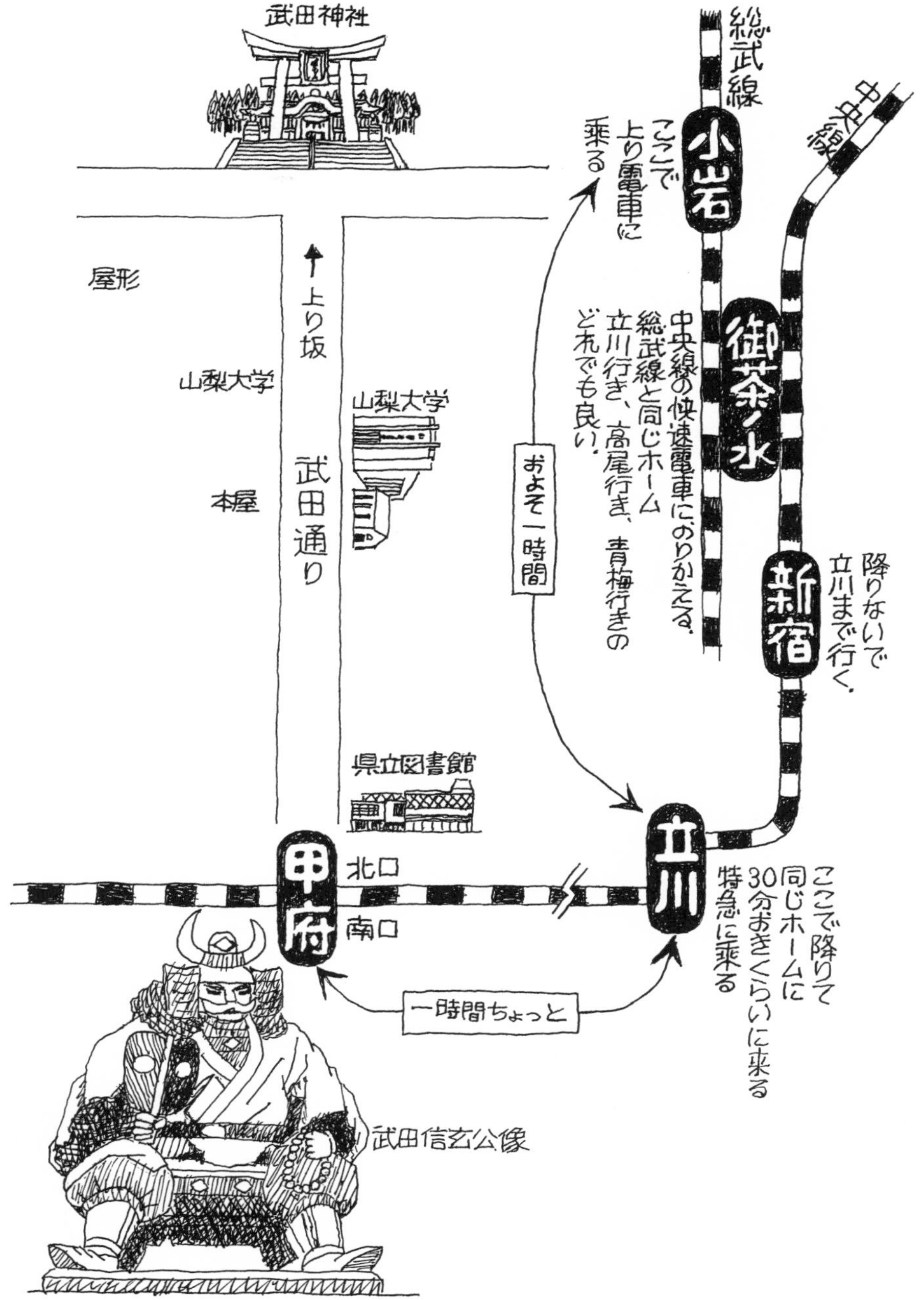
武田神社
屋形
上り坂
山梨大学
山梨大学
武田通り
本屋
県立図書館
甲府
北口
南口
武田信玄公像
一時間ちょっと
立川
ここで降りて同じホームに30分おきくらいに来る特急に乗る
新宿
降りないで立川まで行く。
御茶ノ水
中央線の快速電車にのりかえる。総武線と同じホーム立川行き、高尾行き、青梅行きのどれでも良い。
およそ一時間
小岩
ここで上り電車に乗る
総武線
中央線

い。

運転士《うんてんし》は運転席《うんてんせき》から出てこないし、車掌《しゃしょう》が見にきても、車掌《しゃしょう》は運転士《うんてんし》に連絡《れんらく》して、電《でん》車《しゃ》を急停車《きゅうていしゃ》なんかさせない。車掌《しゃしょう》に追《お》いかけられても、つぎの駅《えき》でおりてしまえばいいだけの話《はなし》だ。

ねこが一匹《ぴき》、いや、ブッチーとだと二匹《ひき》になるけど、車掌《しゃしょう》に見つかって、つぎの駅《えき》でおりても、そこがたくさんのパトカーにかこまれていて、電車《でんしゃ》のただ乗《の》りの罪《つみ》で、ねこが逮捕《たいほ》されるなんてことは百パーセントない！

電車《でんしゃ》の車掌《しゃしょう》もおまわりさんも、そんなにひまではないのだ。

だから、だいじょうぶ！

ところで、甲府《こうふ》へのいきかたはそれですんだけど、テリーがもどってくるまでまだ何日《なんにち》もあって、そのあいだ、夜《よる》、イッパイアッテナはいろいろと本を読《よ》み、読《よ》んだことをつぎの日に、ぼくとブッチーに教《おし》えてくれた……、というより、ぼくとブッチーは、半分《はんぶん》むりやり、話《はなし》を聞《き》かされた。

たとえば、

「甲府《こうふ》っていうのは、むかし、武田信玄《たけだしんげん》っていう武将《ぶしょう》の城《しろ》があったとこで、その城《しろ》あとに武田神社《たけだじんじゃ》がある。城《しろ》っていったって、ルドのふるさとの岐阜《ぎふ》の城《しろ》とはちがい、平地《へいち》にあって、城《しろ》っていうより屋敷《やしき》のようなものだったんだ。『人は城《しろ》、人は石垣《いしがき》、人は堀《ほり》。』っていってな。つまり、がんじょうな城《しろ》なんかより、家来《けらい》のほうがよほどあてになるってことだ。家来《けらい》たちはみな凄腕《すごうで》で、なかでも、武田《たけだ》二十四将《しょう》っていうのは猛者《もさ》ぞろい。その中で、四天王《してんのう》とよばれているのが馬場信春《ばばのぶはる》、内藤昌豊《ないとうまさとよ》、山県昌景《やまがたまさかげ》、高坂昌信《こうさかまさのぶ》の四人だ。それから山本勘助《やまもとかんすけ》っていう軍師《ぐんし》はな……。」

とか、

「そうそう、ルドのふるさとの岐阜城《ぎふじょう》は織田信長《おだのぶなが》の城《しろ》で、信長《のぶなが》っていやあ、天下統一《てんかとういつ》した武将《ぶしょう》だが、その信長《のぶなが》がいちばん恐《おそ》れたのが武田信玄《たけだしんげん》だ。もっとも、このふたりは戦《たたか》うまえに、信玄《しんげん》が死《し》んでしまって、勝負《しょうぶ》はしていない。信長《のぶなが》と勝負《しょうぶ》をしたのは、信玄《しんげん》のあとをついだ、せがれの武田勝頼《たけだかつより》だ。武田勝頼《たけだかつより》は織田信長《おだのぶなが》、徳川家康《とくがわいえやす》の連合軍《れんごうぐん》に戦《たたか》いをいどんだ。場所《ばしょ》は三河《みかわ》の国《くに》っていうから、いまの愛知県《あいちけん》だ。この決戦《けっせん》は、長篠《ながしの》の戦《たたか》いっていってな、三千人の鉄砲隊《てっぽうたい》がいた信長《のぶなが》が勝《か》った。武田自慢《たけだじまん》の騎馬隊《きばたい》の精鋭《せいえい》も、三千丁《ちょう》の鉄砲《てっぽう》にはかなわなかったってわけだ。もっとも鉄砲《てっぽう》は三千丁《ちょう》じゃなくて、じつは千丁《ちょう》だったっていう説《せつ》もあるが、ともかくそれで、勝頼《かつより》がどうなったかっていうと……。」

というふうにながながとつづいた。

そういう昔《むかし》の話《はなし》がようやく終《お》わったところで、ブッチーが、

「そりゃあ、いまから何百年《なんびゃくねん》もまえのことだろ。それより、いまのことはどうなんだ。甲府《こうふ》っていうのは、どんな町なんだ？」

ときくと、イッパイアッテナは、あたりまえのように答《こた》えた。

「そんなのは、おまえたちがいって、見てくりゃあわかるだろ。〈百聞《ひゃくぶん》は一見にしかず〉ってことわざがあるだろうが。」

そのことわざなら、ぼくも知《し》っている。

人から百回聞《かいき》くより、

自分《じぶん》の目で一回《かい》見たほうが

たしかだという意味《いみ》だけど……。

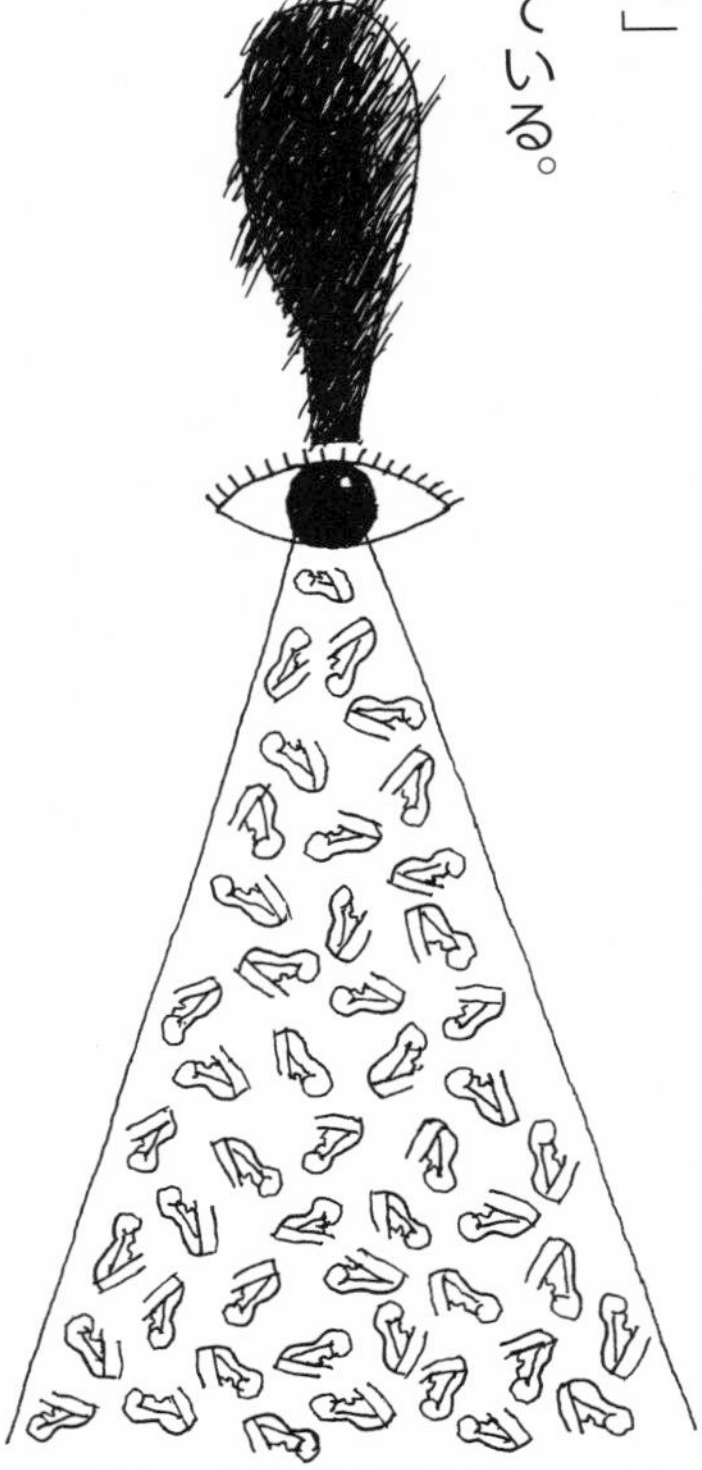

## 18

# 正しいスリーパーホールドのかけかた、その理論《りろん》と実践《じっせん》と会《かい》のそれぞれの楽《たの》しみかた

テリーが市川《いちかわ》からもどってきた日の夜《よる》、小川《おがわ》さんのうちの庭《にわ》で、〈おかえりなさい、テリー。いってらっしゃいブッチーとルドルフ。〉という会《かい》がひらかれた。

会《かい》の主催者《しゅさいしゃ》はデビルだ。集《あつ》まったのは、テリー、ブッチー、ぼくのほか、イッパイアッテナとミーシャとスノーホワイト、それからタートルだ。

タートルはぼくがよびにいったのだが、スノーホワイトはたまたまその二日《ふつか》まえから日野《ひの》さんのうちにきていた。もちろん、シャトリブラ攻撃《こうげき》、じゃなかった、シャトリブラ・サービスを受《う》けるためだ。その日は、ブッチーも、おてつだいのおばあさんのシャトリブラ攻撃《こうげき》をおとなしく受《う》けていた。

うまいぐあいに、その日のデビルの夕食《ゆうしょく》はステーキだったけれど、いくらデビルの晩《ばん》ごはんが豪華《ごうか》でも、みん

なでわければ、少《すこ》しずつになってしまう。でも、それを不満《ふまん》に思《おも》う者《もの》はだれもいなかっただろう。

ステーキをわけあって食《た》べてから、ぼくたちはそれぞれ歌《うた》を歌《うた》ったり、わけのわからないダンスをしたりしたので、小川《おがわ》さんのうちと日野《ひの》さんのうちはともかく、近所《きんじょ》のほかのうちには迷惑《めいわく》だったろうと思《おも》う。

ダンスが終《お》わったところで、イッパイアッテナの、〈正しいスリーパーホールドのかけかた、その理論《りろん》と実践《じっせん》〉という講習《こうしゅう》があった。ぼくはあまり興味《きょうみ》がなかったから適当《てきとう》に聞《き》いていただけだけど、ブッチーは真剣《しんけん》に聞《き》いていて、じっさいにイッパイアッテナとスリーパーホールドのかけあいをしていた。

「技自体《わざじたい》はそれでいい。あとは技《わざ》をかける位置《いち》だ。あいてが一匹《ぴき》じゃないときは、ほかのやつにうしろにまわりこまれないように、太《ふと》い木とか、塀《へい》とか、そういうものが背中《せなか》にくるようにするといい。」

イッパイアッテナはそういっていたけれど、けんかのとき、そんなにうまく位置《いち》どりができるだろうかと、ぼくは思《おも》った。

夜《よ》もふけ、そろそろ会《かい》も終《お》わろうかというころになって、デビルがピクリと鼻《はな》をうごかし、

「おや……。」

とつぶやいた。

つぎの瞬間《しゅんかん》、日野《ひの》さんの庭《にわ》との境《さかい》になっている垣根《かきね》から、風《かぜ》が木の枝《えだ》をゆらしたような、ガサッという音が聞《き》こえた。

日野《ひの》さんのうちの庭《にわ》も、小川《おがわ》さんのうち、つまりデビルのうちの庭《にわ》も、明《あ》かりがこうこうとついているから、けっこう明《あか》るい。

見れば、垣根《かきね》のこちら側《がわ》にだれかが立っている。垣根《かきね》をとびこえてきたのだ。

それは、ドーベルマンのからだにブルドッグの頭《あたま》がついたようないぬだった。

日野《ひの》さんのおてつだいのおばあさんが飼《か》っているいぬだ。名まえは……。

そうだ、ぼくはいぬの名まえを聞《き》いていなかったんだ……、と思《おも》ったとき、イッパイアッテナがそのいぬに声《こえ》をかけた。

「よう、ＬＬ《エルエル》。おそかったじゃねえか。」

「そんなこといわれてもな。この時間《じかん》じゃないと、外《そと》に出られないんだから、しょうがないだろ。おばあさんがねてからじゃないとな。ひさしぶりに外《そと》に出たが、ここにくるまでに、会社帰《かいしゃがえ》りのサラリーマン三人とすれちがった。おれを見て、みんな、ぎょっとしてた。」

LL《エルエル》というのは、L《エル》より大きい特大《とくだい》という意味《いみ》だ。おてつだいのおばあさんのいぬは、たしかに大きいが、特大《とくだい》というほどではない。

「LL《エルエル》って？　それがあのいぬの名まえなの？」

ぼくが、となりにすわっているブッチーにきくと、ブッチーは、

「そうだよ。正式《せいしき》にはロング・レッグズっていうらしい。日野《ひの》さんがつけた名まえで、英《えい》語《ご》で長《なが》い脚《あし》っていう意味《いみ》だそうだ。LL《エルエル》はロング・レッグズの頭文字《かしらもじ》だろ。LL《エルエル》なら、読《よ》めるだけじゃなく、おれ、書《か》けるぜ。」

といって、じっさいに、地面《じめん》に右の前足《まえあし》でL《エル》をふたつ書《か》いた。

それは、アルファベットのL《エル》というよりは、ひらがなのしのような形《かたち》だったが、ぼくはブッチーに、

「お、やるじゃん。」

といった。

それはともかく、考《かんが》えてみれば、おばあさんの飼《か》いいぬはすごくジャンプ力があるのだ。おばあさんのうちの庭《にわ》の木戸《きど》くらい、かんたんにとびこえることができるはずだ。そういえば、そのいぬ、ＬＬ《エルエル》は、

「まあ、出ようと思《おも》えば、いつだって出られるんだけどよ。」

なんていっていた。

それから、ＬＬ《エルエル》はブッチーに、

「招待《しょうたい》してくれて、ありがとうよ。」

といい、テリーと目が合《あ》うと、

「よう、テリー。帰《かえ》ってきたのか。」

なんていった。

でも、ＬＬ《エルエル》がしゃべったのはそれだけで、まもなく会《かい》が終《お》わると、

「今夜《こんや》は楽《たの》しかった。またこういうのがあったら、よんでくれ。」

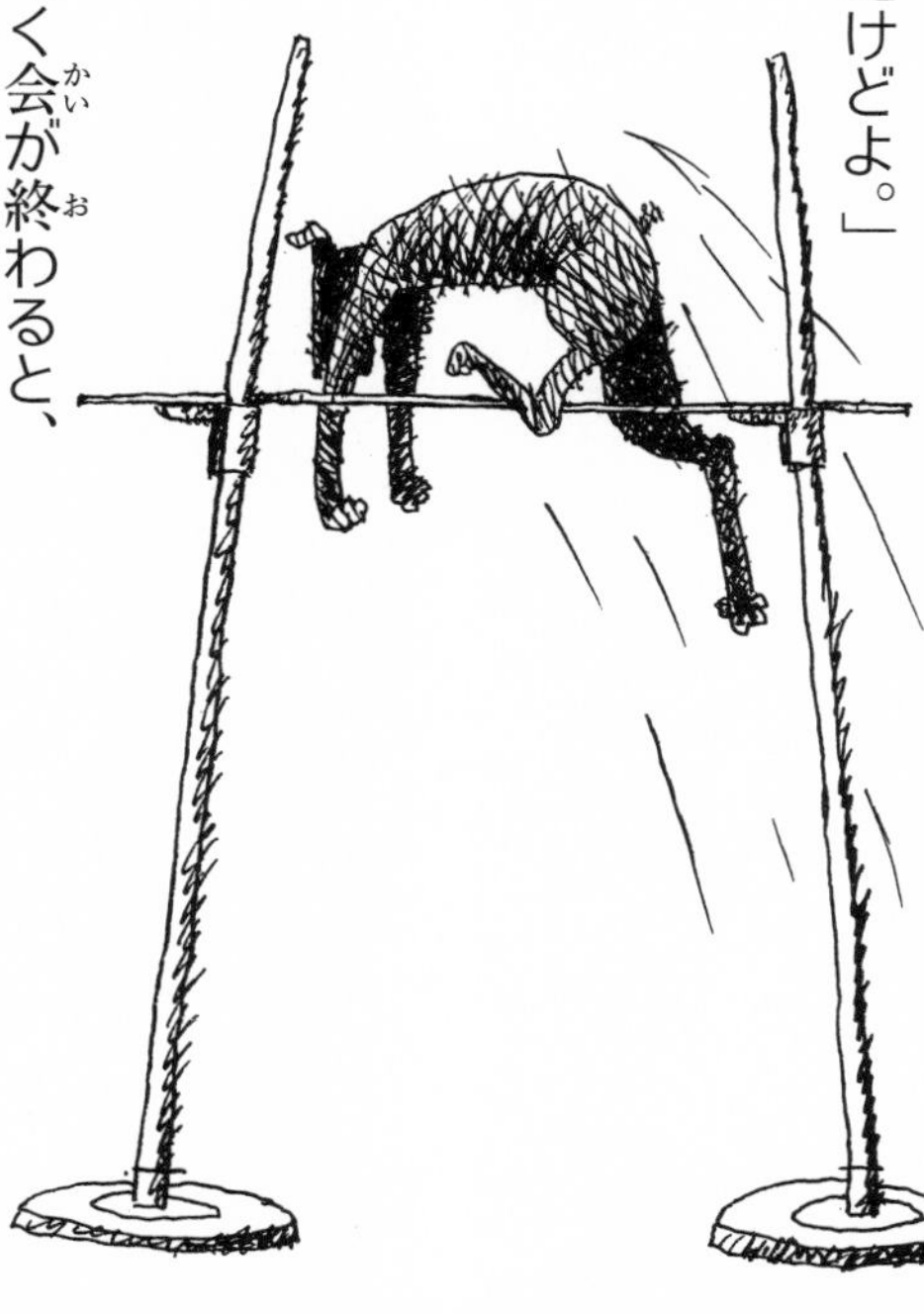

といって、小川《おがわ》さんのうちの塀《へい》をとびこえて、帰《かえ》っていった。

LL《エルエル》がとびこえた塀《へい》の上の空間《くうかん》を見ながら、ぼくが、

「あれで楽《たの》しかったのかな。ほとんどしゃべらなかったけど。」

というと、イッパイアッテナは、

「こういう集《あつ》まりの楽《たの》しみかたは、それぞれだからな。」

といった。

こうして、そのつぎの日の朝《あさ》、ぼくとブッチーは出発《しゅっぱつ》した。

まえにもいったけど、ぼくはいろいろな乗《の》り物《もの》に乗《の》った経験《けいけん》がある。

まだ暗《くら》いうちに、JR《ジェイアール》総武線《そうぶせん》小岩駅《こいわえき》から乗《の》って、中央本線甲府駅《ちゅうおうほんせんこうふえき》の北口《きたぐち》に出るまで、駅員《えきいん》さんや乗客《じょうきゃく》や車掌《しゃしょう》さんに追《お》いかけまわされることは一度《いちど》もなかった。コースはイッパイアッテナのおすすめコースで、御茶ノ水《おちゃみず》までも、そこから立川《たちかわ》までも、がらがらにすいていた。

それにくらべると、立川《たちかわ》から乗《の》った特急《とっきゅう》はお客《きゃく》が多《おお》かったけれど、席《せき》はあちこちあいていた。ぼくとブッチーは、車掌《しゃしょう》さんがきたときは、そっと座席《ざせき》の足もとにかくれ、ほ

かのときは、シートにすわっていた。何人《なんにん》もの乗客《じょうきゃく》に見られたけれど、せいぜい、

「あ、ねこだ……。」

とつぶやくくらいで、車掌《しゃしょう》さんにいいつける人はいなかった。

これはぼくの想像《そうぞう》だけど、ぼくやブッチーを見た乗客《じょうきゃく》は、だれかほかの乗客《じょうきゃく》がねこをケージに入れて車内《しゃない》に持《も》ちこみ、乗車《じょうしゃ》したあとケージから出して、シートにすわらせているのだと思《おも》ったのではないだろうか。

そんな感《かん》じで、午前《ごぜん》八時半《じはん》には、ぼくとブッチーは甲府駅《こうふえき》の北口《きたぐち》から外《そと》に出ていた。およそ二時間半《じかんはん》の鉄道《てつどう》の旅《たび》はあっけないほど無事《ぶじ》だった。

ぼくが岐阜《ぎふ》に帰《かえ》ったときは、車を乗《の》りついだり、乗《の》った車が故障《こしょう》したり、歩《ある》いたり、おなかがすいたりで、岐阜《ぎふ》についたときはへとへとだったけど、ぎゃくにいうと、それだけに書《か》くこともあったわけで、それにくらべると、今度《こんど》の旅《たび》はピクニックだった。ちょっとは緊張《きんちょう》したけど、ただそれだけのことだ。

朝《あさ》、日野《ひの》さんのうちを出るまえに、たらふく朝《あさ》ごはんを食《た》べたから、甲府駅《こうふえき》についたときは、まだおなかがへってないどころか、電車《でんしゃ》の中であまりうごかなかったせいか、胃《い》がもたれぎみだった。

総武《そうぶ》線《せん》の各駅停車《かくえきていしゃ》の電車《でんしゃ》でも、中央線《ちゅうおうせん》の快速電車《かいそくでんしゃ》でも、特急《とっきゅう》の中でも、ぼくとブッチーはほとんど口をきかなかった。それは、静《しず》かにしていたほうが目立たないということもあったけれど、ブッチーはなにか考《かんが》えごとをしているというか、物思《ものおも》いにふけるというか、そんな感《かん》じだったし、もしいうことがあれば、ブッチーのほうから話《はな》してくるだろうから、それまでなにもいわないでおこうと、ぼくがそう思《おも》ったからだ。

朝《あさ》の甲府駅《こうふえき》はそれなりに人が多《おお》かった。空は晴《は》れていて、空気は冷《つめ》たかった。

ぼくたちは改札口《かいさつぐち》から北《きた》にのびる歩道橋《ほどうきょう》をわたった。歩道橋《ほどうきょう》から、右のほうにガラスばりの建物《たてもの》が見えた。
〈山梨県立図書館《やまなしけんりつとしょかん》〉だ。
日野《ひの》さんの
〈日本全国地図帳《にほんぜんこくちずちょう》〉にものっていた。
道《みち》は合《あ》っている。
ぼくたちは歩道橋《ほどうきょう》をおり、
まっすぐ武田神社《たけだじんじゃ》にむかったのだった。

## 19

# あらわれた三匹《びき》と顔《かお》だけは貸《か》せないブッチー

往復《おうふく》二車線《しゃせん》の道路《どうろ》の左側《ひだりがわ》の歩道《ほどう》を歩《ある》いていくと、やがて、前方《ぜんぽう》に大きな道路標識《どうろひょうしき》が見えてきた。山《やま》の手通《てどお》りとの交差点《こうさてん》だ。右方向《みぎほうこう》に〈山梨《やまなし》　石和《いさわ》〉と書《か》かれ、左方向《ひだりほうこう》は〈韮崎《にらさき》　昇仙峡《しょうせんきょう》〉となっている。そして、直進方向《ちょくしんほうこう》には〈積翠寺《せきすいじ》　武田神社《たけだじんじゃ》〉だ。

百パーセント、この道《みち》だ。

自動車《じどうしゃ》の通行量《つうこうりょう》はそれほど多《おお》くない。

バスがぼくたちを追《お》いこしていった。

いつのまにか道《みち》がゆるいのぼり坂《ざか》になっている。

本屋《ほんや》さんが一軒《けん》あった。

しばらくいくと、道《みち》の両側《りょうがわ》が山梨大学《やまなしだいがく》という学校で、そのまえをとおりすぎたとき、それまでずっとだまっていたブッチーが小さな声《こえ》でいった。

「つけられてるな……。」

「えっ？」

とぼくがふりむこうとすると、ブッチーがいった。

「見るな。見ると、こっちが気づいたことがあいてにわかる。」

うしろを見たい気持《きも》ちをおさえて、ぼくはきいた。

「ねこ？　いぬ？」

「ねこだ。」

「どんな？」

「どんなって、しまもいれば、ぶちもいる。もう一匹《ぴき》は茶《ちゃ》だ。」

「三匹《びき》も？」

「ああ。」

「よく気づいたね。」

「おまえが気づかなすぎなんだよ。おまえ、図書館《としょかん》とか本屋《ほんや》とか、学校とか、そんなのばっかり気にしてるんだろ。」

「そんなことないよ。」

と答《こた》えたけれど、じつはそんなことはなくはなかった。

歩《ある》きながら、ぼくはブッチーの顔《かお》を見た。

「どうする？」

ぼくがそういうと、ブッチーは答《こた》えた。

「そのうち、なにかいってくるだろう。」

「武田神社《たけだじんじゃ》はもうすぐのはずだ。神社《じんじゃ》のまえを左にまがれば、ブッチーのもとの飼《か》い主《ぬし》の会澤《あいざわ》さんがはたらいている店《みせ》があるはず。そこまで走《はし》る？」

ブッチーは車道側《しゃどうがわ》、ぼくはその左を歩《ある》いていた。

ブッチーがまえをむいたまままいった。

「走《はし》って、どうするんだ。店《みせ》のまえで大声《おおごえ》出して、だれかに外《そと》に出てきてもらって、うしろのやつらを追《お》っぱらってもらうとか？　そんなことするために、こんなとこまできたわけじゃない。」

「だけど、けんかをしにきたわけでもないだろ。」

「そりゃあそうだ。まあいい。そのうち、あいさつがあるだろう。」

この場合《ばあい》のあいさつというのが、

「おはよう。」

とか、

「こんにちは。」

じゃないことくらい、ぼくにもわかる。

住居表示《じゅうきょひょうじ》がさっきまで武田《たけだ》四丁目《ちょうめ》だったのが、屋形《やかた》二丁目《ちょうめ》にかわった。

三匹《びき》のねこが足を速《はや》めたのが気配《けはい》でわかった。

しまねこがぼくの左にそっとならんだ。

大きさはぼくたちとたいしてかわらない。

茶色《ちゃいろ》のねこがブッチーの右にならび、もう一匹《ぴき》はぼくたちのうしろについている。

ブッチーの右の茶色《ちゃいろ》のねこが歩《ある》きながら、ブッチーの顔《かお》を見て、いった。

「どこからきたか知《し》らねえが、初《はつ》もうでにはおそすぎるぜ。」

ブッチーはまえをむいたまま、だまって歩《ある》いた。

ぼくもブッチーにならって、だまって歩《ある》いた。

茶色《ちゃいろ》のねこがいった。

「へえ、だんまりか？　こわくて口がきけねえのか？」

ブッチーがまえを見たまま、口をひらいた。

「あいにく。おまえらみてえな、いなかねことき く口はもってねえんだ。うっとうしいから、はなれてくれねえか。くさくてしょうがねえ。」

「なんだと？」

といって、茶色《ちゃいろ》のねこが止《と》まった。

ちょっといっておくと、三匹《びき》はべつにくさくはなかった。

ブッチーはかまわず歩《ある》きつづけた。

ぼくもブッチーの横《よこ》を歩《ある》きつづけた。

ブッチーは平気《へいき》な顔《かお》をしているけれど、ぼくはもう心臓《しんぞう》がドキドキしてきていた。

ぼくの左どなりにいたしまねこがぼくたちのまえにすっと出て、こっちをむいた。ぐっと両前足《りょうまえあし》をひろげ、とおせんぼをするかっこうだ。

ブッチーは車道《しゃどう》に出て、しまねこの横《よこ》をすりぬけた。

ぼくも、そのねこの右をとおりぬけようとした。すると、それより早く、そいつはぼくのまえに出て、道《みち》をふさいだ。

うしろにいたぶちねこが走《はし》って、ぼくたちのまえに出た。

そのねこは三匹《びき》のうちでいちばん大きかったけれど、三匹《びき》とも、どんぐりの背《せい》くらべの大きさだ。

三匹《びき》のねこが歩道《ほどう》にならんだところで、ブッチーが車道《しゃどう》から歩道《ほどう》にあがり、歩《ある》くのをやめた。

ぼくもブッチーのとなりで立ちどまった。

三匹《びき》のうちのまん中のねこは、ぼくたちのうしろにいたやつだ。ぶちだったが、ブッチーみたいに白地《しろじ》に黒《くろ》じゃなくて、同《おな》じ白地《しろじ》でも、茶《ちゃ》のぶちだった。

「そこをどいてくれねえか。」

ブッチーがそういうと、まん中のねこが、

「どいてくれだと？」

といってから、左右のなかまを見て、

「おまえら、どきてえか？」

ときいた。

左右のねこが同時《どうじ》に答《こた》えた。

「まさか。」

「ぜんぜん。」

ぶちねこがブッチーに、

「おれと同《おな》じで、どきたくねえそうだ。」

といってから、ぼくの顔《かお》を見た。そして、

「え？　ぼうやも、おれたちにどいてほしいか？」

東京《とうきょう》にきたばかりのころならともかく、ぼくはもう、ぼうやっていうほど小さくはない。

ぼくはだまって、ぶちねこの顔《かお》をにらみつけた。

茶色《ちゃいろ》のねこが鼻《はな》をひくひくさせて、ぶちねこにいった。

「こいつら、どこかの飼《か》いねこだぜ。シャンプーのにおいがするぜ。」

ブッチーがいった。

「あいにくだったな。おれは飼《か》いねこじゃねえ。てめえらこそ、飼《か》いねこだろうが。ぶくぶく、むだにぜい肉《にく》つけやがって。いっておくが、てめえらみてえな、いなかもんとはちがい、こっちは、ノラねこだって、ふろくらい入るんだ。」

けんかはむこうが売《う》ってきたのだから、なにかいいかえすくらいはかまわないけど、これじゃあ、はっきりけんかを買《か》っている。

「なんだと……。」

と半歩《はんぽ》まえに出たぶちねこに、ブッチーはいった。

「いいのか？　おれたちのうしろが、がらあきだぜ。おれも、となりにいるダチコウも、足の速《はや》さにゃあ、自信《じしん》がある。このままじゃ、逃《に》げられちまうぜ。」

まず、ぼくはダチコウというのがぼくのことだとわかるまでに、ちょっと時間《じかん》がかかった。ダチコウってなんだろう。たぶん、友《とも》だちっていう意味《いみ》だと思《おも》ったけど、ここで、ブッチーに、

「ねえ、ブッチー。いまいったダチコウってなに？　友《とも》だちのこと？」

なんて、たしかめている場合《ばあい》じゃない。それに、もっと気になるのは、ブッチーが逃《に》げる気なのかどうかということだ。

正直《しょうじき》にいうと、ぼくとしては、ここは逃《に》げるのも手だと思《おも》った。だけど、ブッチーの性分《しょうぶん》じゃあ、逃《に》げはないだろう。

でも、つぎの瞬間《しゅんかん》、予想《よそう》に反《はん》したことが起《お》こった。

ブッチーがいきなり、うしろをむいて走《はし》りだしたのだ。

ぼくは半分《はんぶん》びっくりし、半分《はんぶん》ほっとして、ブッチーのあとを追《お》った。

でも、ブッチーが走《はし》ったのは、ほんの数《すう》メートルだった。

ブッチーはすぐに立ちどまり、三匹《びき》のほうをふりむいた。

ぼくたちを追《お》わずに、立ちどまっている三匹《びき》を見て、ブッチーは、

「やっぱりな。」

というと、また三匹《びき》のほうに歩《ある》いていったのだ。

わけがわからないまま、ぼくはブッチーのあとから三匹《びき》のほうにもどっていった。

ぶちねこのすぐそばまでいくと、ブッチーはいった。

「どうせ、はなから、おれたちを追《お》いかける気なんて、なかったんだろうよ。追《お》っぱらって、おれたちが逃《に》げてくれりゃあ、これさいわい、それでよかったんだろ。だがな。そうはいかのきんたまだ。ばかめ！　こちとら、このさきに用《よう》があってな。それがすむまでは、帰《かえ》る気なんか、さらさらねえの皿屋敷《さらやしき》だ。まあ、いなかのねこにゃあ、皿屋敷《さらやしき》なんていっても、わからねえか。わからなくてもけっこうだから、そこをどきやがれっ！」

金物屋《かなものや》さんの飼《か》いねこだったころ、ブッチーはそういうことばづかいはしなかったし、いまだって、『そうはいかのきんたま』なんていう下品《げひん》なことはいわない。たぶん、それは、『そうはいかない』という意味《いみ》なのだろうけど、ぼくは、それがわかるのに、数秒《すうびょう》かかってしまった。皿屋敷《さらやしき》というのは、お菊《きく》さんの幽霊《ゆうれい》が井戸《いど》から出るという皿屋敷《さらやしき》のことだろう。

お菊《きく》さんは、主人《しゅじん》の家宝《かほう》の十枚《まい》セットの皿《さら》を一枚《まい》わってしまい、殺《ころ》されて、井戸《いど》に投《な》げこまれ、そのうらみで幽霊《ゆうれい》になって出てくる。そのとき、お菊《きく》さんは、

「一枚《まい》、二枚《まい》、三枚《まい》……。」

と、皿《さら》を数《かぞ》えるということになっている。皿《さら》は一枚《まい》たりないわけで、それで、さらさらな

いということらしい。だけど、さらさらないじゃあ、二枚《まい》たりないことになるんじゃないだろうか……。

こういうときに、そういうことを考《かんが》えてしまうのが、ぼくのいけないところかもしれないけど、それがぼくの性分《しょうぶん》なのだから、しかたがない。

ブッチーが、

「どきやがれっ！」

といっても、そうかんたんには、三匹《びき》はどかないだろう。

ぼくはそう思《おも》ったが、やっぱりそうだった。

三匹《びき》はどかなかった。でも、なにかいいかえすわけでもなかった。というより、ことばにつまったというふうだった。

それで、ブッチーがいったことが図星《ずぼし》だったことがわかった。

この三匹《びき》は、ぼくたちが逃《に》げてくれさえすれば、それでよかったのだ。なわばりから、よそのねこを追《お》いだしたことになるからだ。

ぶちねこはブッチーをじっとにらみつけていたが、やがて口をひらいた。

「ずいぶんいい度胸《どきょう》してるぜ。そういうことなら、しかたがねえ。ちょっとそこまで顔《かお》を貸《か》してもらうぜ。」

「顔《かお》を貸《か》せだと？　あいにく、顔《かお》ははずせねえから、顔《かお》だけ貸《か》すってわけにゃあ、いかねえ。胴体《どうたい》ごとでよけりゃ、ついていってやるぜ。」

ブッチーがそういうと、ぶちねこはすごんだ。

「逃《に》げるなら、いまのうちだぜ。ついてくりゃあ、命《いのち》の保証《ほしょう》はしねえからな。」

「命《いのち》の保証《ほしょう》だと？　笑《わら》わせるぜ。てめえらに保証《ほしょう》してもらわなくても、てめえの命《いのち》くれえ、てめえで保証《ほしょう》すらあ。くだらねえ心配《しんぱい》してねえで、さっさとおれたちを案内《あんない》しろ。このぶちねこ野郎《やろう》。」

ブッチーは自分《じぶん》だってぶちねこなのに、そんなことをいった。

〈てめえ〉の連続《れんぞく》で、ちょっとわかりにくいかもしれない。最初《さいしょ》のてめえらはあいてのことで、つぎのふたつのてめえは、自分《じぶん》のことだ。こういうことは、イッパイアッテナとつきあっていると、だんだんわかるようになってくる。

三匹《びき》は武田神社《たけだじんじゃ》のほうにむかって、歩《ある》きだした。

ぼくとブッチーは三匹《びき》のうしろを、少《すこ》しはなれてついていった。
いつのまにか、坂《さか》がちょっときつくなっていた。

## 20

## ブッチーのスリーパーホールドと悪魔《あくま》でも考《かんが》えつかないほどではない作戦《さくせん》

いく手に大きな鳥居《とりい》が見えてきた。

ときどき、三匹《びき》のねこのだれかがうしろをふりむいた。

ぼくたちがついてきているか、たしかめているのだ。

歩《ある》きながら、ブッチーがささやくような声《こえ》でいった。

「どうせ、どこかであいつらの親玉《おやだま》が待《ま》ってるだけだ。そいつさえたおせば、あとは、まえにいる三匹《びき》みたいな雑魚《ざこ》ばかりだ。おれひとりで、なんとかなる。つきあたりの武《たけ》田神社《だじんじゃ》のまえで、道《みち》が左右にわかれている。右でも左でもいい。おまえは逃《に》げてくれ。」

そんなことといわれたって、ブッチーだけおいて、ひとりで逃《に》げるわけにはいかない。

でも、ここでああだのこうだの、ブッチーといいあっている場合《ばあい》じゃないので、ぼくは返事《へんじ》をせずに、だまって歩《ある》いた。

ブッチーがいったとおり、それから、まえもって地図《ちず》でしらべておいたとおり、武田神社《たけだじんじゃ》のまえで、道《みち》は左右にわかれていた。

鳥居《とりい》のまえに階段《かいだん》があり、そのてまえに橋《はし》がかかっている。そんなに大きな橋《はし》じゃないけど、左右にアーチ状《じょう》に赤い欄干《らんかん》がある。

その橋《はし》のてまえで、ブッチーが立ちどまって、左のほうを見た。

かどにはおみやげ物屋《ものや》さんのような店《みせ》がある。その何軒《なんげん》かむこうに、そんなに大きくはない食堂《しょくどう》のようなものが見えた。旗《はた》は立っていなかったけど、年賀状《ねんがじょう》の写真《しゃしん》の店《みせ》にちがいなかった。

店《みせ》はまだ閉《し》まっていた。

ブッチーはぼくを見て、〈あれだな。〉という顔《かお》をした。

ぼくがうなずくと、ブッチーは、

「じゃ、ここで。」

といって、早足《はやあし》でまえの三匹《びき》に追《お》いついた。そして、三匹《びき》にいった。

「のんびり歩《ある》いてるんじゃねえ。いなか者《もの》は足がおそくってこまらあ。さっさといこうぜ。」

三匹《びき》が階段《かいだん》をかけあがった。

その三匹《びき》にまじって、ブッチーがかけあがる。

ぼくも走《はし》って、階段《かいだん》をかけあがり、ブッチーとならんだ。

もう、ブッチーはなにもいわなかった。

三匹《びき》は社《やしろ》のまえを左にまがった。

小さな林をぬけると、空《あ》き地《ち》に出た。

その空《あ》き地《ち》のまん中に、明《あか》るい茶色《ちゃいろ》のねこがいた。茶色《ちゃいろ》というより、赤に近《ちか》い。けっこう大きいけれど、イッパイアッテナほどではない。

あと十歩《ぽ》というところまで近《ちか》づくと、そのねこがいった。

「おう、マサトヨ。客《きゃく》はどうしても、おれにあいてえってか？」

ぼくたちをつれてきたぶちねこが答《こた》えた。

「そうなんで。おやかたさま。」

おやかたさまとよばれた赤ねこがブッチーにいった。

「物見《ものみ》の報告《ほうこく》じゃあ、そいつら、逃《に》げなかったそうだな。度胸《どきょう》だけは、ほめてやる。」

物見《ものみ》の報告《ほうこく》ということは、三匹《びき》のほかにも、どこかにねこがいて、ぼくたちよりまえに、ここに知《し》らせにきていたということだ。

その物見《ものみ》のねこのすがたは見えない。どこかにかくれているのかもしれない。ということは、ほかにもねこがどこかにかくれて……。

ぼくはいやな予感《よかん》がしてきた。

赤ねこがいった。

「おめえら、なんていう名だ。」

「山賊《さんぞく》あいてに、名のる名はない。」

ブッチーがそういうと、赤ねこは、

「そうかい。めいどのみやげに聞《き》かせてやるぜ……。」

といってから、ひときわ声《こえ》を大きくして、名のりをあげた。

「おれはタケダシンゲンだ。」

〈めいどのみやげ〉というのは、メイド、つまりおてつだいさんへのおみやげという意味《いみ》じゃない。冥土《めいど》っていうのは、あの世《よ》のことだ。

そんなことより、ぼくは赤ねこの名まえにおどろいた。タケダシンゲンというのは、戦国大名《せんごくだいみょう》の武田信玄《たけだしんげん》だろう。この神社《じんじゃ》は武田信玄《たけだしんげん》の神社《じんじゃ》のはずだ。

武田信玄《たけだしんげん》の話《はなし》は、ぼくもブッチーもイッパイアッテナからたっぷり聞《き》かされていた。たしか武田《たけだ》二十四将《しょう》とか、四天王《してんのう》とかいうのがいて、そういえば、タケダシンゲンと名のった赤ねこはさっき、ぶちねこのことをマサトヨとよんでいた。ということは、ぶちねこは四天王《してんのう》のひとり、内藤昌豊《ないとうまさとよ》ということになる。

もしかして、二十四引《ひ》く三で、あと二十一匹《ぴき》、子分《こぶん》が出てくるんじゃないだろうか……。

そういう不安《ふあん》というのは、けっこうあたる。

ぼくがそう思《おも》った直後《ちょくご》、あっちこっちの木のうしろから、ぞろぞろねこが出てきた。木のうしろからだけではない、あちこちの木の太《ふと》い枝《えだ》からも、ストン、ストンととびおりてきた。

数《かぞ》えたわけじゃないから、わからないけど、ぜんぶで二十はいそうだった。

ねこたちは輪《わ》のようにぼくたちをとりかこむと、じわりじわりとその輪《わ》をちぢめてきた。

タケダシンゲンと名のった赤ねこがいった。

「いいのこすことがあったら、聞《き》いてやるぜ。」

「そんなことを聞《き》いても、おまえの冥土《めいど》のみやげになるだけだ。」

そう答《こた》えたブッチーにぼくは、

「むこうも名のったんだ。こっちも名のるべきだよ。」

といってから、名のった。

「ぼくはルドルフだ！」

「なに、ユドウフだと？　ここいらの名物《めいぶつ》は湯豆腐《ゆどうふ》じゃなく、ほうとうだぜ。」

と赤ねこのタケダシンゲンがいったとき、ぼくの心《こころ》に火がついた。

それまでは、なんだかいやなことになってきたなあ……、なんて思《おも》っていたんだけど、

湯豆腐《ゆどうふ》なんていわれたら、ひっこんではいられない。

ルドルフという名まえは、ぼくがいままで生きてきて、いろいろなことをしてきたことの証《あかし》みたいなものなのだ。それを湯豆腐《ゆどうふ》だなんて……。

おもわずぼくが一歩《ぽ》まえに出ると、ブッチーは赤ねこシンゲンに、

「おう、そうだ。そっちはけんかの準備《じゅんび》はととのっているかもしれねえが、こっちにすりゃあ、いきなりの話《はなし》だ。ちょっと、つめだけ、とがせてもらうぜ。」

といい、空《あ》き地《ち》のはじの太《ふと》い木にむかって歩《ある》きだした。

いまはつめなんかといでいるときじゃないと思《おも》ったけど、ぼくもブッチーについていった。

赤ねこシンゲンの子分《こぶん》たちがぼくたちをとりかこんだまま、ついてくる。

木のすぐ近《ちか》くまでいき、ブッチーはせのびをするようなかっこうで、両前足《りょうまえあし》を木の幹《みき》にかけると、ぶちねこのマサトヨが輪《わ》からぬけでて、近《ちか》づいてきた。

そして、

「なにをしやがる。この神社《じんじゃ》の木でつめなんかとがせねえ。」

というなり、うしろからブッチーにとびかかってきた。

たぶん、それはブッチーの作戦《さくせん》だったのだろう。

ブッチーはくるりとうしろにとびのいた。そして、ブッチーにとびかかろうとしてまえのめりになったぶちねこマサトヨに、うしろからとびついた。とびついたいきおいもそのままに、ぶちねこマサトヨの首《くび》にまきつけた両前足《りょうまえあし》をしめつける。

出た！　ブッチーのスリーパーホールドだ。

ブッチーのうしろは太《ふと》い木だ。うしろから、ほかのねこにとびかかられることはない。

ぼくは、ブッチーのまえにおどりでて、大声《おおごえ》をあげた。

「だれでもいい。かかってきやがれ！　ただし、おれをたおすなら、三分以内《ぷんいない》にしろ。それ以上《いじょう》かかったら、おれのダチコウがマサトヨの首《くび》をしめ、冥土送《めいどおく》りにするからな。」

「ぐぐっ……。」

と、ぶちねこマサトヨがぼくのうしろで、うめくような声《こえ》をあげたのがわかった。

ブッチーのスリーパーホールドがききはじめたのだ。

ここで、赤ねこシンゲンがひるめば、作戦《さくせん》は成功《せいこう》だ。

べつに、ブッチーとぼくは、赤ねこシンゲンのなわばりをうばいにきたのではないのだ。そのあたりのことを説明《せつめい》して、なんとかここはおさめてもらうしかない。悪魔《あくま》でも考《かんが》えつかないほどの作戦《さくせん》とはいえないが、せっかくのブッチーのスリーパーホールドをむだにしないということでは、かなりいい作戦《さくせん》だと思《おも》った。

いつのまにか、赤ねこシンゲンはすぐそばにきていた。

赤ねこシンゲンが、

「ちょっと待《ま》て。」

というのをぼくは待《ま》った。

ちらりと見ると、木の幹《みき》に背中《せなか》をあずけたブッチーに首《くび》をしめつけられ、こっちにおなかを見せて、ぶちねこマサトヨが口から泡《あわ》をふきだしはじめている。

それは赤ねこシンゲンにも見えるはずだ。

赤ねこシンゲンが口もとに不気味《ぶきみ》な笑《え》みをうかべた。そして、いった。

「おもしれえ。やってみろ。こっちは、おもだった家来《けらい》だけでも、二十四もいるんだ。一匹《ぴき》くらいへったって、どうってことはねえ。そのマサトヨがあの世《よ》にいっても、つぎのマサトヨのなり手はいくらでもいる。だが、長《なが》く苦《くる》しめるのは気《き》の毒《どく》だ。おい、湯豆腐《ゆどうふ》。てめえの兄弟《きょうだい》に、さっさとやるようにいってくれ。そいつの仕事《しごと》が終《お》わるまで、ここで待《ま》っててやるぜ。」

そういいおわると、なんと、赤ねこシンゲンはそこに腰《こし》をおろし、右手で顔《かお》をあらいはじめた。

これにはぼくもおどろいたけれど、ぼくたちをここにつれてきた三匹《びき》のうちの一匹《ぴき》のしまねこも、びっくりしたようだった。

「おやかたさま、そりゃあ……。」

とそこまでいって、口をつぐんだけど、にらみつけるように赤ねこシンゲンを見ている。

ぼくは、

「どうしよう。」

と声《こえ》には出さなかったけど、そういう目でブッチーを見た。

ブッチーはだまって、ぶちねこマサトヨの首《くび》をしめつづけた。

ぶちねこマサトヨの肩《かた》が落《お》ちた。

これ以上《いじょう》やったら、死《し》んでしまう、と、ぼくがそう思《おも》ったとき、ブッチーがぶちねこマサトヨにからませていた両前足《りょうまえあし》をはなした。

「しょうがねえ。神社《じんじゃ》でねこを殺《ころ》すわけにはいかない。」

ブッチーはそうつぶやくと、ぼくにいった。

「ルド。こんなことになって、すまない。」

赤ねこシンゲンが顔《かお》をあらうのをやめ、腰《こし》をあげると、ぼくにいった。

「おまえも、そこにいるあまちゃん野郎《やろう》にいっておくことがあるなら、いってやれ。」

ぼくはいった。

「べつにいうことはない。だけど、おまえにいいたいことはある。おまえは、このあたりのボスだろうが、なかまを見殺《みごろ》しにしようとするやつに、ボスの資格《しかく》はない。」

「いうことはそれだけか?」

赤ねこシンゲンはそういうと、一歩《ぽ》まえに出た。

ほかのねこたちもそれに合《あ》わせて、輪《わ》をちぢめてくる。

赤ねこシンゲンがもう一歩《ぽ》すすむ。ほかのねこたちはもう三歩《ぽ》すすむ。

そのくりかえしで、ぼくとブッチーと、それから太《ふと》い幹《みき》の木と、たおれているぶちねこマサトヨは、三百六十度《ど》、距離《きょり》一メートルで、赤ねこシンゲンの子分《こぶん》たちにかこまれてしまった。

「やれっ！」

赤ねこシンゲンが命令《めいれい》をくだした。

ぼくとブッチーは身《み》がまえた。

ぼくとブッチーに、ねこたちのパンチがいっせいに飛《と》んできた。

だが、その瞬間《しゅんかん》、ねこたちのうしろで悲鳴《ひめい》があがった。

「グギャーッ！」

ねこたちが声《こえ》のほうにふりむいた。

ねこたちのすきまから、まず見えたのは、

たおれている赤ねこシンゲンだった。

そして、そのすぐそばに、巨大《きょだい》なトラねこ！

「だれだ、てめえ！」

と、だれかがいった。すると、その巨大《きょだい》なトラねこは、

「おれか……。」

とつぶやいたあと、こういいはなったのだった。

「おれの名まえはイッパイアッテナ！」

21

## 悪魔《あくま》でも思《おも》いつかないようなでたらめと「じゃあ、ブッチー……。」のあとのことば

ぼくとブッチーをとりかこんだねこたちのむこうで、なにがどう起《お》こったのか、よくわからない。

わかったのは、悲鳴《ひめい》があがって、イッパイアッテナが見えて、その足もとに赤ねこシンゲンがたおれていたということだ。

「おれの名まえはイッパイアッテナ！」

とかいっちゃって登場《とうじょう》するなんて、ぼくはものすごくかっこいいと思《おも》ったけれど、そんなことよりなにより、ぼくはまずほっとした。

それから、イッパイアッテナがどういったかというと、イッパイアッテナはぎろりとねこたちを見まわしてから、低《ひく》い声《こえ》で、

「道《みち》をあけろ。」

といった。

ねこたちが左右にわかれた。その中の一匹《ぴき》、ぼくたちから見て左側《ひだりがわ》にいた明《あか》るい茶色《ちゃいろ》のねこがピクリとうごいた。

そのねこに目をやり、イッパイアッテナがどすのきいた声《こえ》でいった。

「そこの茶髪《ちゃぱつ》！　うごくんじゃねえ！」

そのねこはそれでぴたりとうごかなくなったが、右側《みぎがわ》にかたまっていたうちの中の一匹《ぴき》、灰色《はいいろ》と白のぶちねこが社《やしろ》のほうにむかって、いきなり走《はし》りだした。

「聞《き》きわけのねえ野郎《やろう》だな。」

イッパイアッテナはそうつぶやくと、最初《さいしょ》の数歩《すうほ》はゆっくり、そのあとは猛《もう》ダッシュでそのねこを追《お》った。

すぐに差《さ》がつまる。

このままでは逃《に》げきれないと思《おも》ったのか、灰色《はいいろ》と白のぶちねこが一本の太《ふと》い木にとびつき、幹《みき》をかけあがった。

イッパイアッテナもかけあがった。

灰色《はいいろ》と白のぶちねこの前足《まえあし》が、人間《にんげん》の背《せ》たけの倍《ばい》ほどの高《たか》さの枝《えだ》までとどいた。だが、

そのねこが逃《に》げることができたのはそこまでだった。なぜなら、そのときにはもう、イッパイアッテナはそのすぐ上の枝《えだ》にいて、上からとびかかったからだ。

イッパイアッテナとのつきあいは、けっこう長《なが》いけど、そんなのを見たのははじめてだった。

イッパイアッテナはおしりをうしろにして、そのねこの背中《せなか》に乗《の》り、うしろ脚《あし》をそのねこの首《くび》にからみつけた。馬《うま》に乗《の》るとき、ふつう馬《うま》と人間《にんげん》が同《おな》じ方向《ほうこう》をむいているけど、なんというか、うしろをむいた馬乗《うまの》りという感《かん》じだった。人間《にんげん》と馬《うま》では、乗《の》っている人間《にんげん》のほうがずっと小さいけど、そのねことイッパイアッテナの場合《ばあい》、乗《の》っているイッパイアッテナのほうがはるかに大きい。おとなが子どものいすに無理《むり》にすわっているみたいなかっこうだ。そのかっこうのまま、イッパイアッテナは枝《えだ》から落《お》ちてきた。

当然《とうぜん》、馬乗《うまの》りになられたねこは、頭《あたま》から落《お》ちてきて、顔《かお》を地面《じめん》に打《う》ちつけた。

もし、地面《じめん》にとどく寸前《すんぜん》に、イッパイアッテナがそのねこからとびのいてなかったら、そのねこの首《くび》の骨《ほね》はおれていただろう。

書《か》くと長《なが》くなるけど、それは、ほんの数秒《すうびょう》のうちに起《お》こったことだ。

気絶《きぜつ》している灰色《はいいろ》と白のぶちねこをそこにのこし、イッパイアッテナはもどってくると、もう一度《いちど》ねこたちを見まわして、おどしを入れた。

「いまの野郎《やろう》の首《くび》は、ひと月もすりゃあ、またうごくようになるだろうが、つぎに逃《に》げようとしたやつの首《くび》は、きょうを最後《さいご》に、二度《にど》とうごかなくなるぜ。」

ねこたちがまるで置《お》き物《もの》のように、ぴくりともうごかなくなった。

「一、二、三……。」

イッパイアッテナがたしかめるように、ねこたちの顔《かお》をいちいち見て、数《かず》を数《かぞ》えていく。

ぜんぶ数《かぞ》えおわってから、イッパイアッテナはだれにいうともなくいった。

「おねんねしている三匹《びき》を入れて、ぜんぶで二十五か。なるほど、信玄《しんげん》と二十四将《しょう》ってわけだな。」

それから、イッパイアッテナは、ぐったりとのびている赤ねこシンゲンのそばにいくと、前足《まえあし》で頭《あたま》をなぐりつけた。

「う、う、う……。」

とうめきながら頭《あたま》をあげ、よろよろと立ちあがった赤ねこシンゲンに、イッパイアッテナがいった。

「なにがタケダシンゲンだ。武田信玄《たけだしんげん》は戦国《せんごく》一、二をあらそう大名だ。もうちっと長生《ながい》きすりゃあ、天下が取《と》れたかもしれねえっていう大人物《だいじんぶつ》だ。それにひきかえ、てめえは最低《さいてい》のねこだ。子分《こぶん》に命《めい》じて、なわばりに入ってきたねこをつれてこさせるなんざあ、戦国大《せんごくだい》名《みょう》のするこっちゃねえ。いなかの山賊《さんぞく》のすることだ。なわばりに入ってきたやつがいたら、てめえで出ばって、追《お》いはらえ。しかも、つれてきた二匹《ひき》のすぐそばに、てめえ、近《ちか》づかなかったたな。近《ちか》づいてりゃあ、スリーパーホールドでおねんねしたのは、てめえの手下のぶちねこじゃなく、てめえだったぜ。この卑怯者《ひきょうもの》！　まあ、そこまではただ臆病《おくびょう》ってだけで、ほめた話《はなし》じゃねえが、下の下の下の下の最低野郎《さいていやろう》とまではいわねえ。肝心《かんじん》なのはそのあとだ。てめえ、本気で手下を見殺《みごろ》しにしようとしたろ？　え？　ちがうか？」

イッパイアッテナにさんざんこきおろされた赤ねこシンゲンは、耳をぴたりとねかせて、うつむいている。

イッパイアッテナがいった。

「どうせ、そこらの飼《か》いねこだろう。これからは、飼《か》い主《ぬし》の家《いえ》でじっとしてるんだな。そうすりゃあ、命《いのち》は助《たす》けてやる。いまのいまから、てめえのシマはおれのものだ。てめえのタケダシンゲンっていう名まえも、おれがいただく。おれの名まえのイッパイアッテナは、名まえがたくさんあるという意味《いみ》だ。なぜ、名まえがたくさんあるか、教《おし》えてやろうか。てめえみてえに、りっぱな名まえにふさわしくねえやつから、名まえをとりあげてるうちに、名まえがたくさんふえたってわけだ。何度《なんど》もいうが、てめえはタケダシンゲンの名にふさわしくない。これからは、シマも名まえもおれのものだ。わかったな。」

シマというのは、たてじまとか、よこじまのしまではない。なわばりという意味《いみ》だ。

それから、イッパイアッテナの名まえがいっぱいあるのは、だれかから名まえをとりあげたからではない。ノラねこをやっていたとき、いろいろなところで、いろいろな名まえでよばれていたからだ。

こういうとき、よくそういう、悪魔《あくま》でも思《おも》いつかないようなでたらめを思《おも》いつくものだと、ぼくは感心《かんしん》してしまった。

それはともかく、

「わ、わかった……。」

と赤ねこシンゲンが答《こた》えたところで、イッパイアッテナは赤ねこにいいはなった。

「わかったら、とっとと消《き》えろ。」

赤ねこはすごすごと林のむこうに立《た》ち去《さ》っていった。

赤ねこのすがたが見えなくなったところで、イッパイアッテナは、ぼくとブッチーをここにつれてきた三匹《びき》のうちの一匹《ぴき》、しまねこに声《こえ》をかけた。

「おい、そこのしまねこ。おまえは、なかまが見殺《みごろ》しにされそうになったとき、さっきの野郎《やろう》にもんくをいおうとしたな。おまえ、なんて名だ。」

しまねこが答《こた》えた。

「カンスケってよばれている。」

「ほう。するってえと、おまえが軍師《ぐんし》の山本勘助《やまもとかんすけ》ってわけか。ほかのやつらにくらべりゃあ、おまえはまだ勇気《ゆうき》がありそうだ。さっき手に入れたばかりのこのシマをおまえにやろう。きょうから、このシマはおまえのものだ。」

といってイッパイアッテナは、まわりのねこたちをぐるりと見まわし、

「そういうことで、もんくのあるやつはいるか？　もんくがねえなら、いまここで見たこと、聞《き》いたこと、あらいざらい、このあたりのねこにいいふらせ。わかったか。」

といい、ねこたちがいっせいにうなずくと、

「カンスケだけのこし、あとはさっさといって、あっちこっちでしゃべりまくってこい！」

と声高《こわだか》にいった。

しまねこカンスケと、まだ気絶《きぜつ》している二匹《ひき》をのこし、あとはちりぢりになってかけだしていった。

そのときになって、イッパイアッテナはようやくぼくたちのほうを見た。

「よう、ブッチー。おれはおまえといっしょにきたわけじゃねえからな。まあ、乗《の》った電《でん》車《しゃ》は同《おな》じだが、車両《しゃりょう》がちがう。それに、同《おな》じ特急列車《とっきゅうれっしゃ》だって、おまえやルドとちがって、おれはグリーン車できたからな。」

イッパイアッテナはブッチーにそういうと、つぎにぼくにいった。

「ルド。せっかくきたんだから、そこいらを見物《けんぶつ》してから帰《かえ》ろうぜ。時間《じかん》はたっぷりある。夕がたから夜《よる》にかけて、特急列車《とっきゅうれっしゃ》の窓《まど》から見る景色《けしき》は、これまた、おつなもんだろう。このシマの新《あたら》しいボスのカンスケが案内《あんない》してくれるだろうよ。」

しまねこカンスケが返事《へんじ》をするのも待《ま》たず、イッパイアッテナは社《やしろ》のほうにむかい、

「ルド。こっちに、さざれ石っていう、君《きみ》が代《よ》に出てくる石があるのを知《し》ってるか。まず、見物《けんぶつ》はそれからだな。」

といって、歩《ある》きだした。

ぼくはイッパイアッテナのそばにいって、小さな声《こえ》でいった。

「ブッチーは?　ブッチーはどうするの?」

イッパイアッテナも小声《こごえ》で答《こた》えた。

「いいから、いっしょにこい。ブッチーのことはブッチーがきめる。」

「だけど……。」

といって、ブッチーのほうにふりむくと、ブッチーはだまってこちらを見ているだけで、ついてくるようすはない。

イッパイアッテナはまえをむいたまま、歩《ある》きながら、大きな声《こえ》でいった。

「ほら、カンスケ。いくぞ。」

見れば、カンスケがこちらに歩《ある》いてくる。

ぼくはもう一度《いちど》、ブッチーを見て、

「じゃあ、ブッチー……。」

といって、イッパイアッテナのほうにかけだした。

「じゃあ、ブッチー……。」

のあとが、

「またあとで。」

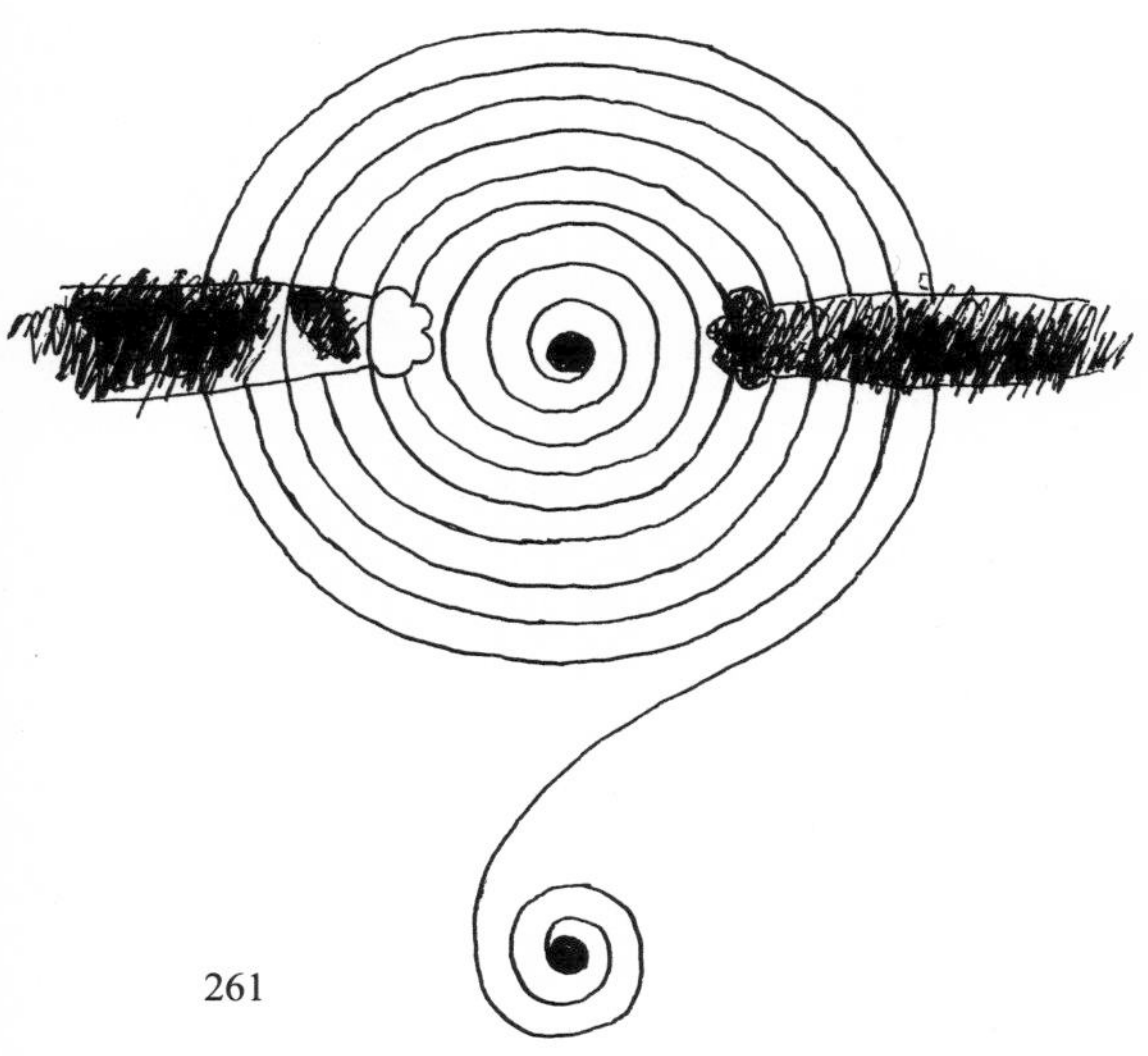

なのか、

「元気《げんき》でね。」

なのか、このとき、ぼくにはまだわからなかった。

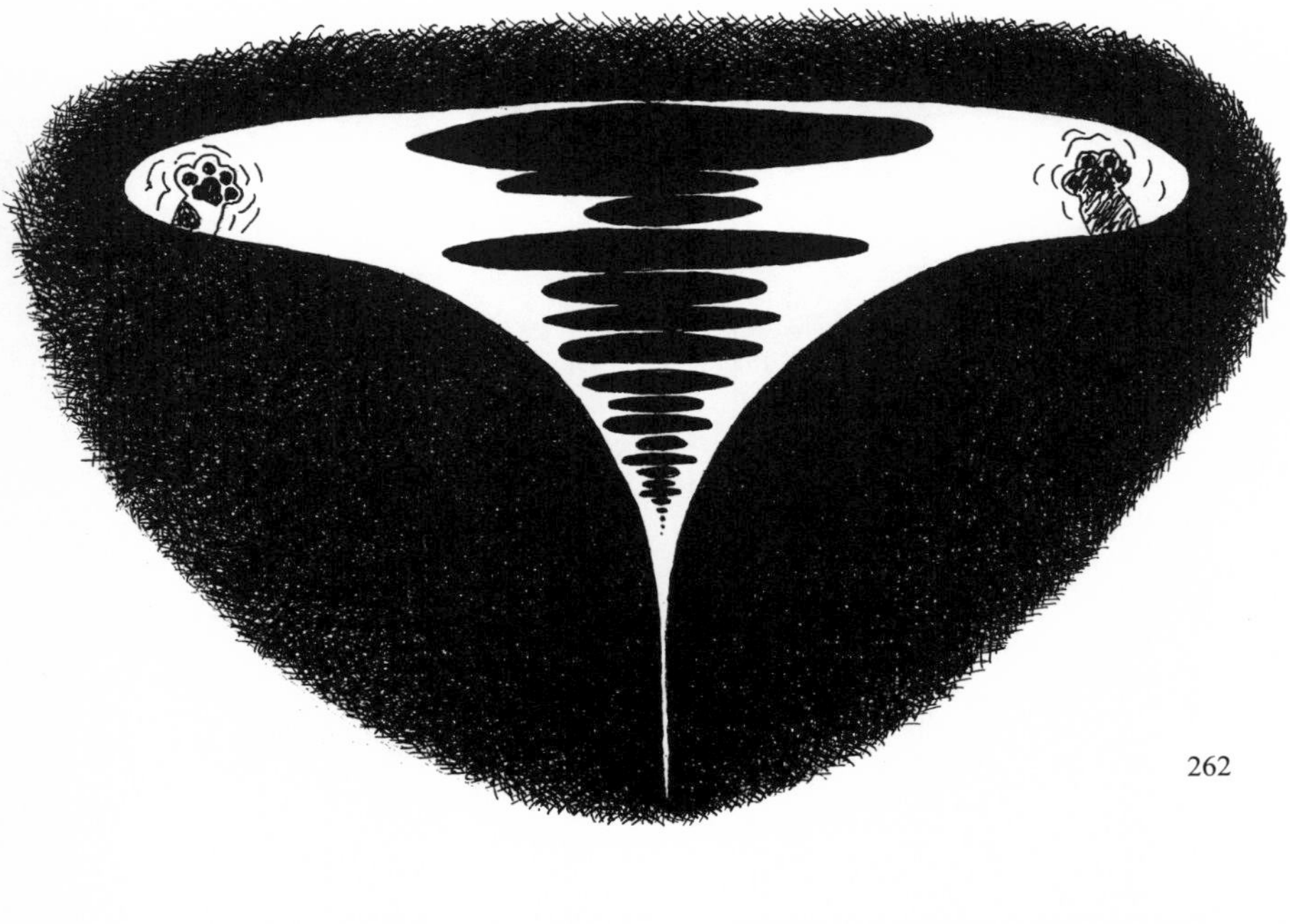

# エピローグ

「じゃあ、ブッチー……。」

のつぎのことばは、さかのぼって、

「元気《げんき》でね。」

にはならず、

「またあとで。」

ということになった。

おひるごはんは、しまねこカンスケが案内《あんない》してくれたお寺《てら》で食《た》べた。そこのお坊《ぼう》さんは、ねこが遊《あそ》びにいくと、かならずなにか食《た》べ物《もの》をくれるのだと、しまねこカンスケはいっていた。

それを聞《き》いて、イッパイアッテナは、

「そういうことなら、タケダシンゲンっていう名まえは、坊《ぼう》さんにやろうか。そういえば、信玄《しんげん》は出家《しゅっけ》して坊《ぼう》さんになった、というか、信玄《しんげん》ってのは坊《ぼう》さんになってからの名まえで、そのまえは晴信《はるのぶ》っていってたんだ、坊《ぼう》さんになってからの名まえなら、ちょうどいい。やっぱりシンゲンって名まえは親切《しんせつ》な坊《ぼう》さんにやることにしよう。」

なんていっていた。

ぼくたちは夕方《ゆうがた》、甲府《こうふ》駅北口《えききたぐち》の横断歩道橋《おうだんほどうきょう》の上でブッチーを待《ま》った。しまねこカンスケもいた。

「夕がたから夜《よる》にかけて、特急列車《とっきゅうれっしゃ》の窓《まど》から見る景色《けしき》は、これまた、おつなもんだろう。」

とイッパイアッテナがいったのは、夕がたまで駅《えき》で待《ま》ってるからな、という意味《いみ》だったのだろう。

冬《ふゆ》の夕焼《ゆうや》けの空の下、ブッチーは武田神社《たけだじんじゃ》のほうから走《はし》ってきた。

駅《えき》に入ってホームのはずれで、特急《とっきゅう》がくるのを待《ま》っているとき、しまねこカンスケはぼくに、

「ほんとうに列車《れっしゃ》に乗《の》るのか。」

と、まだ疑《うたが》っていた。

特急《とっきゅう》で帰《かえ》るということは、まだ空が青いうち、駅《えき》の南口《みなみぐち》にある武田信玄像《たけだしんげんぞう》を見物《けんぶつ》しているときに、しまねこカンスケにいったのだが、もちろん、それをいうまえに、ぼくたちが東京《とうきょう》からきたというと、しまねこカンスケは、

「また、そんな……。」

と、ぜんぜん信《しん》じてなかった。

特急《とっきゅう》のドアが開《あ》いて、ぼくたちが乗《の》りこむときになって、しまねこカンスケは、

「ほんとだったのかあ……。」

とつぶやいてから、ぼくにいった。

「またきてくれよ。」

どういうわけか、しまねこカンスケは、ぼくとイッパイアッテナを案内《あんない》しているあいだ、イッパイアッテナとはあまり口をきかず、話《はな》すのは、ほとんどぼくとだった。

イッパイアッテナに対《たい》しては、こわいというより、もっと複雑《ふくざつ》な気持《きも》ちなのだろう。

「うん。いつかまたね。」

ぼくはもちろんそう答《こた》えたけれど、もうくることはないかもしれないと、内心《ないしん》では思《おも》っ

た。

それを見ぬいたように、特急《とっきゅう》がうごきだしてから、イッパイアッテナがぼくにいった。

「甲府《こうふ》なんて、早けりゃ、二時間《じかん》ちょっとだ。こようと思《おも》えば、いつでもこれる。」

それから、イッパイアッテナはブッチーにいった。

「なあ、ブッチー。おまえもそう思《おも》って、おれたちと帰《かえ》ることにしたんだろ。」

「まあ、そうかな。」

ブッチーはそれだけいって、あとはなにもいわなかった。

くるときと逆経路《ぎゃくけいろ》でＪＲ《ジェイアール》の小岩駅《こいわえき》でおり、北口《きたぐち》の改札口《かいさつぐち》を出たとき、ブッチーはぼくにいった。

「おれはただ、もとの飼《か》い主《ぬし》がどんなふうに暮《く》らしているのか、見たかっただけなんだ。あいつのところに引《ひ》っ越《こ》す気なんて、はじめからなかった。」

「じゃあ、最初《さいしょ》からそういえばよかったじゃないか。」

ぼくがそういうと、ブッチーは、

「まあ、そうなんだけどな。もしかして、むこうで気がかわるってことも、なくはないだろ。そのときになって、やっぱり甲府《こうふ》で暮《く》らすことにしたから、ひとりで帰《かえ》ってくれなんて、いいにくいよなあ。」

といった。

まえを歩《ある》いていたイッパイアッテナがふりむき、歩《ある》きながらいった。

「ひとりで帰《かえ》ってくれじゃなくて、ふたりで帰《かえ》ってくれだろうが。おれもいるんだしよ。」

「だって、いくときは、まさか、タイガーがついてくるとは思《おも》ってなかったからよ。」

ブッチーがそういうと、イッパイアッテナは立ちどまった。そして、

「ばかいうんじゃねえよ。

おれはついていったんじゃねえ。

おれがいこうとしてるところに、

おまえたちが

さきまわり

してたんじゃねえか。」

といったのだった。

# あとがき

斉藤《さいとう》　洋《ひろし》

友《とも》だちをとおして、ルドルフから原稿《げんこう》がとどいたのは、これで五回目《かいめ》になります。いままでと同《おな》じように、清書《せいしょ》して出版社《しゅっぱんしゃ》にとどけました。

ときどき、読者《どくしゃ》の方《かた》に、

「ルドルフから、つぎの本の原稿《げんこう》はまだとどいていませんか。」

ときかれることがあります。

それで、

「すみません。まだなんです。」

とお答《こた》えしたりするのですが、これでしばらくは、あやまることもなくなるでしょうから、少《すこ》しほっとしています。

それはともかく、これまでの『ルドルフとイッパイアッテナ』『ルドルフ　ともだち　ひとりだち』『ルドルフといくねこくるねこ』の三巻《かん》までは、原稿《げんこう》は新聞《しんぶん》のおりこみ広告《こうこく》のうらや、ちぎったノート、それからデパートの包装紙《ほうそうし》に書《か》かれていました。でも、四巻目《かんめ》の『ルドルフとスノーホワイト』では、そういう紙《かみ》に、新《あたら》しいコピー用紙《ようし》がまじるようになっていました。そして、今回《こんかい》は、それがずいぶんふえて、半分《はんぶん》くらいが新品《しんぴん》のコピー用紙《ようし》でした。

最初《さいしょ》の『ルドルフとイッパイアッテナ』に比《くら》べると、回《かい》をかさねるたびに、字がじょうずになってきています。なにより、字の大きさがそろってきていて、ずいぶん読《よ》みやすくなっています。

コピー用紙《ようし》は、日野《ひの》さんのうちにあるものでしょう。それに、日野《ひの》さんのうちにはパソコンもあるでしょうから、そのうち、ルドルフはワープロソフトを使《つか》うようになるかもしれません。考《かんが》えてみれば、パソコンの使《つか》いかたなんて、そんなにむずかしいわけではないし、日野《ひの》さんが使《つか》うのを何度《なんど》も見ていれば、ルドルフならすぐにおぼえてしまいそうです。

そうなったら、こちらはもう、原稿《げんこう》を清書《せいしょ》する必要《ひつよう》がなくなるわけですが、それはそれでさびしいような気もいたします。

**斉藤　洋**（さいとう　ひろし）
1952年、東京都生まれ。中央大学大学院文学研究科修了。1986年、『ルドルフとイッパイアッテナ』で講談社児童文学新人賞受賞、同作でデビュー。1988年、『ルドルフともだちひとりだち』で野間児童文芸新人賞受賞。1991年、路傍の石幼少年文学賞受賞。2013年、『ルドルフとスノーホワイト』で野間児童文芸賞受賞。その他の作品に、「ペンギン」シリーズ、「おばけずかん」シリーズ（以上講談社）、「白狐魔記」シリーズ（偕成社）、「西遊記」シリーズ（理論社）など多数。

**杉浦範茂**（すぎうらはんも）
1931年、愛知県生まれ。東京芸術大学美術学部卒。グラフィック・デザインと児童図書のイラストレーションで活躍。1979年『ふるやのもり』（フレーベル館）で小学館絵画賞、1983年、『まつげの海のひこうせん』（偕成社）で絵本にっぽん大賞、ボローニャ国際児童図書展グラフィック賞を受賞。1985年には芸術選奨文部大臣新人賞を受賞。

児童文学創作シリーズ

ルドルフとノラねこブッチー

2020年６月23日　第１刷発行
2023年９月１日　第５刷発行

作　斉藤《さいとう》 洋《ひろし》
絵　杉浦範茂《すぎうらはんも》
発行者　森田浩章
発行所　株式会社　講談社
東京都文京区音羽2-12-21（郵便番号112-8001）
電話　編集　03(5395)3535
販売　03(5395)3625
業務　03(5395)3615
KODANSHA
印刷所　株式会社ＫＰＳプロダクツ
半七写真印刷工業株式会社
製本所　島田製本株式会社
本文データ制作　講談社デジタル製作



N.D.C.913　270p　22cm



ISBN978-4-06-519698-4